读者精品文摘
Selected Reader's Digest

夏·成长

陈 南 编

台海出版社

图书在版编目（CIP）数据

读者精品文摘. 夏：成长 / 陈南编. -- 北京：台
海出版社, 2024. 10. -- ISBN 978-7-5168-4014-6

Ⅰ. I267

中国国家版本馆CIP数据核字第2024TU2613号

读者精品文摘　夏·成长

编　　者：陈　南

责任编辑：王慧敏　　　　　　　　封面设计：肖国旺

出版发行：台海出版社
地　　址：北京市东城区景山东街 20 号　　邮政编码：100009
电　　话：010-64041652（发行，邮购）
传　　真：010-84045799（总编室）
网　　址：www.taimeng.org.cn/thcbs/default.htm
E - mail：thcbs@126.com

经　　销：全国各地新华书店
印　　刷：大厂回族自治县德诚印务有限公司
本书如有破损、缺页、装订错误，请与本社联系调换

开　　本：710 毫米 × 1000 毫米　　　1/16
字　　数：268 千字　　　　　　　　印　　张：15
版　　次：2024 年 10 月第 1 版　　　印　　次：2024 年 12 月第 1 次印刷
书　　号：ISBN 978-7-5168-4014-6

定　　价：156.00 元（全 4 册）

在阅读中感受
生命的盛夏

当夏日的阳光热烈地洒在大地上，万物都在这个季节里尽情地生长、繁茂。这本散文集是以夏天为主题，邀请你一起领略夏日的绚烂与生命的蓬勃。

夏天是成长的象征。在这个季节里，绿叶更加浓密，谷物更加茂盛，大自然用她的鬼斧神工描绘出一幅生机勃勃的画卷。同样，我们的内心也在这个火热的季节里汲取着养分，梦想与志向如同夏日的植物一样，苗壮成长。

成长意味着蜕变，意味着面对挑战与困难时的坚持与勇气。在这本散文集中，有的作者以细腻的笔触描绘了青春的迷茫与挣扎，让人深切感受到那个阶段的复杂情感；有的作者则生动地展现了梦想的追求与实现，为读者绘制了一部如梦如幻的成长史诗。

愿你在阅读这本散文集时，能够感受到夏日的炽热与生命的律动，体会到成长的艰辛与美好。让我们一起，在这个充满活力的季节里，用心去感受、去珍惜每一个成长的瞬间。

目录
CONTENT

夏日里的成长诗篇

踏上心灵的远游之路

笑靥中绽放生命之光

舍得中流转的深情厚意

父爱如山般深沉庇护

母爱如歌般轻柔悠长

夏日里的成长诗篇

- S U M M E R -

荷塘月色

朱自清

这几天心里颇不宁静。今晚在院子里坐着乘凉，忽然想起日日走过的荷塘，在这满月的光里，总该另有一番样子吧。月亮渐渐地升高了，墙外马路上孩子们的欢笑，已经听不见了；妻在屋里拍着闰儿，迷迷糊糊地哼着眠歌。我悄悄地披了大衫，带上门出去。

沿着荷塘，是一条曲折的小煤屑路。这是一条幽僻的路；白天也少人走，夜晚更加寂寞。荷塘四面，长着许多树，蓊蓊郁郁的。路的一旁，是些杨柳，和一些不知道名字的树。没有月光的晚上，这路上阴森森的，有些怕人。今晚却很好，虽然月光也还是淡淡的。

路上只我一个人，背着手踱着。这一片天地好像是我的；我也像超出了平常的自己，到了另一世界里。我爱热闹，也爱冷静；爱群居，也爱独处。像今晚上，一个人在这苍茫的月下，什么都可以想，什么都可以不想，便觉是个自由的人。白天里一定要做的事，一定要说的话，现在都可不理。这是独处的妙处，我且受用这无边的荷香月色好了。

曲曲折折的荷塘上面，弥望的是田田的叶子。叶子出水很高，像亭亭的舞女的裙。层层的叶子中间，零星地点缀着些白花，有袅娜地开着的，有羞涩地打着朵儿的；正如一粒粒的明珠，又如碧天里的星星，又如刚出浴的美人。微风过处，送来缕缕清香，仿佛远处高楼上渺茫的歌声似的。这时候叶子与花也有一丝的颤动，像闪电般，霎时传过荷塘的那边去了。叶子本是肩并肩密密地挨着，这便宛然有了一道凝碧的波痕。叶子底下是脉脉的流水，遮住了，不能见一些颜色；而叶子却更见风致了。

月光如流水一般，静静地泻在这一片叶子和花上。薄薄的青雾浮起在荷塘里。叶子和花仿佛在牛乳中洗过一样；又像笼着轻纱的梦。虽然是满月，天上却有一层淡淡的云，所以不能朗照；但我以为这恰是到了好处——酣眠固不可少，小睡也别有风味的。月光是隔了树照过来的，高处丛生的灌木，落下参差的斑驳的黑影，峭楞楞如鬼一般；弯弯的杨柳的稀疏的倩影，却又像是画在荷叶上。塘中的月色并不均匀；但光与影有着和谐的旋律，如梵婀玲上奏着的名曲。

荷塘的四面，远远近近，高高低低都是树，而杨柳最多。这些树将一片荷塘重重围住；只在小路一旁，漏着几段空隙，像是特为月光留下的。树色一例是阴阴的，乍看像一团烟雾；但杨柳的丰姿，便在烟雾里也辨得出。树梢上隐隐约约的是一带远山，只有些大意罢了。树缝里也漏着一两点路灯光，没精打采的，是渴睡人的眼。这时候最热闹的，要数树上的蝉声与水里的蛙声；但热闹是它们的，我什么也没有。

忽然想起采莲的事情来了。采莲是江南的旧俗，似乎很早就有，而六朝时为盛；从诗歌里可以约略知道。采莲的是少年的女子，她们是荡着小船，唱着艳歌去的。采莲人不用说很多，还有看采莲的人。那是一个热闹的季节，也是一个风流的季节。梁元帝《采莲赋》里说得好：

于是妖童媛女，荡舟心许；鹢首徐回，兼传羽杯；棹将移而藻挂，船欲动而萍开。尔其纤腰束素，迁延顾步；夏始春余，叶嫩花初，恐沾裳而浅笑，畏倾船而敛裾。

可见当时嬉游的光景了。这真是有趣的事，可惜我们现在早已无福消受了。

于是又记起《西洲曲》里的句子：

采莲南塘秋，莲花过人头；低头弄莲子，莲子清如水。

今晚若有采莲人，这儿的莲花也算得"过人头"了；只不见一些流水的影子，是不行的。这令我到底惦着江南了。——这样想着，猛一抬头，不觉已是自己的门前；轻轻地推门进去，什么声息也没有，妻已睡熟好久了。

1927 年 7 月，北京清华园。

我过的端阳节

徐志摩

　　我方才从南口回来。天是真热，朝南的屋子里都到了九十度①以上，两小时的火车竟如在火窖中受刑，坐起一样的难受。我们今天一早在野鸟开唱以前就起身，不到六时就骑骡出发，除了在永陵休息半小时以外，一直到下午一时余，只是在高度的日光下赶路。我一到家，只觉得四肢的筋肉里像用细麻绳扎紧似的难受，头里的血，像沸水似的急流，神经受了烈性的压迫，仿佛无数烧红的铁条蛇盘似的绞紧在一起……

　　一进阴凉的屋子，只觉得一阵眩晕从头顶直至踵底，不仅眼前望不清楚，连身子也有些支持不住。我就向着最近的藤椅上瘫了下去，两手按住急颤的前胸，紧闭着眼，纵容内心的混沌，一片黯黄，一片茶青，一片墨绿，影片似的在倦绝的眼膜上扯过……

　　直到洗过了澡，神志方才回复清醒，身子也觉得异常的爽快，我就想了……

　　人啊，你不自己惭愧吗？

　　野兽，自然的，强悍的，活泼的，美丽的，我只是羡慕你！

　　什么是文明人：只是腐败了的野兽！你若然拿住一个文明惯了的人类，剥了他的衣服装饰，夺了他作伪的工具——语言文字，把他赤裸裸的放在荒野里看看——多么"寒碜"的一个畜生呀！恐怕连长耳朵的小骡儿，都瞧他不起哪！

　　白天，狼虎放平在丛林里睡觉，他躲在树荫底下发痧；

　　晚上，清风在树林中演奏轻微的妙乐，鸟雀儿在巢里做好梦，他倒在一块石上发烧咳嗽——着了凉了！

_____

① 指华氏度。

也不等狼虎去商量他有限的皮肉，也不必小雀儿去嘲笑他的懦弱；单是他平常歌颂的艳阳与凉风，甘霖与朝露，已够他的受用：在几小时之内可使他脑子里消灭了金钱名誉经济主义等等的虚景，在一半天之内，可使他心窝里消灭了人生的情感悲乐种种的幻象，在三两天之内——如其那时还不曾受淘汰——可使他整个的超出了文明人的丑态，那时就叫他放下两只手来替脚平分走路的负担，他也不以为离奇，抵拚撕破皮肉爬上树去采果子吃，也不会感觉到体面的观念……

平常见了活泼可爱的野兽，就想起红烧野味之美，现在你失去了文明的保障，但求彼此平等待遇两不相犯，已是万分的侥幸……

文明只是个荒谬的状况；文明人只是个凄惨的现象——

我骑在骡上嚷累叫热，跟着哑巴的骡夫，比手势告诉我他整天的跑路，天还不算顶热，他一路很快活的不时采一朵野花，折一茎麦穗，笑他古怪的笑，唱他哑巴的歌；我们到了客寓喝冰汽水喘息，他路过一条小涧时，扑下去喝一个贴面饱，同行的有一位说："真的，他们这样的胡喝，就不会害病，真贱!"

回头上了头等车，坐在皮椅上嚷累叫热，又是一瓶两瓶的冰水，还怪嫌车里不安电扇；同时前面火车头里的司机和加煤的，在一百四五十度的高温里笑他们的笑，谈他们的谈……

田里刈麦的农夫拱着棕黑色的裸背在做工，从清早起已经做了八九时的工，热烈的阳光在他们的皮上像在打出火星来似的，但他们却不曾嚷腰酸、叫头痛……

我们不敢否认人是万物之灵；我们却能断定人是万物之淫；

什么是现代的文明；只是一个淫的现象；

淫的代价是活力之腐败与人道之丑化；

前面是什么? 没有别的，只是一张黑沉沉的大口，在我们运定的道上张开等着，时候到了把我们整个的吞了下去完事!

夏 夜

萧 红

英汪林在院心坐了很长的时间了。小狗在她的脚下打着滚睡。

"你怎么样? 我胳臂疼。"

"你要小点声说,我妈会听见。"

我抬头看,她的母亲在纱窗里边,于是我们转了话题。在江上摇船到"太阳岛"去洗澡这些事,她是背着她的母亲的。

第二天她又是去洗澡。我们三个人租一条小船在江上荡着。清凉的,水的气味。郎华和我都唱起来了。汪林的嗓子比我们更高。小船浮得飞起来一般地。

夜晚又是在院心乘凉,我的胳臂为着摇船而痛了,头也觉得发胀。我不能再听那一些话感到趣味。什么恋爱啦,谁的未婚夫怎样啦,某某同学结婚,跳舞……我什么也不听了,只是想睡。

"你们谈吧。我可非睡觉不可。"我向她和郎华告辞。

睡在我脚下的小狗,我误踏了它,小狗还在哽哽的叫着,我就关了门。

最热的几天,差不多天天去洗澡,所以夜夜我早早睡。郎华和汪林就留在暗夜的院宇里。

只要接近着床,我什么全忘了。汪林那红色的嘴,那少女的烦闷……夜夜我不知道郎华什么时候回屋来睡觉。就这样,我不知过了几天了。

"她对我要好,真是……少女们。"

"谁呢?"

"那你还不知道!"

"我还不知道。"我其实知道。

很穷的家庭教师,那样好看的有钱的女人竟向他要好了。

"我坦白的对她说了:我们不能够相爱的,一方面有吟,一方面我们彼此相差得太远……你沉静点吧……"他告诉我。

又要到江上去摇船。那天又多了三个人,汪林也在内。一共是六个人:陈成和他的女人,郎华和我,汪林,还有那个编辑朋友。

停在江边的那一些小船动荡得落叶似的。我们四个跳上了一条船,当然把汪林和半胖的人丢下。他们两个就站在石堤上。本来是很生疏的,因为都是一对一对的，所以我们故意要看他们两个也配成一对。我们的船离岸很远了。

"你们坏呀! 你们坏呀!"汪林仍叫着。

为什么骂我们坏呢? 那人不是她一个很好的小水手吗? 为她荡着桨，有什么不愿意吗? 也许汪林和我的感情最好，也许她最愿意和我同船。船荡得那么远了，一切江岸上的声音都已隔绝，江沿上的人影也消灭了轮廓。

水声，浪声，郎华和陈成混合着江声在唱。远远近近的那一些女人的阳伞，这一些船，这一些幸福的船呀! 满江上是幸福的船，满江上是幸福了! 人间，岸上没有罪恶了罢!

再也听不到汪林的喊。他们的船是脱开，离我们很远了。

郎华故意把桨打起的水星落到我的脸上。船越行越慢，但郎华和陈成流起汗来。桨板打到江心的沙滩了，小船就要搁浅在沙滩上。这两个勇敢的大鱼似的跳下水去，在大江上挽着船行。

一入了湾，把船任意停在什么地方都可以。

我浮水是这样浮的: 把头昂在水外，我也移动着，看起来像是在浮，其实手却抓着江底的泥沙，鳄鱼一样，四条腿一起爬着浮。

那只船到来时，听着汪林在叫。很快她脱了衣裳，也和我一样抓着江底在爬，但她是快乐的，爬得很有意思。

在沙滩上滚着的时候，居然很熟识了，她把伞打起来，给她同船的人遮着太阳，她保护着他。陈成扬着沙子飞向他去:"陵，着镖吧!"

汪林和陵站了一队用沙子反攻。

我们的船出了湾已行在江上时，他们两个仍在沙滩上走着。

"你们先走吧，看我们谁先上岸。"汪林说。

太阳的热力在江面上开始减低，船是顺水行下去的。他们还没有来，看过多少只船，看过多少柄阳伞，然而没有汪林的阳伞。太阳西沉时，江风很大了，浪也很高，我们有点担心那只船。李说那只船是"迷船"。

四个人在岸上就等着这"迷船"，意想不到的是他们绕着弯子从上游来的。

汪林不骂我们是坏人了，风吹着她的头发，那兴奋的样子，这次摇船好像她比我们得到的快乐更大，更多……

早晨再看报时，编辑居然做诗了。大概就是这样的意思: 愿意风把船吹翻，愿意和美人一起沉下江去……

让我这样一说，就没有诗意了。总之，可不是前几天那样的话，什么摩登女子吃"血"活着啦，小姐们的嘴是吃"血"的嘴啦……总之可不是那一套。这套比那套文雅得多，这套说摩登女子是天仙，那套说摩登女子是恶魔。

汪林和郎华在夜间也不那么谈话了。陵编辑一来，她就到我们屋里来，因此陵到我们家来的次数多多了。

"今天早点走……多玩一会，你们在街角等我。"这样的话，汪林再不向我们说了。她用不到约我们去"太阳岛"了。

陵伴着这吃人血的女子在街上走，在电影院里会，他也不怕她会吃他的血，还说什么怕呢，常常在那红色的嘴上接吻，正因为她的嘴和血一样红才可爱。

骂小姐们是恶魔是羡慕的意思，是伸手去攫取怕她逃避的意思。

在街上，汪林的高跟鞋，陵的亮皮鞋咯钉咯钉谐和的响着了。

避暑

老舍

英美的小资产阶级，到夏天若不避暑，是件很丢人的事。于是，避暑差不多成为离家几天的意思，暑避了与否倒不在话下。城里的人到海边去，乡下人上城里来；城里若是热，乡下人干吗来？若是不热，城里的人为何不老老实实的在家里歇着？这就难说了。再看海边吧，各样杂耍，似赶集开店一般，男女老幼，闹闹吵吵，比在家中还累得慌。原来暑本无须避，而面子不能不圆——；夏天总得走这么几日，要不然便受不了亲友的盘问。谁也知道，海边的小旅馆每每一间小屋睡大小五口；这只好尽在不言中。

手中更富裕的，讲究到外国来。这更少与避暑有关。巴黎夏天比伦敦热得多，而巴黎走走究竟体面不小。花几个钱，长些见识，受点热也还值得。可是咱们这儿所说的人们，在未走以前已经决定好自己的文化比别国高，而回来之后只为增高在亲友中的身份——"刚由巴黎回来；那群法国人！"

到中国做事的西人，自然更不能忘了这一套。在北戴河，有三家凑赁一所小房的，住上二天，大家的享受正如圈里的羊。自然也有很阔气的，真是去避暑；可是这样的人大概在哪里也不见得感到热，有钱呀。有钱能使鬼推磨，难道不能使鬼做冰激凌吗？这总而言之，都有点装着玩。外国人装蒜，中国人要是不学，便算不了摩登。于是自从皇上被免职以后，中国人也讲究避暑。北平的西山，青岛，和其他的地方，都和洋钱有同样的响声。还有特意到天津或上海玩玩的，也归在避暑项下；谁受罪谁知道。

暑，从哲学上讲，是不应当避的。人要把暑都避了，老天爷还要暑干吗？农人要都去避暑，粮食可还有的吃？再退一步讲，手里有钱，暑不可不避，因为它暑。这自然可以讲得通，不过为避暑而急得四脖子汗流，便大可以不必。到避暑期间而闹得人仰马翻，便根本不如在家里和谁打上一架。

所以我的避暑法便很简单——家里蹲。第一不去坐火车；为避暑而先坐二十四小时的特别热车，以便到目的地去治上吐下泻，我就不那么傻。第二不扶老携幼去玩玄：比如上山，带着四个小孩，说不定会有三个半滚了坡的。山上的空气确是清新，可是下得山来，孩子都成了瘸子，也与教育宗旨不甚相合。即使没有摔坏，反正还不吓一身汗？这身汗哪里出不了，单上山去出？第三不用搬家。你说，一家大小都去避暑，得带多少东西？即使出发的时候力求简单，到了地方可就明白过来，啊，没有给小二带乳瓶来！买去吧，哼，该买的东西多了！三叔的固元膏忘下了，此处没有卖的，而不贴则三叔就泻肚；得发快信托朋友给寄！及至东西都慢慢买全，也该回家了，往回运吧，有什么可说的！

一个人去自然简单些，可是你留神吧，你的暑气还没落下去，家里的电报到了——急速回家！赶回来吧，原来没事，只是尊夫人不放心你！本来吗，一个人在海岸上溜，尊夫人能放心吗？她又不是没看过美人鱼的照片。

大家去，独自去，都不好；最好是不去。一动不如一静，心静自然凉。况且一切应用的东西都在手底下：凉席，竹枕，蒲扇，烟卷，万应锭，小二的乳瓶……要什么伸手即得，这就是个乐子。渴了有绿豆汤，饿了有烧饼，闷了念书或作两句诗。早早的起来，晚晚的睡，到了晌午再补上一大觉；光脚没人管，赤背也不违警章，喝几口随便，喝两盅也行。有风便荫凉下坐着，没风则勤扇着，暑也可以避了。

这种避暑有两点不舒服：（一）没把钱花了；（二）怕人问你。都有办法：买点暑药送苦人，或是赈灾，即使不是有心积德，到底钱是不必非花在青岛不可的。至于怕有人问，你可以不见客，等秋来的时候，他们问你，很可以这样说："老没见，上莫干山住了三个多月。"如能把孩子们嘱咐好了，或者不至漏了底。

扬州的夏日

朱自清

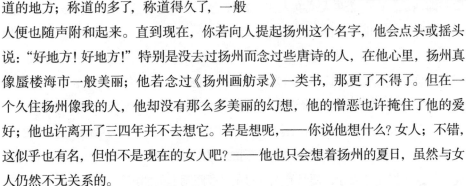

扬州从隋炀帝以来，是诗人文士所称道的地方；称道的多了，称道得久了，一般人便也随声附和起来。直到现在，你若向人提起扬州这个名字，他会点头或摇头说："好地方！好地方！"特别是没去过扬州而念过些唐诗的人，在他心里，扬州真像蜃楼海市一般美丽；他若念过《扬州画舫录》一类书，那更了不得了。但在一个久住扬州像我的人，他却没有那么多美丽的幻想，他的憎恶也许掩住了他的爱好；他也许离开了三四年并不去想它。若是想呢，——你说他想什么？女人；不错，这似乎也有名，但怕不是现在的女人吧？——他也只会想着扬州的夏日，虽然与女人仍然不无关系的。

北方和南方一个大不同，在我看，就是北方无水而南方有。诚然，北方今年大雨，永定河，大清河甚至决了堤防，但这并不能算是有水；北平的三海和颐和园虽然有点儿水，但太平衍了，一览而尽，船又那么笨头笨脑的。有水的仍然是南方。扬州的夏日，好处大半便在水上——有人称为"瘦西湖"，这个名字真是太"瘦"了，假西湖之名以行，"雅得这样俗"，老实说，我是不喜欢的。下船的地方便是护城河，曼衍开去，曲曲折折，直到平山堂，——这是你们熟悉的名字——有七八里河道，还有许多杈杈桠桠的支流。这条河其实也没有顶大的好处，只是曲折而有些幽静，和别处不同。

沿河最著名的风景是小金山，法海寺，五亭桥；最远的便是平山堂了。金山你们是知道的，小金山却在水中央。在那里望水最好，看月自然也不错——可是我还不曾有过那样福气。"下河"的人十之九是到这儿的，人不免太多些。法海寺有一个塔，和北海的一样，据说是乾隆皇帝下江南，盐商们连夜督促匠人造成的。法海寺著名的自然是这个塔；但还有一桩，你们猜不着，是红烧猪头。夏天吃红烧猪头，在理论上也许不甚相宜；可是在实际上，挥汗吃着，倒也不坏的。五亭桥如名字所示，是五个亭子的桥。桥是拱形，中一亭最高，两边四亭，参差相称；最宜远看，或看影子，也好。桥洞颇多，乘小船穿来穿去，另有风味。平山堂在蜀冈上。登堂可见江南诸山淡淡的轮廓；"山色有无中"一句话，我看是恰到好处，并不算错。这里游人较少，闲坐在堂上，可以咏日。沿路光景，也以闲寂胜。从天宁门或北门下船。蜿蜒的城墙，在水里倒映着苍黝的影子，小船悠然地撑过去，岸上的喧扰像没有似的。

船有三种：大船专供宴游之用，可以挟妓或打牌。小时候常跟了父亲去，在船里听着谋得利洋行的唱片。现在这样乘船的大概少了吧？其次是"小划子"，真像一瓣西瓜，由一个男人或女人用竹篙撑着。乘的人多了，便可雇两只，前后用小凳子跨着：这也可算得"方舟"了。后来又有一种"洋划"，比大船小，比"小划子"大，上支布篷，可以遮日遮雨。"洋划"渐渐地多，大船渐渐地少，然而"小划子"总是有人要的。这不独因为价钱最贱，也因为它的伶俐。一个人坐在船中，让一个人站在船尾上用竹篙一下一下地撑着，简直是一首唐诗，或一幅山水画。而有些好事的少年，愿意自己撑船，也非"小划子"不行。"小划子"虽然便宜，却也有些分别。譬如说，你们也可想到的，女人撑船总要贵些；姑娘撑的自然更要贵。这些撑船的女子，便是有人说过的"瘦西湖上的船娘"。船娘们的故事大概不少，但我不很知道。据说以乱头粗服，风趣天然为胜；中年而有风趣，也仍然算好。可是起初原是逢场作戏，或尚不伤廉惠；以后居然有了价格，便觉意味索然了。

北门外一带，叫做下街，"茶馆"最多，往往一面临河。船行过时，茶客与乘客可以随便招呼说话。船上人若高兴时，也可以向茶馆中要一壶茶，或一两种"小笼点心"，在河中喝着，吃着，谈着。回来时再将茶壶和所谓小笼，连价款一并交给茶馆中人。撑船的都与茶馆相熟，他们不怕你白吃。扬州的小笼点心实在不错：我离开扬州，也走过七八处大大小小的地方，还没有吃过那样好的点心；这其实是值得惦记的。茶馆的地方大致总好，名字也颇有好的。如香影廊，绿杨村，红叶山庄，都是到现在还记得的。绿杨村的幌子，挂在绿杨树上，随风飘展，使人想起"绿杨城郭是扬州"的名句。里面还有小池，丛竹，茅亭，景物最幽。这一带的茶馆布置都历落有致，迥非上海、北平方方正正的茶楼可比。

"下河"总是下午。傍晚回来，在暮霭朦胧中上了岸，将大褂折好搭在腕上，一手微微摇着扇子；这样进了北门或天宁门走回家中。这时候可以念"又得浮生半日闲"那一句诗了。

一寸一寸的好

崔修建

夏日，兴凯湖畔的一个小渔村，那棵已超百岁的大柳树的浓荫下，一位白发苍苍的老妇人，坐在见证过许多风雨的那个木凳上，慢条斯理地缝补着一张渔网。

不远处，一口泥陶的大缸盛满了井水，上面漂着几根油绿的黄瓜。矮矮的木板院墙上，一些牵牛花羞涩地低下头，两只芦花鸡耐心地寻找着藏在土里的虫子，一只小花猫追赶着那对翩然起舞的蝴蝶，一溜烟儿跑进生机盎然的小菜园。

再远一些，是青纱帐一样茂密的玉米地，那些腰间别着红缨的玉米，正精神饱满地享受烈日炽热的爱抚。近旁的半亩方塘里，几朵拙朴的荷花，开得无拘无束，几片静默不动的云影，像一帧民国时期的老照片。

这是一次寻常的途中遇见。突然看到一株童年熟悉的植物，我的目光立刻就被一抹温柔吸住了，仿佛有一首简单的歌谣，正从一朵随意开着的野花的头顶响起，我不禁默然伫立，静听时光慢慢行走的足音。

还记得，多年前那个明媚春日，我虔诚地趴在阳台上，怀揣小小的激动，还有一点点的忐忑，掩不住焦急地望向一棵梧桐树伸展的路口，等待那位邮递员出现，我不知道他会给我带来一个美丽的答案，还是一个叫我辗转反侧的悬念。

还有，那个红叶翩然的秋日，一条波澜不惊的大河兀自流淌着，河对岸两位身材窈窕的俄罗斯少女，拎着画板，朝浓墨重彩的白桦林走去，多么像一幅摄人魂魄的油画。

还有，那个飘雪的冬日午夜，我在漠河北极村的一间小木屋里，与来自江南水乡的一位摄影爱好者，拥着一炉炭火，两碗地道的东北大炖菜，一瓶当地出产的烈性高粱酒，让两个相识刚刚不久的大男人，立刻驱逐了所有的陌生，忘情地海阔天空起来。

我惊讶地发现，自己经常怀念的，记得特别清晰的，多是过往的一些寻常日子，和一些寻常的景、物、人、事，草屑一样琐碎、简单、朴素，闪着动人的光泽。大多时候，它们只是静默地躺在记忆深处，但不经意的某一刻，它们会突然造访，就像一位音信杳无许久的友人，蓦然惊喜地站到我面前。

　　也许是年轮不断增长的缘故，俗世间的点点滴滴，只因为一次凝眸，或片刻的聆听，便陡然生出些许美好的味道，真真切切，如风行水上，如花开枝头。

　　作家萧红在《小城三月》中欢喜地感叹："天气一天暖似一天，日子一寸一寸的都有意思。"扣动心灵的好，那样地触手可及，一寸一寸的。

种　书

文　猛

　　如果非要"称后"，我也算是"60后"。

　　生活并没有赐给我们这一代人太多的苦难，当然也没有太多的幸福。如果非要找出我们这一代人"称后"的理由，那就是我们前面会有不少的哥哥姐姐，那绝对是一个前有古人后无来者的"称后"理由。我前面就拥有四个楼梯一般的哥哥，他们读着楼梯一般的小学初中高中。在读书割草放牛种地之余，哥哥们最乐意的事情就是教我认字读书，给了我《射雕英雄传》郭靖逢上江南七怪师父般的感觉，四个哥哥书功不算很高，但他们的书功汇集我之身，让我在上小学之前，居然能够认识很多很多的字。

　　有了认字的书功，就很想笑傲书林，可惜的是在我那偏远的山村，我所能见到的书只能是哥哥们的各种课本，我所能听到的书只能是村口大槐树下大人们口中的《西游记》《三国演义》《聊斋志异》。

　　这片土地充盈鼓荡着庄稼和贫穷的气味，唯独缺少书籍的气味。

　　我只看见村代销店的木架上，有一本鲜红的烫着金字的《把一切献给党》，那是我能见到的课本之外的唯一的书。我的童年几乎是看着那片鲜红长大的。每次到代销店总要让老板取来摸一摸，读几段，去的次数多了，老板担心我日积月累地读完那本书，就用胶布贴了封口，让那片鲜红高高地摆在货架上。我自然不敢央求父母买书，在那个嘴都顾不上的年代，谁还会花钱去顾眼睛？奔着这本当时定价一块四的书，有一天，我终于以不吃饭为威胁，硬要爸爸答应我也去卖一次木料然后去买书。

　　威胁的第二天就逢邻省的水马滩赶场。那是周围最大的木料市场，路是远些，价钱很好。爸爸正在给我找木料，

大约是嫌这根重了，那根长了，老在那里叹气。还是妈妈聪明，她把饭端在桌上后，出来对爸爸说，把那根晾衣裳的晾衣竿取下来不就得了，反正他是去尝苦头的。爸爸取下晾衣竿，锯得只剩一丈长，还用麻袋在平衡处捆上垫肩。我问爸爸，多少钱才卖，爸爸气鼓鼓地说一块钱就可以了。

同去的三哥一定是场上红人，从肩上一放下松木，贩子们就围上来，村里其他人周围也有了顾客。只有我孤零零地站在草地上。

正在我沮丧时，一个像妈妈一样大的女人过来了："喂，小娃儿，你这晾衣竿一块五卖不？"

"不，爸爸说一块钱才卖！"

代销店那本鲜红终于属于我啦，拥有了自己的鲜红，拥有了人生最初的成就和喜悦。

走进被称为中国保尔的吴运铎的世界——战场上杀敌、三次身负重伤、百余处伤口布满全身、几十片弹片留存体内、左眼失去、左手右腿致残……这是他的坚强。

"一个人知道为什么冒险，他就会投入到这项冒险的工作中去，后退一步，心里都会觉得不好受。现在，我们的民族正在火中燃烧，我们要在烈火中锻炼我们的意志。为民族赴汤蹈火，得到永生。""把我们的力量、我们的智慧、我们的生命、我们的一切，都交给祖国、交给人民、交给党！"这是他的信念。

山上放牛，想着家中有本书，威猛的黄牯一下变得格外和善。

溪涧割草，想着家中有本书，溪水就特别清，草儿就特别青。

我把书的前面部分读了不下几十遍，就是不敢去读结尾，村代销店再也没有什么鲜红或雪白的书啦，不读完我就还有书，一下读完了我就再次没有书读。父亲最爱说，有了一顿充，没有了敲米桶。

渴望更多的书！

我常常看见父母把一些种子埋进土地里，然后施肥、翻土、杀虫，耐心等待它们在阳光下慢慢抽枝拔节，最后收获更多的种子。村庄的土地可以种出更多的种子，自然可以种出更多的书来，这是一个很朴素很实惠的思想和行动。选了一个太阳很亮很美的早晨，选了一片离家屋很近的树林，用红布将《把一切献给党》美美地包好，然后美美地种进地里，美美地等待书在阳光下抽枝拔节。

秋天，我会有更多的书的。

尘世小暖

顾晓蕊

　　她是一位七十多岁的老人，满头银发，佝偻着腰，脸上的皱纹刻画出岁月的年轮。我是公司的一名普通职员，每天衣着光鲜地坐在办公室里，重复着冗繁单调的工作。我们来自不同的天地，只因偶然的机缘，让彼此的生命从此有了交集。

　　那是多年前的一天，我端着茶杯疾步去茶水间，把迎面而来的人撞了个趔趄。她是位年长的清洁工，俯身扫地，额头上渗满细密的汗珠。

　　我正要开口道歉，她反而先问道："姑娘，撞到你了吗?"我笑着摆手说："我走得太慌了。"随意聊了几句后，这才知道她做清洁工已有些年了，最近刚调到我们楼区负责卫生。

　　不久后的一天，我倚窗而立，见她在楼下打扫落叶。她挥舞着大扫把一下一下地扫着，金黄的落叶映衬着她瘦弱的身影，显得执着而清寂，让我莫名地想起远在家乡的母亲。

　　我整理出一摞旧报纸，然后喊她上楼，说："这些报纸堆在地上挺碍事，你搬走吧，还可以换些零花钱。"她感激地连声道谢。从那以后，我经常把一些旧报纸送给她，她见到我会主动微笑打招呼。

　　时间久了，渐渐地知道了她的一些事情。她的爱人曾是公司的职工，因病去世，这对一个原本清贫的家来说是雪上加霜。公司为了照顾他们母子，同意让在乡下务农的她到厂里做清洁工兼看自行车棚，两间值班室成了她的居所。

　　一晃十余年过去，她的儿子到建筑工地打工，且已娶妻生子。这时，九十多岁的老母亲却又瘫痪在床。为了多挣些钱给老母亲看病，也为了减轻儿子的负担，原本应安享晚年的她仍在辛苦劳作。

　　总其大半生，可谓命运多舛，令人慨叹。然而，说起这些时老人却是一脸的平静，她说："在我小的时候，吃不饱穿不暖的，现在的生活很好，很知足了。"

　　后来有几次，我整理出女儿穿不着的衣服，拿去送给她的小孙女。老人每回都是既欢喜又过意不去，连声说道："谢谢，真是谢谢你了。"

有一天临时加班，直忙到暮色四合，当我拖着疲惫的身子走出厂门口时，见她站在风里眺望。看见我后，她赶紧迎上来说："我今天从老家回来，给你背了半袋面，等了半天终于等到你了。"

她又说："你对我那么好，我都不知道给你点啥好，这是自家磨的玉米面，烧稀饭可香了。"

那一刹那，仿佛有千万朵荷在眼前盛开，我心中涌起一股难言的感动。她没读过几年书，"投之以桃，报之以李"的道理她说不上来，但她记得别人对自己的好，并把它当作一种感恩，一种铭记。

这让我感到羞赧，甚至有些难为情，我给予她的是舍弃的"旧物"，而她还报给我的是汗水凝成的"礼物"。我抱着那半袋面离去，就如同怀抱着一颗沉甸甸的心。

后来，这样的场景不时出现。她从老家带回的礼品中，有带着泥土和露水的蔬菜，有又甜又脆的瓜果。为了不拂她的好意，我笑着接了过来，之后再用别的方式，悄悄地还之以礼。

有时她在清扫地面，看到我从身边走过，会停下手里的活，朝着我温和地笑笑。如果看我不是太忙，还会上前搭几句话。闲聊中，她得知我爱好写作，话语里更多了几分敬重。

隔了几天，她在路上等我，递上一卷透着香气的烙馍。我谢过她正要离去，老人关切地说："姑娘，写文章很费脑子的，你看上去瘦了，记得多吃点饭啊！"我点点头，认真地说："好，我记得了。"

就在我转身的那一刻，只觉心绪迭起，万千奔涌。在这座小城里，除了爱人和孩子以外，我没有别的亲人。如今我已近不惑之年，只有她仍称呼我姑娘，留意到我的胖瘦，我知道她是真的心疼我。

那天下班路过车棚，看见老人坐在大树下，怀里抱着孙女在哄睡觉，一边拍一边轻轻地哼唱。阳光透过树隙散落一地斑斓，我缓缓地从她面前走过，两人会意地相视一笑。恍然间，觉得有点像黑白老电影里面的场景，我多么希望时光停留在这温馨的一刻。

忘却与重生

查晶芳

我是标准的"裙控"，一年四季日日裙装，但即便炎炎盛夏，我也从不穿短裙，因为腿上疤痕太多。它们来自我小时候的怪习惯。

我不知道该把这种恶习称作什么。那会儿，不管身上哪破了，从来都是才结了层薄薄的血痂时，我就喜欢用手抠，直到伤口再次溃破，而到下次刚结壳时又忍不住要去撕去揭。母亲跟我说过多次，我充耳不闻。直到懂得爱美的年纪，才突然发现那些伤疤实在触目惊心。问医生，医生摇头叹息道，在伤口没有完全长好时强行剥落血痂，指甲上的异物就会停留在表皮细胞里形成黑色素，色素沉淀之后就会产生疤痕，时间一长，便成了永久性疤痕。

自那之后，身上再有蚊虫叮咬，我都坚决不去抓挠了。每每"手痒"时，我就强迫自己去做其他事，不去看那些伤口。某一日忽然想起再去看时，发现血痂早已不见，皮肤光滑如初。若不是或如铜钱，或如光点大小的新皮，竟不知曾经受创。

身体告诉了我一个朴素的道理：不要急，凡事自有自己的逻辑和法则。伤口也如果实，也须瓜熟蒂落，要让其自然愈合，着急去揭，欲速则不达。

精神的伤口亦莫不如是。祥林嫂在经历了夫死子亡再次回到鲁镇后，无法排遣内心的伤痛，不停地对人诉说自己的悲惨遭遇，直至千遍万遍。起初还能博得女人的眼泪和男人的叹息，到后来得到的只是所有人的冷漠与不屑。而她自己，每一次诉说，都在自揭心灵的伤疤，本就深入骨髓的伤口，始终鲜血淋漓，根本没有结痂的时间。当她捐过门槛后，神气立即舒畅了，眼光都分外有神，却被四叔四婶的嫌恶厌弃毫不留情地撕去了那层新结的薄痂，她身体和心灵的创口，毫无遮挡地裸露在嗜血菌的面前，结局可想而知。

在这个世界上，永远不会有人能对别人的伤痛真正感同身受。那些怜悯的眼神和同情的安慰绝大多数都是苍白无力的，不具备药效。无须自揭伤疤，时间是一味良药，会让它自然结痂。

可总有些伤口尤其惨烈，难以愈合；也总有些创口疼痛异常，难以忽略。那么，便用美好去治疗惨烈，用甜蜜去覆盖心酸，努力忘了它，转移注意力，去关注其他事物。譬如失恋，你与其沉溺于悲伤，从此无心爱良夜，任它明月下西楼，倒不如放眼远眺，前方会有更多的精彩在静静地等你。就像毛姆在《人性的枷锁》中所说，治疗失恋最好的方法就是开始一段新恋情。菲利普遇到生气勃勃的诺拉之后，那颗被米尔德丽德伤透了的心很快又生出了鲜润的新叶，失恋的苦痛自然而然就结束了。脱落的痂，如同蝉蜕，心灵如新蝉，已然新生。

生命的旅途上，总会有岔道横生，总会有荆棘环绕，无论身体还是心灵，受伤总是难免的。及时包扎伤口自然是必需的，之后就忘了它吧。一切都会过去，时间会帮你治愈伤口，那些难看的伤疤将会迎风脱落，如同笋壳剥落，定有新竹亭亭。

满窗春光满床书

洪 征

"枕上诗书闲处好，门前风景雨来佳。"读罢此句，掩卷眺望窗外，一抹春阳在桃树枝头荡起秋千，轻飏缭绕。此刻，没有缠绵细雨，只有枕上诗书。

黑字印在白纸上，汇集而成一本书，就变成了一个有思想的灵魂。我翻开书页，就是造访一个崭新的世界，与那些圣贤促膝而谈。每一本书就像一盏明灯，伴着我在历史的幽深的隧道里，直上银河去，轻拂天空璀璨星河。

翻开书的一角，一缕昏黄的灯光从凿开的墙壁孔洞里顽强地钻出。映照着一张少年写满渴求的脸庞。那双专注的眼睛，像春蚕咀嚼桑叶一般，把书册上的文字贪婪吃进一方心胸，燃烧少年心中理想之火。

凿壁借来一缕烛光，照亮了历史的天空，宛若灿烂的朝霞。

南北朝时期，义阳的朱詹，家中贫穷，有时连续几天都不能生火煮饭。饥肠辘辘的朱詹只好吞食废纸充饥。隆冬之时天寒地冻，没有被盖，抱狗而眠。尽管如此，他依旧勤学苦读，终于成为饱学之士，为梁元帝所重。

那个七八岁的乡下孩子因为偷听学堂里的琅琅书声，忘记了放牧的牛。回家之后，父亲的棍棒雨点般落在他的身上。第二天，他依然去学堂偷听。明朝的文学家宋濂在历史上为这个孩子记下郑重的一笔，这个叫王冕的孩子，终成一代大儒。

书里，爱书的先贤们在浩荡的岁月里快乐地享受着读书的乐趣。他们的身影宛如江上青峰，一座座巍峨峭拔，为后人敬仰。

如今我也读书。就像一个矿工拿着铁镐挖掘着知识的矿藏。或者更像一位老农，春种夏长，秋收冬藏。云卷云舒，花开花谢，年复一年。汉代的董遇读书有三余之说，指冬者岁之余，夜者日之余，阴雨者时之余。欧阳修说读书有三上，就是马上枕上厕上。他们都强调读书要抓紧一切时间。我亦如此。时间的缝隙都被书本填满。

薄薄的抑或厚厚的书宛如一块块砖石，砌成一间岁月的小楼。让我在躲避人世风雨之余，去体会明朝杏花的芬芳。当然也有"一任阶前点滴到天明"的失落惆怅。

人生如画，书事如歌。一本本书，恰似那一个个美丽的音符，化为"三月不知肉味"的乐章，谱写岁月的骊歌。

一本本书如同一棵棵挺拔的苍松，葱郁了人生的寸寸光阴。也像一泓碧绿的深潭，不时荡漾着一圈圈涟漪。

书本勾画出人生的年轮，生命里的阴晴雨雪都记录在此。

岁岁年年春光美，年年岁岁一床书。

这时，窗外的阳光瀑布一般洒落下来，满床的诗书熠熠生辉。

夏日交响曲

徐光惠

"池塘边的榕树上，知了在声声地叫着夏天……"当老屋门前那棵高大的核桃树上，悠扬地响起第一声蝉鸣时，故乡音乐会一般的夏天便拉开了帷幕。

清晨，我常常被窗外的鸟鸣声叫醒，睡眼蒙眬中，耳边传来鸟儿们"叽叽喳喳"的喧闹声，声音忽高忽低，忽远忽近，像小情侣在窃窃私语，像长舌妇在喋喋不休，更多的时候像在唱歌，清脆婉转如天籁一般。

推开窗，鸟儿三五成群站在树梢上、屋檐上，或梳理光洁的羽毛，或摇头摆尾，不时张开小嘴鸣叫几声，悠然自得。扬起手"嘘嘘"两声，胆小的鸟儿惊得拍打着翅膀，迅疾飞向天空，胆大的则不为所动，警惕地睁大眼睛观察一番，继续站在原地自顾自玩耍。鸟儿不知疲倦地在田野，在山岗，在你的窗前，在房前屋后或田间地头，放开喉咙鸣唱，叫得欢畅、生动而奇妙。

夏日天，孩儿面，说变就变。刚才还烈日当空，瞬间就阴云密布，狂风大作，"呼啦啦"席卷起地上的落叶、泥沙，天地间灰蒙蒙一片。紧接着，一阵"轰隆隆"的雷声从远处滚滚而来，瓢泼似的大雨"哗啦啦"从天而降，猛烈地敲打着房顶，冲撞着玻璃，豪迈洒脱，酣畅淋漓，"噼里啪啦"敲击出属于夏日的美妙音符。疾风中，密集的雨点形成一道道扭曲的雨帘水幕，重重砸落在地上，飞溅起无数晶莹的水花儿。

闷雷一波接一波，突然，刺眼的闪电划过茫茫苍穹，紧接着雷声炸响，震耳欲聋，撼人心魄。闪电，越来越亮，雷声，越来越响，大雨，越来越急。风追着雨，雨赶着风，闪电伴着雷鸣，时而低沉，时而高亢，将这场音乐会推向高潮。雷声、风声、雨声，相互交织，慷慨激昂，令人震撼。

半小时后，雷声渐渐远去，风雨减缓。这场及时雨的降临，让田野里的庄稼、路边的树木花草久旱逢甘霖，畅饮着甘甜的雨水，全都伸展腰身绽开笑脸，拔节生长，焕发出勃勃生机。空气中，氤氲着泥土的芬芳与花草的清香，天空澄澈，世界重新变得清新明亮起来。

"知了、知了……"没有蝉鸣的夏天不叫夏天。核桃树上的蝉不知躲在哪根枝丫上，扯开嗓子开始了它的演唱，划破夏日的宁静。蝉音高亢、嘹亮，一声接一声，传得很远，引得远处桉树上的蝉也跟着叫了起来，一唱一和。

蝉天天唱，一曲又一曲，声嘶力竭，堪称夏日里最敬业最出色的歌手，它们是在歌唱如火如荼的夏天，抑或在歌唱对生命的渴望和热爱。

捕蝉是孩子们在夏日里的一件乐事。找来一根长竹竿，套上一个网兜，或用面糊粘捕，其乐无穷。顶着炎炎烈日，蹑手蹑脚地在树林里穿梭，瞪大眼睛仔细搜寻蝉的影子，但蝉的警觉性很高，经常成功逃脱，孩子们也不懊恼，依然乐此不疲地寻找下一个目标。

一旦锁定蝉的藏身处，捕蝉的孩子便迅速伸出竹竿，将其网住或牢牢粘住。蝉无路可逃，成了囊中之物，孩子便欢呼雀跃，开心得不得了。

"一闪一闪亮晶晶，满天都是小星星……"夏天的夜晚热闹而迷人。圆盘似的月亮悄然爬上树梢，月光洒在大地上，灰蓝色的夜空中繁星点点，整个乡村显得诗意而朦胧。我们坐在院子里，躺在凉席上看月亮、数星星，听奶奶讲嫦娥和吴刚的故事，跟着妈妈唱好听的儿歌。

"稻花香里说丰年，听取蛙声一片。"马路对面是一大片稻田，蛙们粉墨登台，"呱呱呱"鸣叫，刚开始是一只、两只，像简单的二重唱。渐渐地，越来越多的蛙加入其中，声音越来越大，一波一波，一浪一浪，汇聚在一起，不绝于耳，似疾风骤雨又如万马奔腾，俨然一曲雄浑的交响乐。

仔细聆听，蛙声由远及近，又由近及远，高低起伏，错落有致，有的欢快跳跃，俏皮灵动；有的铿锵有力，尤为卖劲。

孩子们打着手电，来到稻田边试图寻找蛙的踪迹，屏住呼吸循声而去，谁知叫声戛然而止，根本寻不见蛙的影子。再往前，却听见身后蛙声又起，像在跟我们捉迷藏。

月亮高挂在夜空，蛙们跳来蹦去，月亮一不小心"叮咚"一声掉进水里，水面漾起丝丝波纹，像喝多了酒的醉汉摇摇晃晃，不一会儿，水面又恢复了平静。有清凉的风吹来，一茬茬稻谷金黄饱满，散发出阵阵醉人的清香。

夜深了，劳作一天的人们枕着虫吟蛙鸣，酣然入梦。

儿时的夏天，像一幅隽永的画定格在记忆里。遥远的故乡，一直住在心里，从未离开。

撬起世界的支点

李雪峰

在闻名世界的威斯特敏斯特大教堂地下室的墓碑林中,有着一块扬名世界的墓碑。

其实,这只是一块十分普通的墓碑,粗糙的花岗石质地,造型也泛泛一般,同周围那些质地上乘、做工优良的亨利三世到乔治二世等20多位英国前国王墓碑以及牛顿、达尔文、狄更斯等名人的墓碑比较起来,它更是微不足道不值得一提的一块十分普通的墓碑。并且它还只是一个无名氏的墓碑,没有姓名,没有生卒年月,甚至它连墓主的一个介绍文字也没有。

但就是这样一块墓碑,却是名扬全球的一个著名墓碑,每一个到过威斯特敏斯特大教堂的人,他们可以不去拜谒那些曾经显赫一世的英国前国王们,可以不去拜谒那些诸如狄更斯和达尔文等世界名人们,但他们却没有人不来拜谒这一个普通的墓碑,他们都被这个墓碑深深震撼着,准确些说,他们都被这块墓碑上的碑文深深震撼着。

在这块墓碑上,刻着这样的话:

当我年轻的时候,我的想象力从没有受过限制,我梦想改变这个世界。

当我成熟以后,我发现我不能够改变这个世界,我将目光缩短了些,决定只改变我的国家。

当我进入暮年以后,我发现我不能够改变我的国家,我的最后愿望仅仅是改变一下我的家庭。但是,这也不可能。

当我现在躺在床上,行将就木时,我突然意识到:

如果一开始我仅仅去改变我自己，然后作为一个榜样，我可能改变我的家庭；在家人的帮助和鼓励下，我可能为国家做一些事情。

然后，谁知道呢? 我甚至可能改变这个世界。

据说，许多世界政要和名人看到这篇碑文时都感慨不已，有人说这是一篇人生的教义，有人说这是一章生命力学的论文，还有人说这是灵魂的一种自省。当年轻的曼德拉看到这篇碑文时，他顿然有种醍醐灌顶之感，声称自己从中找到了改变南非甚至整个世界的金钥匙。回到南非后，这个志向远大原本赞同以暴抗暴垫平种族歧视鸿沟的黑人青年，一下子改变了自己的思想和处世风格，他从改变自己、改变自己的家庭和亲朋好友着手，历经几十年，终于改变了他的国家。

真的，要想撬起世界，它的最佳支点不是整个地球，不是一个国家，一个民族，也不是别人，它的最佳支点只能是自己的心灵。

要想改变世界，你必须从改变自己开始。要想撬起世界，你必须把支点选在自己的心灵上。

胎 记

鲁小莫

1

走近这个叫荫子的村子时，她的脸上，无法掩饰地露出惊诧。虽然已听身边的记者朋友说过，这里很穷，可穷的程度，远远超过了她的想象。泥土砌成的房子，低矮，破旧。一条马路，坑坑洼洼。几个孩子赤脚在地上奔跑，见了他们，含着手指好奇地观望，等他们走近，又散开。

在荫子小学的办公室，记者介绍她，这是省城的企业家，愿意赞助咱们学校。黑瘦的校长惊得差点掉了烟斗，双手在衣襟上擦擦，忙不迭地说，坐，快请坐。然后泡茶，一个茶盒倒了半天，倒出一些茶末，用开水冲了。

她坐下，环顾四周，心里有些苦涩。一个脆脆的声音在门外响起：报告！校长转过身说，进来。

门开，一个小女孩进来，手里捧着一面叠好的队旗，见有生人，迟疑一下，还是走上前，放在桌子上。

她忽然感觉嗓子发干，声音有些沙哑，问，你叫什么名字？

女孩羞涩地低了低眼睛，说，我叫赵妮儿。

2

十年前，她那样傻，爱上一个不该爱的人。

十年前，她在省城的一家私人诊所，生下一个哇哇哭叫的女孩。

他没有露面，只让人送些钱来。她没有多少怨愤。许多年了，她已习惯。她知道他的身份，限制了他的行为。

她昏昏沉沉地一觉醒来，忽然发现，身边的孩子不见了！她疯了似的去找他，揪扯着他的衣服问，我的孩子呢？他比她还愤怒，推开她，咆哮着，你知不知道，这个孩子，会毁了我的一切努力。

她傻子一样地怔着。他整理好衣服，看了看她，似乎不忍，说了句，荫子村。

而后离去。

谁也没想到，不久后，他在一场车祸中丧生，最后留下的三个字"荫子村"，成为她心中永久的痛。

荫——子。黑夜里，她一遍一遍地念着，揣摩着，是哪两个字呢？哪里有荫子村？

可她既没有力量，也没有办法去找自己的女儿。她羸弱得像一片落叶。支撑着起来，卖掉名下的房子，她在省城，开了一家首饰店。

十年了。十年里，她尘心不动，始终没有再嫁。十年里，她历经着商场的刀光剑影，一步步变得坚强，精干。十年的时间，她的连锁店开满省城，她成了有名的企业家，人所皆知。

可心里的痛始终不曾褪去。黑夜里，她整宿整宿地睡不着，头发大把大把地落。医生说她患了焦虑症，如不抓紧治疗，更年期会提前。

她苦笑。她的病怎么能治好呢？除非找到女儿。

找到女儿。这个想法电光石火地亮起，越来越炫目，再也不曾熄灭。是的，她有能力去找女儿了。

她的一位记者朋友，帮她找到了一个荫子村，在一个僻远的大山深处。

她仿佛是溺水的人抓住稻草，急切地问，你能确定，再没有别的荫子村吗？

朋友摇头，说，不能。又说，你想找到女儿，比大海捞针难得多。

3

她答应校长，那些漏雨的教室，重新修盖。除此，再建一座图书馆。

校长用一双粗糙的手，拉住她的，眼里涌上泪水。校长说，孩子们不会忘记您的，也请您，做我们的名誉校长吧。

教室前，孩子们整整齐齐地站着，听校长训话。校长介绍她，这是我们的宋校长。

孩子们热烈地鼓掌，掌声经久不息，童音清澈地响着：宋校长好！

她的目光，轻轻抚过每一位孩子。这些孩子，虽然贫困，身上的衣服，大小不一，可他们的眼睛，充满渴望，向往，还有深深的信赖。他们的笑脸，像一枚枚火红的太阳。她觉得自己的心，一下子被照亮了。

有孩子给她献红领巾，她弯下腰配合。她看到了一双泉水一样的眼睛，赵妮儿的眼睛。

4

赵妮儿十岁了，三年级，家里极贫困。父亲上山摔断了腿，常年躺着，母亲有病，家里的许多活儿，都是赵妮儿放学后干的。可这孩子争气，门门功课都优秀。

这是她有意跟校长问起得知的。

她心里泛起一些涟漪，忽地又有些害怕。她想，但愿我的女儿不要生活在这样的家里。

这时候，她已在镇上安了一个临时的家。镇上离荫子村二十里，她把她最简单的一个连锁店开在这里了。为了寻找女儿，她决定常驻沙家浜。

每个周末，她骑自行车去荫子小学，和孩子们一起做游戏，讲故事。她讲三国，讲红楼梦，讲陶渊明。孩子们听得如痴如醉，一双双眼睛灼灼生光。她停下来，孩子们急切地问，后来，后来呢? 她笑了，说，我该回去了，下周再讲。可孩子们舍不得她走，拉着她的衣襟，帮她赶着自行车，前簇后拥着，送了一程又一程，直到天黑下来，她赶他们，佯装生气，说，再不回去，下周我不来了。孩子们才依依挥手，边走边回头。到下个周末，孩子们老早等在路口，她一出现，他们就大声欢呼起来。她的心里，仿佛有温暖的风拂过。

她没有忘记寻找女儿。

私下里，她问过赵妮儿，你们村，有没有领养的孩子?

赵妮儿似乎一愣，继而摇头，无比肯定地说，没有。

她有些失望，却也动摇不了决心。她认真地给每一位学生建立档案，对村里熟悉后，亲自家访。

有一些事情让她唏嘘不已。

她去赵妮儿家。那么黯淡的屋子，她的眼睛半天适应不过来。赵妮儿的爸爸躺在炕上，被子虽破旧，却干净。赵妮儿在一口大锅旁，踮着脚包饺子。赵妮儿的饺子让她忍俊不禁。这个十岁的女孩显然对包饺子的手艺不够精通，饺子常常包破，再加一个面皮贴上。一面板的饺子，一半以上都打了补丁。赵妮儿不好意思地说，宋校长，今天是我妈的生日，我包饺子给她吃，您也留下来吃吧。

赵妮儿的母亲回来了。这个瘦得快要皮包骨头的女人，白天和男人一起在山上搬石头。

赵妮儿的母亲有些局促，问，妮儿这孩子，在学校里还好吧？

她看着女人疲惫的眼睛，说，非常好的孩子。

饺子熟了，赵妮儿先盛一碗，送给爸爸，再放下小桌，大家一起吃。

赵妮儿不停地问，饺子好吃吗？两个女人不住地点头，连声说，好吃。她夹一个饺子放进嘴里，饺皮有些硬，馅子好像没有加油，可她慢慢咀嚼着，不舍得咽下。这是一个小女孩献给母亲的爱啊！什么样的山珍海味她没有吃过，可这样的人间盛宴，让她羡慕不已！

赵妮儿的妈妈说，我们这个家，苦了妮儿。

她没有说话，低着头，眼泪落进碗里。她不想让人看见。

5

她不可遏制地喜欢赵妮儿。突然蹦出来的想法吓她一跳，如果真找不到女儿，她可以领养一个，像赵妮儿这样的。赵妮儿过得太苦！她可以给她幸福。赵妮儿的妈妈，不会太反对吧？

星期天她接赵妮儿到镇上的家。她答应赵妮儿一起去书店找一本书，这本书的故事，她曾经讲过。

夜晚，赵妮儿在她的卧室，东瞅瞅，西瞧瞧，满眼都是新奇。

灯光下，她喜悦地看着，忽然说，要是我有你这样的女儿就好了。

赵妮儿笑，用手指卷着发梢。

她问，你愿意做我的女儿吗？她抬起头，看着天花板说，我带你去省城，接受最好的教育，穿最漂亮的衣服，吃最好的食物，过最幸福的生活。你愿意吗？

赵妮儿点点头，又忙摇头，大眼睛里有一些向往，更多的是迷惘。

夜深了，赵妮儿睡了，呼吸均匀。她坐在床边，月光下，静静地看着，慢慢地，伸出手，掀开被子，伸向赵妮儿的衣角……

"啊——"赵妮儿尖叫着坐起，瞪着惊恐的眼睛，结结巴巴，宋校长，您，您要干什么？

她也被尖叫声吓得掉了地。捂住脸，眼泪从指间流出，十年的痛苦在一瞬间倾泻而出。

她说，我有一个女儿，像你这么大，可生下来不久，被抱走……她的左腋下，有一块青色的胎记……

胎记。是的。这块胎记不仅长在女儿身上，更是烙在她的心里。这么多年了，只要看到小女孩，她就抑制不住地想看孩子的左腋。这样的事她干过。大街上，她被视为神经病，被人斥骂过。她只好一再压抑着自己的冲动……

赵妮儿惶惑地听着，全身颤抖，紧紧抱住被子，嘴巴张得大大的。

赵妮儿是在第二天早上离开的。离开前，这个安静的女孩，说了很多。

赵妮儿说，宋校长，我不会跟您去省城的。我家里虽然穷，但我们很幸福。我爸爸，是为了给我上山采药摔坏的。那一年，我得了哮喘，老是不好，我爸爸白天干活，天不亮就去采药……小姑娘有些哽咽了，接着说，我爸爸说，他最幸福的事，就是每天我放学回家，喊一声，爸爸我回来了。这句话能支撑他活下去。我妈妈，是天下最好的妈妈，那次我也上山摔下来，头摔破了，流血太多，医生说要输血，我妈妈给我输的血，输完后她就晕了。我和我妈妈都是 B 型血，我大表哥说，只有最亲的人，才是一样的血型……

赵妮儿的脸上，挂满泪水，她抹一把，说，我的左腋下，没有胎记。

小姑娘走了。走之前，还问了一句，宋校长，您来荫子小学，就是为了找您女儿吗？

这句话，忽然让她无地自容。

6

赵妮儿走了，呆立的她，半天回过神来。慢慢地坐下，她想，来半年了，我也该回去了。

回省城前，她决定再做一件事，选定五名孩子，她会一直捐助下去。

赵妮儿也在五名之列。

赵妮儿却退了学。

校长告诉她的时候，她的心里，不亚于发生一场地震。校长说，她妈妈得了胃癌，赵妮儿要退学养家。

她是一口气跑到赵妮儿家的。赵妮儿看着她，只流泪，不说话。

她把赵妮儿的妈妈接到省城。她要请最好的专家来诊断。赵妮儿留在家里，照顾父亲。

老天仿佛不忍心将好心人带走，赵妮儿的母亲，胃里只是长了个良性瘤，一个手术便可解除。她的心里，有着说不出的欣慰。

手术很成功。手术后，赵妮儿的妈妈住在她家，看着宽大舒适的房间，钦佩不已。她却笑了，说，我还羡慕你呢，养一个那么好的女儿。说着，又有些黯然，我也一个女儿……生下来被抱走……左腋下有一块胎记……说罢，又抹着眼泪笑，自嘲，看我，快成林祥嫂了。

赵妮儿的妈妈没有想到，眼前这个雍容的女人，也有烦恼，她听着，听着，忽然吃惊地张大嘴巴。

她将赵妮儿的妈妈送回家，全村人都来了，看着她，仿佛她是救世主。赵妮儿紧紧地抱住妈妈，继而，转过身，"扑通"地，赵妮儿给她跪下了……在场的人无不动容。

7

她终于要走了。

走之前，去了趟荫子小学，送了几套防寒服。快过冬了，她希望孩子们的冬天，能更暖和些。交给校长，没有惊动学生，她只想静静地离开。

坐上回省城的车，心里居然有一种浓浓的依恋。女儿没找到，却收获了很多。她的包里，有王强送的石榴，那是王强家石榴树上最大的一颗。李珍子编的花环，她要做成标本……她得到的，是人间最质朴与真挚的情义。赵妮儿这个早熟得让她心疼的女孩，让她懂得什么是幸福。是的，有爱才会有幸福。以后，她会将更多的爱，分给更多的人。最让她意外的，是省城名医没有治好的焦虑症，在这里不翼而飞。如今，她终于可以睡得香……

车子启动了，她在心里默默地再见。再见，荫子小学，再见……

"妈妈——"仿佛是天籁，她一惊。再细听，清清楚楚，耳朵没有撒谎。她的心，忽然间颤抖起来。

　　车子后面，赵妮儿奋力跑着，她的小辫儿散开，长发迎风飘扬，汗水和泪水在脸上飞舞，她用尽全身的力气喊："妈妈——"

　　声音如泉水，响彻晴空……

长夏事事幽

韩慧彬

父亲的睡眠很浅，天刚蒙蒙亮，他就翻身起床了。

他习惯性地去打量正熟睡的两个孙子，脸上洋溢着幸福的笑容。悄悄地将被子向上扯了扯，两个孩子各自吧唧两下嘴，分不清是应允还是表现出被打扰的不满，扭过头，继续在美梦里深入。

自从孩子上了学，父亲就开始负责接送，风来雨去，从无怨言，孩子的作息时间表被他背得滚瓜烂熟，如同他熟知的节令一样准确。好久没下雨了，是的，河里的鱼也躲起来，没有雨前的躁动，很难钓上来，这是父亲垂钓积累下来的经验。江南多水，河汊密织，若能在日出之前钓到几条一指长的野生鲫鱼，也算是大收获了。

野钓空手而归的父亲没有表现出一点沮丧，他用熟鸡蛋去诱惑孩子起床，两个孩子也为了能有挑肥拣瘦的机会而比拼洗漱速度。桌前坐定，父亲告诉孩子，今天的熟鸡蛋与平日的不一样，有咸有淡，吃一枚鸡蛋相当于吃一只鸡。立夏吃蛋，热天不痊，消除疲乏，促进食欲，孩子对父亲说的话一知半解，眨巴着眼睛，似懂非懂地点头微笑。吃完蛋，孩子缠着父亲把立夏拿出来看看长什么模样。

父亲只好带着孩子走进田间。只见田埂上，荠菜的茎已经粗壮得足以高举起花盘；麦田里，麦浪翻滚，从新绿变成墨绿，等待着灌浆抽穗。五月的风吹来，吹来树叶奇异的香，也将蒲公英的种子吹向远方；槐树缀满米白的小花，蔷薇爬满了墙，油菜接近成熟，王瓜的藤蔓绵长，欣活于油菜地里，叶片毛茸茸的，长满小刺，开着两朵黄花。父亲告诉孩子，王瓜在城里是不多见的，长出来就像小号的甜瓜，吃起来口感不佳，但是乌鸦很喜欢，所以才叫它老鸦瓜，用不了多久，就可以摘下来给你们拿去玩了。

气温明显升高，人们换上单衣，内心热烈而膨胀。不如索性学李渔之"闭藏"，夏不谒客，不设头巾，不穿衣鞋，或裸于乱荷之中，或仰卧在长松之下，自在逍遥。父亲要做的事总是和他的孙子相关，为避免他的孙子被日渐毒辣的太阳灼晒，他把买来的车棚扎好，并固定在接送孩子的电瓶车上，在后备箱里备好雨衣。在他看来，未雨绸缪总是好的。夏天宽纵万物，放任其生长，狂妄而不顾一切，而立夏是夏天真正的开始，能不做准备吗？

吃罢立夏午饭，父亲给孩子称体重，只见父亲拿出闲置于墙角的杆秤，悬吊在横斜的粗壮树枝上，秤钩上悬着大竹箩头，孩子轮流坐进去，父亲一面由里向外拨秤花，一面说着"秤花一打二十三，小官人长大会出山。七品县官勿犯难，三公九卿也好攀"。说完，把孩子的体重记到发黄的脱了封面的笔记本上，便于来年比较。说起来历，父亲滔滔不绝，孟获被诸葛亮收服之后，对诸葛亮言听计从，诸葛亮临终嘱托孟获每年来看望蜀主一次。诸葛亮嘱托之日，正好立夏，每年的这一天，孟获都依诺来拜望。后来，刘禅投降，孟获每年立夏都要带兵去洛阳看望刘禅，每次去都要去称刘禅的重量，以验证是否被晋武帝亏待，并扬言如果亏待刘禅，就要起兵反晋，司马炎自然不敢欺侮刘禅，他的日子过得清静安乐，福寿双全。或许，父亲也是在用独特的方式祈求上苍，给他的家人带来好运吧！

昼伏夜出的蟋蟀也从立夏的傍晚开始繁忙起来了，鸣声急促而又略显浑厚，感觉敏锐，一旦有响动，鸣声就会戛然而止，一定要它们觉得安全了才开唱。父亲告诉孩子，狡兔三窟，蟋蟀同样很精，会在地下挖出多条地道，沿着不同的方向往周边延伸。父亲蹲下身子仔细看，生活在潮湿阴暗环境中的除了蟋蟀，还有蚯蚓，立夏气温突然升高，蚯蚓也不耐烦了，出来凑热闹，在墙边晒不到太阳的地方隆起一堆堆的洞泥。其实，蚯蚓是名贵的药材，细胞里含有大量的蛋白质，能治疗很多病症。父亲自然知道蚯蚓是万能鱼饵，在野生水域垂钓，蚯蚓效果很好，主钓鲫鱼，鲶鱼。父亲正等着这一天呢，可以随性去垂钓而不用担心饵料的来源了。

立夏这天之后，父亲又坐上生活的马车。一家人和和美美地点亮日子，并且平平安安地将之燃烧得红红火火，一直是他心头的头等大事呢！

蓝是生命的礼物

梁新英

那日，读余秀华的诗，被"天空把所有鸟的叫声当成礼物，才有惊心动魄的蓝"这句惊到。

鸟的叫声不同，清脆的，婉转的，悠长的，也有低沉的，嘶哑的，所有的鸟鸣合奏一曲交响乐，成就天空丰富的灵魂，形成一种蓝，惊心动魄的蓝。偶尔，云朵担心它落了灰尘，擦了又擦，洗了又洗，天空的蓝纯净通透，漾着新鲜味道。黄沙嫉妒蓝高高在上，与风合谋，向天空发起挑战，几个回合败下阵来。风掩藏了踪迹，天空依旧蓝着，沙依旧黄着，仿佛一切都不曾发生，让人怀疑这里曾经有过较量。天空讨厌雾霾，大海排斥污物，如果人类肆无忌惮，蓝就会在视线里走丢。

天空盛不下，把蓝匀给安静的河流、湖泊，和深沉的大海。"日出江花红胜火，春来江水绿如蓝"，惹得白居易怀想江南，点点滴滴敲打着记忆的心扉。海纳了百川，蔚蓝辽远，成就其大。有水的地方，从不缺少蓝，深沉宁静构成蓝的底色。

内蒙古高原生长出诗意。阿尔山有天池，湖面波澜不惊，蓝宝石一样镶嵌在山巅。像一滴来自天宫的泪，蓝色的泪，它的前世今生关联着一个仙子的神秘传说。夏季草原，绿浪接天而去，河流九曲回环，像蓝色哈达，随时准备敬献给远方的尊贵来客。有了河流衬托，草原绿得灵动富有生气。蓝色落在耗子花、铃兰、黄芩、桔梗的茎上，成为季节这本书的精美插图。大小各异的朵儿，无一例外扬着杯盏样的花冠，邀你共饮天地精华。它似耳朵，倾听大地心音；似眼睛，阅目苍穹。不倨傲，不媚俗，宁静淡雅，兀自美着，需近身，才见其庐山真面目。恰如有人忙着谋生，心中亦有安静角落，陶然山林草野，闲对一帘月，兴起一弦琴，低调内敛，安享怡然之乐。

红、黄、蓝三原色，分而三足鼎立，合而如万花筒转动，构成缤纷世界。红色热烈，黄色明媚，蓝色不事张扬。雨和太阳造就奇迹，一条彩虹挂在天上。赤、橙、黄、绿、青、蓝、紫，仙女持着彩练当空舞蹈，如梦如幻。

　　蓝，有故事，懂得吸收容纳，所以深邃广袤，内心笃定。如果距离足够远，花草树木，山川风物，晨曦晚照，连我们人类都是蓝色；如水的时光是蓝色，厚重的历史是蓝色，删除不了的回忆也是幽深的蓝色。流年转换，大地上色彩更迭，唯有蓝始终如一的陪伴。

　　"青，取之于蓝，而青于蓝。"荀子如此定义老师和学生。为师者做铺路石，愿为阶梯，甘为学生脚下的肩膀，成就其伟岸。苏轼的文章清新洒脱，正好与欧阳修倡导的平实致用文风契合，成为欧阳修的学生。欧阳修赏识苏轼——"善读书，文章必独步天下""再过三十年，不会有人再提到我的名字"。欧阳修胸怀宽广，奖掖后辈，苏轼出于蓝而胜于蓝。

　　佛家认为"静定生慧"，一个人内心澄澈安定，就能扫除灵魂的尘垢，生出智慧。蓝色给人安详广阔的感觉，如果心情不好，就去看天空或者大海，蓝具治愈功能，让人心生安静，不在焦躁、烦恼的旋涡里挣扎。

　　蓝，是生命的礼物。

读书的奢侈

马 卫

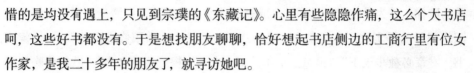

一天下午，我专程到市区最大的新华书店寻书。

在连续读了麦家的《暗战》，凌力的《少年天子》，徐贵祥的《历史的天空》之后，我对近年的长篇小说突然有种感悟，于是想到书店寻这几本好书——余华的《活着》，权延赤的《狼毒花》，刘斯奋的《北门柳》，可惜的是均没有遇上，只见到宗璞的《东藏记》。心里有些隐隐作痛，这么个大书店呵，这些好书都没有。于是想找朋友聊聊，恰好想起书店侧边的工商行里有位女作家，是我二十多年的朋友了，就寻访她吧。

朋友主要写散文，有些张爱玲气。我在《三峡都市报》做副刊编辑时常发她的稿子。后来我专门去搞创作，除了笔会上偶尔能见面，已很久没有见她了。

她问我下来做什么？我说买长篇小说，她接着的第二句话让我吃惊——现在，能静下心来读长篇，是种奢侈。我的心骤然一紧，这也算奢侈呵？我是按计划一年读五十部长篇的，那不是奢侈到极点了？

朋友当然有朋友的道理。

一是现在人到中年，工作压力特大，稍不注意，就有下岗之虞。我们这批20世纪60年代出生的人，没有读上好大学，也没有全面的修养，除了做点本行，一旦下岗，没有其他生存能力，不兢兢业业行吗？有点空，就得钻业务，哪还有时间看长篇啊，像《你在高原》十整本长篇，更没时间去读。

二是现在孩子正读高中，得一门心思放在孩子身上。除了做好后勤，还得替孩子补点课什么的。我们这代人只能这样了，但下代人得有更好的活法啊。于是每天晚上，得用一半时间来陪着孩子学习。这点我是不赞同的，我是从不这样做，孩子不是一样成绩好？想想我小时，父母文盲，我的成绩从来就是优秀。长大了，我不是一样出书，一样得奖，一样当作家？我当然不能批驳朋友的观点，望子成龙望女成凤，也是每个人的心愿啊。

三是现在应酬太多了，有搬房的，有嫁女的，有做生的，有考学的，有提职的，有得奖的，有出院的，五花八门，林林总总，找个机会让大家出钱吧，反正除了送礼，还得花很多时间去坐席，去陪同。特别是单位大了，每到周末，都会有一两家做事，不去吧，不对，去吧，真的是没有时间啊。

朋友说得可怜巴巴的。我问她那如何了解当然文坛呢? 她说: 订份《读书文摘》。这是个办法，但绝对不是好办法。说实话，原著的味道，文摘根本体现不了。现在各类文摘流行，说白点就是快餐文化，是在把人朝简单的方向推。麦家在《暗战》的自序中说: 总之，电视剧《暗战》不能代替小说，虽然是我自己改编的——正因为是我自己改编的，我心里更明白，只有小说才真正代表我。

确实，要领悟麦家的叙述风格，也只能读他的小说原著，这在电视剧中一点影子也没有。像他的《人生嗨嗨嗨》那种语感，电视永远也拍不出来。

我很庆幸，我有时间读书，享受朋友说的奢侈。因为我不上班，还有经济保障。这些年我读过的诺奖小说，至少在一百部。茅奖小说，除了《你在高原》，全读了。像《白鹿原》，读过三个版本。《一个没人给他写信的上校》读了五遍。《潘上尉和劳军女郎》读了三遍。读书不仅仅提高了我的写作技术，更是提高了我的认知能力，思辨能力，精神境界。

同时我也悲哀，当现实生活让很多文学爱好者没有时间去"奢侈"文学原著的时候，我们的文学渐渐远离百姓。文学的影响也在不断弱化。文学的功能也一天天萎靡。

让更多的人有时间和我一样"奢侈"。

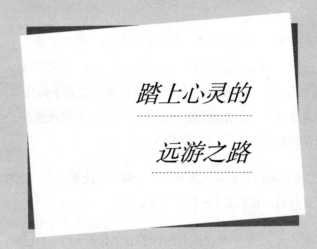

踏上心灵的

远游之路

- S U M M E R -

一个人在途上

郁达夫

在东车站的长廊下和女人分开以后，自家又剩了孤零丁的一个。频年飘泊惯的两口儿，这一回的离散，倒也算不得什么特别，可是端午节那天，龙儿刚死，到这时候北京城里虽已起了秋风，但是计算起来，去儿子的死期，究竟还只有一百来天。在车座里，稍稍把意识恢复转来的时候，自家就想起了卢骚晚年的作品《孤独散步者的梦想》的头上的几句话：

自家除了己身以外，已经没有弟兄，没有邻人，没有朋友，没有社会了。自家在这世上，像这样的，已经成了一个孤独者了……

然而当年的卢骚还有弃养在孤儿院内的五个儿子，而我自己哩，连一个抚育到五岁的儿子都还抓不住！

离家的远别，本来也只为想养活妻儿。去年在某大学的被逐，是万料不到的事情。其后兵乱迭起，交通阻绝，当寒冬的十月，会病倒在沪上，也是谁也料想不到的。今年二月，好容易到得南方，静息了一年之半，谁知这刚养得出趣的龙儿又会遭此凶疾呢？

龙儿的病根，本是在广州得着，匆促北航，到了上海，接连接了几个北京来的电报。换船到天津，已经是旧历的五月初十。到家之夜，一见了门上的白纸条儿，心里已经是跳得忙乱，从苍茫的暮色里赶到哥哥家中，见了衰病的她，因为在大众之前，勉强将感情压住。草草吃了夜饭，上床就寝，把电灯一灭，两人只有紧抱的痛哭，痛哭，痛哭，只是痛哭，气也换不过来，更哪里有说一句话的余裕？

受苦的时间，的确脱煞过去的太悠徐，今年的夏季，只是悲叹的连续。晚上上床，两口儿，哪敢提一句话？可怜这两个迷散的灵心，在电灯灭黑的黝暗里，所摸走的荒路，每会凑集在一条线上，这路的交叉点里，只有一块小小的墓碑，墓碑上只有"龙儿之墓"的四个红字。

妻儿因为在浙江老家内不能和母亲同住，不得已而搬往北京当时我在寄食的哥哥家去，是去年的四月中旬。那时候龙儿正长得肥满可爱，一举一动，处处教人欢喜。到了五月初，从某地回京，觉得哥哥家太狭小，就在什刹海的北岸，租定了一间渺小的住宅。夫妻两个日日和龙儿伴乐，闲时也常在北海的荷花深处，及门前的杨柳阴中带龙儿去走走。这一年的暑假，总算过得最快乐，最闲适。

秋风吹叶落的时候，别了龙儿和女人，再上某地大学去为朋友帮忙，当时他们俩还往西车站去送我来哩！这是去年秋晚的事情，想起来还同昨日的情形一样。

过了一月，某地的学校里发生事情，又回京了一次，在什刹海小住了两星期，本来打算不再出京了，然碍于朋友的面子，又不得不于一天寒风刺骨的黄昏，上西车站去乘车。这时候因为怕龙儿要哭，自己和女人，吃过晚饭，便只说要往哥哥家里去，只许他送我们到门口。记得那一天晚上他一个人和老妈子立在门口，等我们俩去了好远，还"爸爸！爸爸！"的叫了好几声。啊啊，这几声的呼唤，是我在这世上听到的他叫我的最后的声音！

出京之后，到某地住了一宵，就匆促逃往上海。接续便染了病，遇了强盗辈的争夺政权，其后赴南方暂住，一直到今年的五月，才返北京。

想起来，龙儿实在是一个填债的儿子，是当乱离困厄的这几年中间，特来安慰我和他娘的愁闷的使者！

自从他在安庆生落以来，我自己没有一天脱离过苦闷，没有一处安住到五个月以上。我的女人，也和我分担着十字架的重负，只是东西南北的奔波飘泊。然当日夜难安，悲苦得不了的时候，只教他的笑脸一开，女人和我，就可以把一切穷愁，丢在脑后。而今年五月初十待我赶到北京的时候，他的尸体，早已在妙光阁的广谊园地下躺着了。

他的病，说是脑膜炎。自从得病之日起，一直到旧历端午节的午时绝命的时候止，中间经过有一个多月的光景。平时被我们宠坏了的他，听说此番病里，却乖顺得非常。叫他吃药，

他就大口的吃，叫他用冰枕，他就很柔顺的躺上。病后还能说话的时候，只问他的娘："爸爸几时回来？""爸爸在上海为我定做的小皮鞋，已经做好了没有？"我的女人，于惑乱之余，每幽幽地问他："龙！你晓得你这一场病，会不会死的？"他老是很不愿意的回答说："哪儿会死的哩？"据女人含泪的告诉我说，他的谈吐，绝不似一个五岁的小儿。

　　未病之前一个月的时候，有一天午后他在门口玩耍，看见西面来了一乘马车，马车里坐着一个戴灰白帽子的青年。他远远看见，就急忙丢下了伴侣，跑进屋里去叫他娘出来，说："爸爸回来了，爸爸回来了！"因为我去年离京时所戴的，是一样的一顶白灰呢帽。他娘跟他出来到门前，马车已经过去了，他就死劲的拉住了他娘，哭喊着说："爸爸怎么不家来吓？爸爸怎么不家来吓？"他娘说慰了半天，他还尽是哭着，这也是他娘含泪和我说的。现在回想起来，自己实在不该抛弃了他们，一个人在外面流荡，致使他那小小的灵心，常有这望远思亲的伤痛。

　　去年六月，搬往什刹海之后，有一次我们在堤上散步，因为他看见了人家的汽车，硬是哭着要坐，被我痛打了一顿。又有一次，也是因为要穿洋服，受了我的毒打。这实在只能怪我做父亲的没有能力，不能做洋服给他穿，雇汽车给他坐。早知他要这样的早死，我就是典当抢劫，也应该去弄一点钱来，满足他的无邪的欲望。到现在追想起来，实在觉得对他不起，实在是我太无容人之量了。

　　我女人说，濒死的前五天，在病院里，他连叫了几夜的爸爸！她问他"叫爸爸干什么？"他又不响了，停一会儿，就又再叫起来。到了旧历五月初三日，他已入了昏迷状态，医师替他抽骨髓，他只会直叫一声"干吗？"喉头的气管，咯咯在抽咽，眼睛只往上吊送，口头流些白沫，然而一口气总不肯断。他娘哭叫几声"龙！龙！"他的眼角上，就会迸流些眼泪出来，后来他娘看他苦得难过，倒对他说：

　　"龙！你若是没有命的，就好好的去吧！你是不是想等爸爸回来？就是你爸爸回来，也不过是这样的替你医治罢了。龙！你有什么不了的心愿呢？龙！与其这样的抽咽受苦，你还不如快快的去吧！"

　　他听了这一段话，眼角上的眼泪，更是涌流得厉害。到了旧历端午节的午时，他竟等不着我的回来，终于断气了。

　　丧葬之后，女人搬往哥哥家里，暂住了几天。我于五月十日晚上，下车赶到什刹海的寓宅，打门打了半天，没有应声，后来抬头一看，才见了一张告示邮差送信的白纸条。

自从龙儿生病以后，连日连夜看护久已倦了的她，又哪里经得起最后的这一个打击？自己当到京之夜，见了她的衰容，见了她的泪眼，又哪里能够不痛哭呢？

在哥哥家里小住了两三天，我因为想追求龙儿生前的遗迹，一定要女人和我仍复搬回什刹海的住宅去住它一两个月。

搬回去那天，一进上屋的门，就见了一张被他玩破的今年正月里的花灯。听说这张花灯，是南城大姨妈送他的，因为他自家烧破了一个窟窿，他还哭过好几次来的。

其次，便是上房里砖上的几堆烧纸钱的痕迹！当他下殓时烧给他的。

院子里有一架葡萄，两棵枣树，去年采取葡萄枣子的时候，他站在树下，兜起了大褂，仰头在看树上的我。我摘取一颗，丢入了他的大褂兜里，他的哄笑声，要继续到三五分钟。今年这两棵枣树，结满了青青的枣子，风起的半夜里，老有熟极的枣子辞枝自落。女人和我，睡在床上，有时候且哭且谈，总要到更深人静，方能入睡。在这样的幽幽的谈话中间，最怕听的，就是这滴答的坠枣之声。

到京的第二日，和女人去看他的坟墓。先在一家南纸铺里买了许多冥府的钞票，预备去烧送给他。直到到了妙光阁的广谊园茔地门前，她方从呜咽里清醒过来，说："这是钞票，他一个小孩如何用得呢？"就又回车转来，到琉璃厂去买了些有孔的纸钱。她在坟前哭了一阵，把纸钱钞票烧化的时候，却叫着说：

"龙！这一堆是钞票，你收在那里，待长大了的时候再用，要买什么，你先拿这一堆钱去用吧！"

这一天在他的坟上坐着，我们直到午后七点，太阳平西的时候，才回家来。临走的时候，他娘还哭叫着说：

"龙！龙！你一个人在这里不怕冷静的么？龙！龙！人家若来欺你，你晚上来告诉娘吧！你怎么不想回来了呢？你怎么梦也不来托一个呢？"

箱子里，还有许多散放着的他的小衣服。今年北京的天气，到七月中旬，已经是很冷了。当微凉的早晚，我们俩都想换上几件夹衣，然而因为怕见到他旧时的夹衣袍袜，我们俩却尽是一天一天的捱着，谁也不说出口来，说"要换上件夹衫"。

有一次和女人在那里睡午觉，她骤然从床上坐了起来，鞋也不穿，光着袜子，跑上了上房起坐室里，并且更掀帘跑上外面院子里去。我也莫名其妙跟着她跑到外面的时候，只见她在那里四面找寻什么，找寻不着，呆立了一会，她忽然放声哭了起来，并且抱住了我急急的追问说："你听不听见？你听不听见？"哭完之后，她才告诉我说，在半醒半睡的中间，她听见"娘！娘！"的叫了两声，的确是龙的声音，她很坚定的说："的确是龙回来了。"

北京的朋友亲戚，为安慰我们起见，今年夏天常请我们俩去吃饭听戏，她老不愿意和我同去，因为去年的六月，我们无论上那里去玩，龙儿是常和我们在一处的。

今年的一个暑假，就是这样的，在悲叹和幻梦的中间消逝了。

这一回南方来催我就道的信，过于匆促，出发之前，我觉得还有一件大事情没有做了。

中秋节前新搬了家，为修理房屋，部署杂事，就忙了一个星期。出发之前，又因了种种琐事，不能抽出空来，再上龙儿的墓地里去探望一回。女人上东车站来送我上车的时候，我心里尽酸一阵痛一阵的在回念这一件恨事。有好几次想和她说出来，教她于两三日后再往妙光阁去探望一趟，但见了她的憔悴尽的颜色，和苦忍住的凄楚，又终于一句话也没有讲成。

现在去北京远了，去龙儿更远了，自家只一个人，只是孤零丁的一个人，在这里继续此生中大约是完不了的飘泊。

西北旅途散记(节选)

杨　朔

正睡着,朦朦胧胧的,我听见一阵号声。多清亮呀。一听见号,我的心就觉得热乎乎的,就会想起许多往日的旧事。有人在我耳边说:"到潼关了。"我睁眼一看,天亮了,那位同车的客人不知什么时候从铺上爬下来,正在目不转睛地望着远处的黄河,望着黄河对岸那片黑苍苍的大山。觉得我醒了,那客人又说:"从这直到宝鸡,就是所谓八百里秦川了。"

那客人的身份名字,我也不清楚。从北京一上车,我们坐在一起,互相问了问姓,我就喊他老李同志。我见他前胸挂着一枚三级国旗勋章,知道是刚从朝鲜回来的。我呢,回来也不久,彼此谈起前线,三言两语,心就通气了。老李这人已经不年轻,眼角皱纹很多,身子又不好,在前线害神经衰弱病,现在到西北休养来了。昨儿一整天,我们对面坐在窗前,有时谈几句,不谈,彼此就默默地望着窗外。老李的话语很少,不容易猜透他的心思。不过我看得出,我想的,一定也是他想的。

昨儿火车飞过河北大平原,我的心飞到窗外,我的眼睛再也离不开那片亲爱的土地了。看看吧,好好看看吧,有多少年不见了啊。一条河,一个村,一片果树园,对我也是亲的。飞尘影里,我远远望见辆骡车,车沿上坐着个年轻的农民,头上络着雪白的羊肚子手巾,鞭梢一扬,我觉得我又听见了那熟悉的乡土音调了。这片地,这儿的人民,我是熟悉的。我们曾经一起走过多么艰苦的道路啊!那时候,夜又长又黑,露水就要变成霜了,我好几回夹在成千成万的农民当间,悄悄溜到铁路边上,一锹、一镐,破坏当时日本人占据的京汉路。岗楼上的敌人打枪,我们有的人流了血,倒下去了。倒下一个,立刻会有几个黑影又站到原处来了。到底把条京汉路破成平地,犁成垄,种上庄稼了。

现在这片国土终于得到自由。可是我知道,这每寸土地,每棵小草,每棵庄稼，都洒着我们人民的血汗，都是我们人民用生命争来的。

我的眼睛离不开这片土地，老李也离不开。昨儿一整天，我们就这样对面坐着望着从我们眼前飞过来的一山一水，一草一木，直到很晚很晚，窗外黑下来，什么都看不见了，我们又打开窗，把头伸出去，尽情闻了闻田野里那股带点乡土气味的青气。老李轻轻说一声"睡吧"，我们才睡了。

睡也睡不稳，你看天一亮，老李又坐到原位子上，望起来了。

这八百里秦川真富庶。这里的天气比北京要早一个月，满地是金黄的菜花，麦子长得齐脚脖子深，两只斑鸠一落进去，藏的就不见影。农民都下了地，挑粪的，赶着牛车送粪的，还常见一帮一伙的农民驾着牲口集体耕地。那驴呀马的摆着耳朵，甩着尾巴；人呢，光见嘴一张一张的，大概是唱着什么山歌。望见华山了，层层叠叠的山峰峭丽得出奇。可是沿着华山脚下，一路百十里，满是一片一片淡淡的白烟，究竟是怎么回事呢？

老李带着惊叹的口气说："杏花开了！"

真的，那无穷无尽的白烟正是杏花。在红杏绿柳当间，时常露出村庄，围着很高的村子城墙，年代太久了，墙上都蒙着挺厚的青苔。农忙这样紧，有的村子却在赶着拆墙。

老李似乎猜透我心里的疑惑，又说了："村子城墙没用了。早先年是怕土匪，天不黑就得关起城门，还得挡上碾子。现在拆了墙，正好用土上地，这叫墙粪。"

我听了说："你对西北熟得很哪。"

老李笑笑，也没答言，半天掉过脸问我道："你猜我想起什么来？"又紧接下去说，"我想起我的马。"

原来老李是个骑兵出身的老战士，在西北坚持过多年的战争。照他的说法，

马就是骑兵的命。打国民党反动派的时候，他调理过一匹铁青大骒马，又光又亮，浑身没有一根杂毛，谁见了谁爱。时常有紧急的战斗任务，几天连续行军，他自己带的馍不肯吃，宁肯饿着，也要先喂喂马。那马也真通人

性，你引它遛遛，它会乐得直踢踯，两只前蹄子一下子搭到你肩上，用嘴啃你的后脖领子。你给它指头，它用嘴唇轻轻衔着，也不咬。可惜这样一匹好马竟丢了。

老李告诉我说，有一天，他骑着马要赶到上级指挥机关去接受任务，半路上和敌人的骑兵遭遇了。敌人有十几个，当时他只有突出去。老李把缰绳一抖，那马撒开腿，四只蹄子不沾地，一阵风似的奔跑起来。敌人追着打，子弹在耳朵边上吱吱直响，那马只管跑，接连翻了几架山，甩掉敌人，才一停下，那马腿一软，卧下去了。老李往回一看，山下远远扬起一片灰尘，敌人从后边又追上来。他想拉起马走，一连几下拉不起来，这才发觉那马中了枪，还不止一枪，马肚子下的草都染得血红。情况这样急，老李身上又有紧急任务，只好舍了马走吧。才走出几步，那马喊喊地叫起来。老李回头一看，那马支起两条前腿，想站又站不起来，拼命挣扎着爬了几步，咻咻直喘。老李的心像针刺一样痛。谁能舍了这样一个好战友啊！他又跑回来。又拉那马，那马再也站不起来了，只是用鼻子拱着老李的前胸，眼神显得那么凄凉，好像是说："我不行了！我再不能跟你走了！"

老李讲到这儿，嘲笑自己说："你瞧，我怎么忽然会想起这个，奇不奇怪？"

不奇怪，一点都不奇怪。我知道他想的不只是马，他想的是他过去曾经走过的那条战斗的道路。这些回忆也许带点苦味，可是啊，越是痛苦的事，今天回想起来，越有意思。不懂得痛苦的人，是不能真正体会今天的幸福的。

老李是那么个沉默寡言的人，再也不能控制他的感情了，望着窗外低低喊："你看，你看，每一小块地都翻过来了。"

不错，都是新翻的，土又松又软，又细又匀。像是最精致的纱罗一样。

老李忽然又问我："你猜我又想到什么？"

我说："是不是又想到了马？"

老李摇摇头笑着说："不是——我真想从窗口跳出去，扑到土里打几个滚，那才舒服啊！"

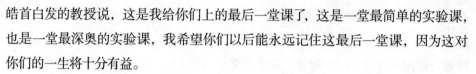

心灵的温度

李雪峰

教授的一群学生要离开教授毕业了，最后一堂课，教授把他们带到了实验室。

皓首白发的教授说，这是我给你们上的最后一堂课了，这是一堂最简单的实验课，也是一堂最深奥的实验课，我希望你们以后能永远记住这最后一堂课，因为这对你们的一生将十分有益。

教授说着，取出了一个玻璃容器，又往容器里注入了半容器清水。教授说："这是常态下的水，如果把它倒进一条小溪里，它将能流入大河，然后和许多水一道奔流着涌进大海。"教授把盛水的容器放进一旁的冰柜说："现在我们将它制冷。"过了一会，容器端出来了，容器里的水凝结成了一块晶莹剔透的冰块，教授说，0℃以下，这些水就成了冰，冰是水的另一种形态，但水成了冰，它就不能流动了，诸如南极极地的一些冰，它们待在那里几千年几万年了，几公里外的地方它们都不能去，更别说是流向大河，流向大海了，它们的全部世界就是它们立足之地的那丁点大地方，我们实在替这种水感到深深惋惜和悲哀啊。

"现在，我们来看水的第三种状态。"教授边说边把盛冰的玻璃容器放到了酒精炉上，并点燃了熊熊的火焰。过了一会儿，冰渐渐融化了，后来被烧沸了，咕咕嘟嘟地翻腾出一缕缕乳白色的水蒸气，在实验室里静静地氤氲着、弥漫着。

过了没多久，容器里的水蒸发干了。教授关掉酒精炉让同学们一个个验看玻璃容器说："谁能说出那些水到哪儿去了呢？"学生们盯着教授，他们不明白这最后一堂课，学识渊博的教授为什么给他们做这个最简单的试验呢？这是他们在初中，甚至在小学时都已经做过的试验，它太简单了，简单得简直让大家谁都懒得去回答。

教授看着那些不愿回答这个幼稚得有些可笑的问题的学生说："水哪里去了？它们蒸发进空气里，流进蓝蓝的辽阔无边的天空里去了。"教授微微顿了一顿说，"你们可能都觉得这个试验太简单了，但是……"教授口气一转严肃地说，"它并不是一个简单的试验！"

教授瞅一眼那些迷惑不解的学生说，水有三种状态，人生也有三种状态，水的状态是温度决定的，人生的状态也是自己心灵的温度决定的。教授说："假若一个人对生活和人生的温度是 0℃以下，那么这个人的生活状态就会是冰，他的整个人生世界也就不过他的双脚站的地方那么大；假若一个人对生活和人生抱平常的心态，那么他就是一掬常态下的水，他能奔流进大河、大海，但他永远离不开大地；假若一个人对生活人生是 100℃的炽热，那么他就会成水蒸气，成为云朵，他将飞起来，他不仅拥有大地，还能拥有天空，他的世界将和宇宙一样大。"

教授微笑着望着他的学生们问："明白这堂最简单的实验课了吗?"

"不，这不是一堂简单的实验课!"他的学生们异口同声地说。

"让你们对人生、对生活的温度最少保持在 100℃，这样你们的人生世界才会最大。这就是我这堂实验课的最终实验结论。"教授微笑着说。

同学们哗地鼓起了掌，实验室响起雷鸣般的掌声。他们记住了这最后的一堂实验课，他们知道了心灵的温度将会决定一个人的生活和一生，有一些试验看似是简单的，但简单里却深深蕴含着丰富的人生哲理，

谁能忘记这堂最后的实验课呢? 人生的课，人们会用一生去铭记。

凉席上的小蚂蚁

唐 伟

一日，我在屋里的凉席上翻阅一本《意林》来打发午间时间。

正看着一篇由刘墉老师写的《躺着想人生，就等于失败了一半》入神，突然一只小小的蚂蚁闯入我的视线。灵机一动，暗想天气这么酷热，反正无聊不如逗耍这只可爱的小蚂蚁。于是我把书放在一旁，匍匐着身体仔细端详那只蚂蚁。

暗黑色的蚁身显然还未完全发育成熟，弱小的躯体还残留着出壳时暗黄色的"胎记"。我看着想笑，心里寻思着这么小的蚂蚁你出门能做什么。

在宽宽的竹凉席上，小蚂蚁与我当然是不能比拟的。它那几只特别纤细的蚁脚，就像古代文人墨客描摹下女子若风拂柳的腰身。它爬起来显得异常吃力，虽然没有成熟蚂蚁那般灵活，但是它明白那都是岁月打磨下的最终结果。

我仔细观察着，这个小东西在较为平坦的地方爬得很快，像脱缰的野马在辽阔的草原上肆意奔跑，可到了竹席纰漏或断裂处时，它却显得特别谨慎。它在断裂处停了下来，先用自己的前左脚慢慢去试探一下竹席是否结实，然后转身又用前右脚轻轻地敲击这块残碎的竹片。小蚂蚁在确认安全后，又试了一次，不知是不自信，还是什么。它渐渐地用尽全身的力气去使劲地按压竹片，竹片岿然不动。这时它才放慢脚步走近边缘，先伸直前脚试着抓住对岸的竹片，一次，两次，三次……经过十几次地尝试它才得以成功。我觉得此时的小蚂蚁慢慢"变了样"。

小蚂蚁使劲抓住竹片，方才一步一步地向前挪动着。看得出这只小蚂蚁是一个"新手"，动作都还显得僵硬。看着它小心翼翼地步入竹片边沿，我摇了摇竹席想吓唬吓唬它。小蚂蚁真是个机灵的家伙，瞬间就退了回去。它在那里蹲了一会儿，似乎在思索什么。小蚂蚁打算再赌一次，因为在困难面前它更相信自己。于是，又像刚才那样一只前脚抓住对岸的竹片，同时又用另一只前脚闪电般地一把抓住对岸的白色绳索。两只前脚都用上了，后脚当然也不示弱。在前身的牵引下，后脚稳稳地定在竹片上，顿然在上面生了根似的。在大半个身体都到了对岸时，小蚂蚁后腿用力一蹬，纵身一跃就顺利翻过了断裂处。小蚂蚁这次熟练了许多，也聪明了许多。也许和人一样：经历的事情多了，经验自然会让我们事半功倍。经验就是一种财富，是我们通过一次次尝试和一次次失败后才积攒下来的"金子"。经验是从我们的苦涩眼泪和辛勤的汗水里挑洗出来的"珍珠"，平时生活里我们发现不了它的用处，直到在困难当头时才懂得它珍贵。

小蚂蚁度过了险处，头也不回地继续向前走。我看到这一幕，顿然觉得震撼。勇敢的小蚂蚁在面对危险时，不是胆怯和退缩，而是冷静地思考，找寻各种解决方法，最后通过一次次的努力取得了胜利。小蚂蚁是如此，我们又何尝不是？每一个人在奋斗路上常常会被失败的阴云捆绑，会被困难的锋刃割伤，或许有的人会一蹶不振，但这注定失败；或许有的人会忍着剧痛振作起来，最后通过冷静的思考和不断的努力尝到了成功的甜头。在成功克服困难之后，我们不要过长地停留在喜悦和赞叹的梦里，要如小蚂蚁一样立刻"重装上阵"，因为前面还有很长的路。

现在我终于明白为什么脚下的蚂蚁无论我们怎么阻挠，它都会一直向前爬行，因为它是一个始终奔跑的成功者。我们应当学习脚下的蚂蚁，虽然渺小却又伟大。

当我们在人生路上行走的时候，始终要拥有小蚂蚁一样的精神。在平静无风的日子，我们要时刻保持谨慎和自信的态度，因为沉湎在享乐和平静中的时候是最危险的时候；当困难阻挡了我们前行的脚步时，我们要有着小蚂蚁一般的坚强意志，学会冷静地思考，学会从不同角度去寻找克服困难的方法；当失败袭来的时候，我们不要为那伤口无用呻吟，因为你的退缩只会加倍你的痛苦。我们要冷静地思考，总结经验。尽快地重整旗鼓，而不是一蹶不振。默默地告诉自己：我要不断尝试，不断挑战自己。

等我回过头来，眼前的蚂蚁早已招来一大群蚂蚁。它们拉着一粒米饭吃力地向洞穴爬去。此时，小蚂蚁在我心里的形象变得异常高大。回想，我也不过是一只正在爬行的蚂蚁。

爱的标点

左元龙

一架巨型"风车"正缓缓转动，将天上的云和目光旋绞在一起，越转越紧，怎么也拔不出来。小城公园里，不知道何时增添了摩天轮，远远看上去，比旁边的山丘还要高出许多。

"爸爸，我想上去玩！"像在盯着自己心爱的玩具，儿子的眼神早已飞上摩天轮，边走边央求我；身体如受磁铁强力吸引，径直向它靠拢。

离婚后，儿子变成一只钟摆，摇荡在我和前妻之间。每一次，都踩着春风跑来，又被泪水冲走。一见面，儿子便紧紧拉着我的手，好像拽着一线风筝，一松手我能飞走；我更愿意多陪陪他，一起走的每一步，我觉得都是对他的补偿。所以，尽管有些恐高，对我们这对"周末父子"，我不忍心拒绝哪怕他针尖儿大小的要求。

一米一米漫上来的恐惧，终究淹没了诸多的心理准备。心犹如一团燃烧的塑料袋，一边焦灼滚烫，一边紧缩变形；攥紧的拳头捏出了空气中的水，一口一口的呼吸也变得遥远和漫长。

到底还是个孩子，对面的他的兴奋来得比上升的速度还快。差不多半个小城尽收眼底，他又蹦又跳，时而拍打着玻璃，时而左右跳踉，带动着四下透明的座舱轻轻摇晃。

当兴致运行到制高点，儿子偶然回头才发现我的窘迫。他一步冲到我跟前，尽管满脸惶恐不安，却试图努力找寻适当的词语熨烫我情绪的褶皱。摩天轮开始下降，重心瞬间偏移，座舱猛烈晃动了一下，惊慌由胸腔喷涌而出，摩擦喉管发出的声音，连我自己都觉得陌生。

儿子像个大人，回身坐到对面的位置，瞪大眼睛看着我的脸，时不时侧头，看向越来越低的窗外。终于挨到降临起点，我逃也似的奔出舱外。其实，按照规定，游玩时间并没到结束，可以再坐若干轮回。

我走到软绵绵的水泥地面，情绪立刻风止澜平，静如寻常。儿子扶着我，一遍遍急切问我的感受。和我的害怕没有完全退潮一样，从他关切的眼神里还能看出来，儿子的心思仍缠绕在摩天轮上。

待心绪平复，我劝儿子重返摩天轮，他说什么也不答应。"爸爸，你看它像不像标点符号？"他在有意岔开话题，"你看多像句号，这是我看到的最大的句号了！"

"我就想和你一起玩……"我还在劝说儿子上摩天轮，他的一句话塞住我的喉咙，让我一时不知如何回答，"你不玩，我也不玩！"

不久之后，我们又来到公园。看着远处的摩天轮，儿子犹豫了好一会儿，带着乞求的口吻："爸爸，我可不可以……玩一次摩天轮？"那副郑重的样子，狠狠触疼了心里的某个角落，"就我自己！"

儿子拒绝了我的陪同，一个人钻进座舱，朝着市区的方向静静站立，像是在欣赏，又像是在沉思。已经看不清他的表情，只见他偶尔向我招招手，更多时候是在看向远方。小小的身体，似乎装满了沉重，没有了之前轻盈的蹦跳。

我们再也没有一起坐摩天轮了。儿子长成小小男子汉，已经不再黏人，不会再像小时候，常常偷偷给我打电话，一遍又一遍问我在哪里，说一个人在家害怕，想跟我一起玩游戏……说着说着，话筒里涌来无边无际的哭声。

我像是多年前的儿子，每次与他打电话联系都是小心翼翼的，问他有没有时间陪我看电影，什么时候和我一起吃烧烤，可不可以一起去当初我们最爱去的地方……

路过能看到摩天轮的地方，或驻足或停车，我喜欢静静凝望一会儿，看上面的人，想心头的事。摩天轮确实像一枚超大的句号，标注在城市的上空，记录下数不清的快乐，轮回着尘世许多的眷恋，圆满着点点滴滴的回忆，一圈圈漾开放大。

我和儿子共同的家庭，走进了一个句号。但，在我与他两点之间爱的磁场，却有一种循环往复的电流，就像身体里流淌的相同血脉，永远不会有休止的那一点。如果可以，我愿意钻回那个标点，重启我们父子草草收场的一些段落。

做一棵草

马 卫

在乡村，见得最多的就是草。大自然有多少种草？恐怕谁也没有统计过。

草比树多，比庄稼多，比房子多，比牛羊多，更比人多。可是，人们最不关心的就是草。草的生，草的死，草的悲欢离合，草的爱恨情仇，一切像与人无关似的。草的不重要，从一句俗话中就知道，"人生一世，草木一秋"，不过是自然而然的事。

但是，人类却离不开草，不管愿意还是不愿意，先有草的存在，才有世间万物。没有人的时候，早有了草。

没有草的地方，也不长树，世上没有阴凉。即使在大漠戈壁，也有芨芨草。草比树坚韧，顽强，只要有点点机会，都会成活下来。

没有草的地方，也长不出庄稼，人们吃什么？草和庄稼，伴生呢。尽管人们不待见草。比如稗子和谷子，就是冰火两重天的待遇。

没有草的地方，牲畜也不能活下去，大到牛羊猪驴，小到兔子鸡子。

没有草的地方，连野兽也不会光顾。

没有草连虫子都难活。最低等的虫子，只吃泥、草、水。

所以，草和人类，有着不可分割的关联。可是，人们却无视草的存在，鄙睨草的生活。从田间地里，拔掉的是草，怕它们抢了庄稼的营养。在野山，草只能自生自灭。除了吃草的动物牲口，谁会在意草的存在？以往，农人们会割草来做引火柴，比如莎叶草、司茅草、蕨蓟草，自从有了电子打火，引火柴这个名词，就从人们生活的字典里渐渐消失。

我童年的时候，草还有种大作用：沤绿肥。

现在呢？没有人用绿肥了，连农家肥都用得极少。从蔬菜，到果树，化肥已围困了乡村。人们抱怨，现在米不香了，果子酸了，连甘蔗都不甜了。其实，都是化肥惹的祸。用草沤的有机肥，无毒，无害，成本也低，甚至没有成本，只需出力气就行。

吃草的猪，变成了只吃混合饲料的猪。那猪肉会香吗？

吃草的鸡，被圈养了，它们从生到死，都没有啄食过，不知道草，不知道虫为何物，所以现在的鸡汤，和白开水一样，再无补人的营养。

草被遗忘了，但是，它们却没有哭天抹地，还是该生的生，该长的长。

即便是最漂亮的城市，少不了一块块绿地，只是人们只看到花的鲜艳，树的伟岸，高楼的挺拔，而不在乎草的忠贞。

只有沙漠，草才被视为英雄，因为它以柔韧的身躯，抗击风暴，抵御沙尘。在这儿，草比树珍贵，因为树没有办法存活、茁壮。在这儿，草比花受人欢迎，因为花没有办法和风沙抗争，更不用说开出芬芳艳丽来。

在水里，草也珍贵，因为它是一些鱼类的食物。

草是贱的，只需水、泥和阳光，就能生长。

草是伟大的，它向人类提供的，除了食物，还有中药，还有绿色，还有氧气，还有花朵，还有说不尽的欢乐。

不管人类以什么样的态度对待草，它都不在乎，而是保持一种平和的心态，永远存在。

草，比人先到世界。即使人不在了，草仍然存在。

草，以它的低调，陪伴着人类，陪伴着地球。

我们没有理由，不为草唱一曲颂歌。

做一棵草，不争名利，无私奉献，如果每个人抱着这样的心态，和谐社会，必然可成。

风吹起蒲公英

顾晓蕊

十岁生日那天，母亲送他一份特别的礼物，那是一把红棉吉他。母亲是位乡村音乐老师，她轻轻拨动琴弦，流淌出美妙的乐曲。他听得着了迷，缠着母亲教他识谱，教他弹唱。

过了一段时间，他的指尖也能如蝴蝶般在琴弦间飞舞。那时日子虽然清苦，却有无数小快乐。可是，两年后，母亲因病去世。想念母亲时，他就抱着吉他轻轻弹唱，让琴声带走内心的悲伤。

有一天，他放学回家，父亲指着位个子瘦高的女人，说是他的继母。女人身后站着个年龄与他相仿的男孩，父亲说这是弟弟。他的心猛地一疼，难道父亲忘记母亲了吗?

仅靠几亩薄田，已难以维持生计。为了养家，父亲到附近的砖场打工，偶尔买回些零食，分给弟弟多些，他少些。他觉得父亲果然变了，心里更觉悲凉。

又是一个周末，父亲进家，从包里掏出两个苹果。红红的苹果又大又圆，散发着诱人的光泽，馋得他直咽口水。父亲当着继母的面，把苹果递给弟弟，扭身想对他说些什么，他赌气跑开了。

他躺在床上，想起刚才的一幕，泪水悄然滑落。这时，有人推门进来，是继母。他合上眼，假装睡着。继母在床边坐了会儿，给他掖掖被，随后，轻轻地离开。

他侧过身，碰到凉凉的东西，掏出一看，是个苹果。他心头一暖，委屈消散了许多。自那以后，每每父亲捎回些好吃的，继母总让弟弟给他留上一口。

继母无声的关爱，为他孤独的心灵打开一扇亮窗。他和弟弟的感情日渐融洽，弟弟的成绩好得出奇，让他这个做哥哥的自愧弗如。

那天，他和弟弟并排躺在田野上，风轻轻地吹着，周围丛生着一片片蒲公英。他们聊起各自的梦想，他说将来想当一名歌手，弟弟说愿化作蒲公英的种子，随风飘向广袤的天地。

就在他对未来充满憧憬时，不幸再次降临。父亲在下班回家的路上遭遇车祸，病危之际，拉着他的手说，孩子，我所做的一切，都是为了这个家。

多年的误会和责怨，顷刻间烟消云散。他深情的呼唤，最终没能留住父亲。父亲走后，继母一下子苍老许多，她常坐在那里发愣，任忧愁爬满脸庞。

他想了又想，做出一生中最重要的决定。他对继母说，我到外边打工，挣钱供弟弟读大学。继母低声说，我一个妇道人家，没啥能耐，让你跟着受苦了。她用手指绞着衣角，两滴泪水落了下来。

第二天清晨，他留下一封短信，背起心爱的吉他，悄悄地离开家。他来到一家建筑工地，干着又脏又累的活，在飞扬的尘土里，抛洒辛勤的汗水。

最困难的时候，他住廉价的出租屋，被成群的蚊子叮咬，后来，干脆裹着床单睡觉。为了省钱，他甚至连着一个月，每顿只吃盐水煮面条。他把节约下来的钱，寄往家里。

偶然的一个夜晚，他看到有人在街头弹唱，生意似乎还挺火，心中一阵暗喜。弟弟正读高中，购买复习资料，需要更多的钱。他把吉他擦拭一遍，调好弦，对着乐谱苦练了几十首曲子。

他穿行在繁华的夜市，用心弹奏每一个音符。有的听众被他的歌声吸引，拍手叫好。但也有醉酒的人，拿他取乐，推搡中将他撞翻在地。他爬起来，拍拍身上的尘土，转身离去。

来到城市这些年，他学会了隐忍。不管人生的际遇多么黯淡，他从没有忘记当初的梦想，并用自身微弱的光芒，去照亮弟弟前行的路。

就这样，他白天在工地干活，晚上到街头弹唱。终于盼到这一天，他收到弟弟的来信，弟弟以优异的成绩，考上理想的大学。他接着往下读，读着读着，泪水洇湿了纸页。

原来，弟弟曾到工地上找过他，工友们说，他下班后，到街头唱歌去了。弟弟转过几条街巷，看到抱着吉他弹唱的他。弟弟听得泪流满面，忍了又忍，没有喊出声来。

弟弟说，当时就下定决心，要用最好的成绩回报哥哥。考上大学后，可以边学习边做兼职，这样哥哥就不用那么辛苦。弟弟还说，母亲很挂念他，让他有空多回家看看。

　　那天晚上，他破天荒地买了酒，还有几碟小菜，跟几位工友一起庆祝。他跟工友们碰杯，声音很大地说，我弟弟考上大学了。他的语气是那么骄傲，那么自豪，仿佛考上大学的是他。

　　他生平第一次喝醉，倒在床边，微闭着眼，脸上露出幸福的笑容。就在半梦半醒之际，他感觉自己化作一缕清风，吹起洁白的蒲公英，飘向那不知名的远方。

那只小鸡还活着

鲁小莫

小鸡是为儿子买的。那一年，儿子三岁。我和他散步，一位老人在路边卖小鸡。那么多的小鸡，像是刚出壳，有的身上还湿乎乎的，它们在一只大大的箱子里，拥挤着，"叽叽"叫着，淡黄色的羽毛，圆圆的小身体，让人心里涌动着说不出的喜爱。儿子在小鸡面前蹲下，再也不肯挪动一步。

为博儿子快乐，我毫不犹豫买下一只小鸡。

回家的路上，儿子双手捧着小鸡，目不转睛看着，小心翼翼走着，惊喜溢于言表。我心里笑，想：小鸡物美价廉，比起那些遥控飞机，便宜多了。也许那时候我忽视的是，小鸡不仅仅是"玩具"，它更是一条小小的生命。

小鸡带回家，儿子找出一块饼干，就撅着屁股，趴在小鸡面前。他把饼干捏成渣，亲切地说："吃吧吃吧。"小鸡没客气，一啄一啄地吃着。儿子那个快乐呀，快要泛滥成海了。

儿子要给小鸡取一个名字，他一会说叫"鸡鸡"，一会说叫"东东"，苦思冥想了半天，还是没想好。我看见小鸡头顶上有一点淡淡的灰色，说："叫灰灰吧。"结果，儿子强烈反对，他不喜欢这个"老不溜秋"的名字。我只好说："那你自己想吧。"两天后，儿子告诉我，小鸡名字叫"乖乖"，我取笑："想了这么久，就起了这么个名字？"儿子点点头，说："妈妈，每次你叫我'乖乖'的时候，我心里特别舒服，我们就叫小鸡'乖乖'吧。"我真有点啼笑皆非。

'乖乖'成了儿子的好伙伴。每次儿子从幼儿园回来，它立即感觉到，飞一般地跑来，儿子走到哪，它就跟到哪。被如此依赖与亲近，儿子欢喜坏了，它总是忍不住地把小鸡捧在手里，轻轻抚摸它。那副疼爱的小模样，就像小鸡是他的心肝宝贝一样。

儿子看电视的时候，小鸡自己玩。它一会跑到沙发下，一会钻到茶几下，或者，把客厅当成散步广场。有几次，我行走时，差一点踩到它，惊出我一身冷汗。我生气地用脚碰碰它，说："一边去！"儿子立刻抗议："妈妈，你不能这样对待它！"他连最喜欢的动画片也不看了，抱起小鸡，跑到最安全的地方。阳台是小鸡最安全的地方。我一边忙着，一边听儿子在给小鸡唱歌，背唐诗。我心窃喜：有了小鸡，儿子不用时时缠着我了，我倒腾出很多时间做事，真不知是儿子照顾了小鸡，还是小鸡照顾了儿子。

小鸡大一点的时候，儿子开始带着它出去"遛鸡"。在家里，小鸡形影不离地跟着儿子，可到了外面，小鸡像放风的囚犯，立即展开自由的翅膀。它啄草籽，啄小虫，四处跑着。儿子形影不离地跟着它。很快，儿子的一群小伙伴也被吸引来了。他们对小鸡围观，还评头论足的。他们四处寻找小虫，殷勤地喂它。一时间，楼下尽是些弯腰找小虫的孩子。我在楼上的窗户看着，觉得那只小鸡真是太幸福了。

可是，幸福的小鸡越来越让我感觉不幸福了，因为它渐渐长大，原来可以装在一只小纸箱里，现在，它住在一只特制铁笼里。可它还不满足。半夜里，常常扑腾着翅膀，震得铁笼哗哗作响，犹如七级地震。余震还会波及我们的床。更让人无法忍受的是，某一天凌晨，太阳公公还未起床，小鸡就引吭高歌起来。我惊讶之余，无比痛苦地对老公说："我们家的男性公民，又多了一位。"

可我们家真的容忍不了这位男性公民。我常常熬夜写稿，早上的睡眠尤为重要。早饭时，我说了要把小鸡送人的话，结果，我儿子哭得稀里哗啦。他央求："妈妈，别把小鸡送人，晚上放在我房间里吧，我不嫌弃它。"我摇头。他又一再地出主意，晚上把小鸡放在书房，放在防盗门外……在他所有的提议都被我一一否决后，他威胁我："要是你把小鸡送人，我就不要你做妈妈了。"

我冒着不做妈妈的危险，跟一位朋友小李商量，在她回乡下母亲家时，把小鸡带走。我当然不敢贸然行事，而是先给儿子打了"预防针"，我说："李阿姨的妈妈家在农村，有很大的院子，小鸡可以天天在院子里跑，它会更加快乐……"可是，只要我一说这话，儿子立即抱住小鸡，把冷冷的后背转给我。

说服不了儿子，我决定使用强权政策。那天我跟小李约定好了，她来取小鸡。可是，小李一进家门，儿子抱起小鸡，就跑到阳台。我和小李好说歹说，儿子就是不肯松手。我生气了，要夺过小鸡，结果，儿子号啕大哭起来，他哭得那么伤心，仿佛世界末日到来。惹得小李也泪盈于睫，说："算了，我们不要这么残忍了！"儿子含着泪花，立即说："谢谢阿姨！"小李受不了了，满脸泪水地跑了。我像泄气的皮球一样坐在沙发上。

我跟小鸡开始了艰难的拉锯战。它形影不离地跟着儿子，对我视而不见。不仅如此，它还肆无忌惮地随处留下大便。它的大便越来越臭了。每天凌晨，我都要用耳塞塞住耳朵，我的神经衰弱也随之而至。是可忍，孰不可忍！难道我还斗不了一只小鸡？终于，某一天，儿子不在家时，我顺利地把它放在小李手上。

那天，儿子回到家，小鸡没有像往常一样，如约而至，儿子就小跑着到阳台。为了不让儿子睹物生情，阳台的铁笼已被我收拾了。不见了小鸡，儿子不说话，眼泪却一滴一滴地落下来。我忙拿出准备好的遥控飞机、大炮等，不住地安慰他："小鸡现在在农村大院里，跑得可欢了。"儿子捧着玩具，问："妈妈，小鸡会想我吗？""会的会的！"我连忙回答。结果儿子哇哇大哭起来，扔了飞机大炮，说："我不要玩具，要小鸡。"

唉！当初把小鸡带回来，我还以为引进了一个物美价廉的玩具，现在看来，得不偿失。

小鸡走了，我感到了前所未有的轻松。再也不用为它收拾大便，终于可以一觉到天明。生活真是幸福啊！可时间久了，小鸡带来的麻烦渐渐淡忘，我又想起它的"好"，想起它刚来时那种可爱模样。儿子时不时问我："妈妈，小鸡过得好吗？"我告诉他，有机会，我们一起去看看它。儿子立即雀跃起来。

我庆幸自己先去看了小鸡。那次机会很偶然，我跟着小李的车子，顺路去了一趟她母亲家。我下了车，在院子里，一眼就看见了它。它已经不是小鸡了，而是一只大公鸡，它的脸红红的，头上一点灰色依然存在。它正低头啄食。可是，它旁边的一只公鸡霸道地走来，把它挤到一边，还用嘴啄它。被挤到一边的"小鸡"，小心翼翼地伸长脖子，又啄了一口。另一只公鸡走来，狠狠地啄它一下。"小鸡"痛苦地呻吟着。

原来，小李的母亲养了好几只公鸡。那些公鸡是"同胞"兄弟，我们的"小鸡"是外来户。在公鸡的世界里，同样存在排外，以强凌弱现象，"小鸡"常常受到欺负。

在回城的路上，我心里忽然很酸涩，很

难过。

儿子得知我去了小李母亲家，一个劲地问我："妈妈，小鸡怎么样了?"我说："很好!"他不依，非让我说说怎么个"好"法。我想了想，说："它呀，天天在院子里跑，天天吃农家饭。"

"天天吃农家饭?"儿子很向往地听着，对我的回答很满意。以前我带儿子去吃过"农家饭"，他对农家饭的印象极佳。

儿子终于放下心来，不再吵着去看小鸡。他一天天长大，新的事物不断进入视线。小鸡，终于淡出了他的记忆。

若干年过去了，儿子已经长成一个阳光大少年。他聪明，开朗，兴趣广泛，并且富有爱心，善于助人。有时候，我的情绪处于低谷时，他会安慰我，说出来的话，居然饱含智慧。他时时给我惊喜的感觉。

那天，儿子跟我们一起看电视。电视上播放着有关肯德基是否出售"激素鸡"的新闻。儿子忽然问："妈妈，你还记得咱家的小鸡吗?"我看看他，点点头。儿子说："咱家的小鸡真幸福，没有被打激素，可以健康地成长。"说罢，又叹了口气，"不知小鸡怎么样了?"

我心里一惊。没想到这么多年过去，儿子还记得它，更不明白儿子说的话是什么意思? 难道，他以为小鸡还活着?

我想了想，聪明如儿子，一定不会以为小鸡还活着。那他为什么那样说呢? 因为有过伤感，所以我不想跟他深入探讨这个问题，但我似乎能够理解他的感受。在他善良的心灵中，小鸡一直活着。是的，那只给他带来无穷快乐，也让他付出深深爱意的小鸡，一直都活在美好的记忆中。

夜晚的山梁

曾正伟

　　夏末秋初，往往是家乡最热的时节。儿时的记忆中，每当夜幕降临之际，乡亲们都会自发地集聚到附近的山梁上乘凉。因为那里地势开阔，常年有风。席地而坐，既不用摇扇，也不用驱赶蚊蝇，就能享受清风带来的凉爽和惬意。

　　山梁是男人们高谈阔论的地方。高大爷被抓过壮丁，他的故事一筐接一筐；李大爷上过朝鲜战场，他的故事比电影还精彩。最有趣的是宋大爷，他去西安看了一回外孙，回来后就给我们大讲"朱元璋的兵马'桶'"，惹得大家捧腹大笑，他却不明就里。印象中，二叔的《岳飞传》讲得最精彩，他几乎能把刘兰芳的评书一字不差地背下来。还有村支书，每当国内外发生大事儿，他都会来这里"发布新闻"……

　　山梁也是女人们唠嗑的场所。她们三个一簇，五个一团，你拿着麻团，她拿着拨坨儿，一边搓着麻绳，一边唠着嗑。村上的事儿，无论是婚丧嫁娶，还是家长里短，都要经过女人们的评头论足。这个说，李家的三媳妇好像怀孕了；那个讲，张家的二小子马上就要结婚了。一旦谁家有了什么难事儿，这里就成为集思广益的最佳场所。不几天，难事儿总会迎刃而解。

　　山梁还是孩子们的乐园。那棵大柳树，便是孩子们的最爱。因为它是空心的，可以用来捉迷藏。可时间一长，孩子们就觉得索然无味了。一次，大人们组成一道人墙，把几个孩子围起来，让我和几个小伙伴来找。由于冲不进人墙，我就坐地蹬腿大哭起来，直到人墙留出一道豁口，我才肯罢休……

　　至于怀中的孩子，则是大人们"疯抢"的香饽饽。你抱一会儿，我抱一会儿，轮都轮不过来。有些性格内向的孩子，常常被大人抱到这里来"见世面"。只要见的人一多，孩子自然就不认生了。因为热闹，孩子要比平时睡得更晚一些。即便这样，每当散场时，怀里的小孩子往往都已进入了梦乡。

　　由于日积月累，这里的黄土早已被人们踩成了"骨头"。坐在地上，根本就蹭不下土来。那时，村里还没有电灯，月亮是唯一的照明"设备"。如水的月光，仿佛经过山梁的反刍后再吐出来，映衬着人们的欢声笑语。一跺脚，山梁"嘭嘭"直响，仿佛在和人们对话……

几十年间，山梁上的人们来了又去，去了又来，一拨接一拨、一茬又一茬地更替着。日复一日，山梁被太阳晒透了；年复一年，人们被日子熬老了。那一个个有趣的话题，仿佛织成了一张打捞岁月的网，打捞月色，打捞欢笑，打捞村民们对美好生活的向往。如今回想起来，仍让人回味无穷，永生难忘。

船上的笛声

虞 燕

六岁那年，我坐父亲所在的机动货船去上海看病。刚上船，小小的我甚是兴奋，东摸摸西瞧瞧，在父亲的床铺上翻来滚去。父亲的海员同事我一律叫阿伯，船长阿伯，做饭阿伯，光头阿伯，老猫阿伯……

这是一次决定我命运的出行。父亲和母亲面色凝重，他们准备了上好的虾干和鱼鲞，送于上海的远房亲戚，远房亲戚在医院有相熟的人。事实上，前面那几年，家里每年都会捎海产干品过去，以保持联系。我两岁多就去上海看过，医生说孩子还太小，不宜手术，等七八岁再来。父母揣着希望挨过一天又一天，我一满六岁，便等不及了，那个未知的结果是悬在他们心头的刀，寒光闪闪，冷气森森，让人连梦里都无法安生。

船还没驶出内港，我的活泼劲渐消，头重，眼皮重，手脚发软，整个人像被慢慢抽光了精神气，变得软趴趴晕乎乎，直呼难受。阿伯们说，才开出几步远，小囡就晕船了，那这一趟可有罪受了。果然，待船入外海，海浪如无数双巨掌重重拍打船身，"噼噼啪啪"，船只摇摇晃晃，起起伏伏，我顿觉天旋地转，胃里翻江倒海，一股热气东突西撞，身上有汗渗出来。未等母亲将脸盆端近，我"哇"的一声，边吐边哭。母亲一手端脸盆，一手轻拍我后背，连连说吐掉就会好了。吐过后的确能好受一会，然没多久，胃里的食物会再次发起总攻，涌上喉咙，我绝望地发现，呕吐会如浪头般一个连着一个，到后来，吐出来的只有黄色胆汁了。

父亲和阿伯们劝我喝水，稍微进食，我似被揉碎般瘫在床铺一角，懒得回应。大家说，里面太闷了，应该让我呼吸点新鲜空气，父亲便打开了靠海那面的小窗。清清凉凉的风扑进来，我深吸了一口，同时，我听到了乐声，舒缓、柔和，音符宛如在海面起舞，轻盈地跳跃，又仿佛化作了一股细长的水流，在我身体里缓缓流淌。最初那几秒，我以为乐声飘自海上，遂把脸贴在窗上，看有没有船与我们并进，不过，我很快反应过来，扭过脑袋看向对面，有阿伯坐在床沿，低眉敛目地吹笛子，他个高，微弓着身子，颇随意的样子。从此，我便唤他笛子阿伯了。

笛子阿伯暂停吹笛，问我，好不好听？我说好听。要不要听？当然要听。他

又把笛子横在了嘴边，手指好似有弹性，按住、抬起，按住、抬起，我的眼睛和耳朵很忙，已无暇顾及其他。不知谁塞过来一个苹果，我想也没想接过就咬，母亲趁机喂我吃了大半碗汤饭，就着豆腐乳。阿伯们说，小囡挺坚强，能吃下就好，还可以扛一阵子。

哪是一阵子，我甚至觉得自己可以对抗晕船了，毕竟，那会子，我多么生龙活虎，随着笛声摇头晃脑，裹起小毯子霸着窗子数过往船只，笛声轻灵灵滑过我的耳朵，传到了海上。彼时，天色已暗，海水也是暗色的，像倒进了酱油，点点渔火一跳一跳，机动船"突突突"驶过，不远处，两艘船笃悠悠往前开，若两个安闲散步的人，它们不紧不慢地与我们同行，遂想，说不定船上的人听到了袅袅笛声，不舍得开远呢。

也不知过去了多少时间，迷迷糊糊中，有人关上了窗，周围静了下来，空气暖暖的，有人问我还听不听笛声，我含糊地回了个"听"，有人轻笑，这下，嘴巴要吹破嘞。我好似躺在了摇篮里，摇篮轻轻地摇啊摇啊，笛声雨点般落下，不断地温柔地落在我身上。

一觉醒来，船早就停靠于码头了，十六铺码头，船要在那边装货。父母带着我先去远房亲戚家，坐公交车，经过一条正在修缮的路，泥泞而漫长，在我的耐心快消失殆尽时，终于到达。晚上，住在他们家阁楼，第二天，由那个婆婆领路，去医院。

不同于心事重重的父亲和母亲，一路上，我睁大眼睛，好奇地东张西望，叽叽喳喳说话。直到进医院，躺在手术床里被推进一个房间，我才感到害怕。几个穿白大褂的人围着我，捏捏我的膝盖，弹弹我的脚底板，说一些我听不大懂的话，其中一个还摇了摇头。过了半晌，我被推出来了，我大大舒了口气，听说动手术是要拿刀切身体的，医生说不用动了，那就是可以完好无损地回家了，我简直庆幸自己逃过了一劫，开心得想哼歌。而母亲，靠在那面雪白的墙上，好半天没有动。

终于回到了船上，笛子阿伯老猫阿伯等迎过来，围着我们问情况。我抱着上海婆婆给的奶糖和糕饼，钻进父亲的床铺，小圆窗真是好，能看到停在码头的轮船、货船，人们行色匆匆，像一条条鱼儿游进游出。偶尔转头看几眼聊天的大人们，大家的神情都挺严肃，父亲一直在抽烟，他的脸隐没在烟雾里。时不时，有叹息声和安慰声溜进我耳朵。

黄昏时分，笛子阿伯又吹响了笛子，他的一缕头发翘着，像折断的燕子翅膀，嘴唇干干的，浮起一层皮。总觉得这一次的笛声跟那天的不大一样，低沉、浑厚，让人联想到一大团乌云，眼看就要掉下来，或者，即将化作一场倾盆大雨。大家都没有说话，我也不好意思搞出什么大动静，只重复一个动作，把花花绿绿的糖纸压平。海鸟的叫声传来，忽高忽低，忽远忽近，听着有点儿烦。

船在码头装货要好几天，那一日，父亲趁自己有空，想带母亲上去走走，散散心，毕竟，那是母亲头一次到上海。那么，一整天的时间，把我托付给谁好呢？起初，我不愿独自留下，眼泪汪汪的，笛子阿伯拿出笛子在我跟前晃了晃，我改变主意了，决定跟随笛子阿伯。

我问阿伯，眼睛为什么老是眯起，是因为吹笛子太费劲吗？阿伯哈哈大笑，回答那是天生的，从小眼神不大好。那我放心了，若是吹笛子不用眯眼睛，我也想学，眯眼睛可不好看。我触摸到了笛子，滑滑的，凉凉的，笛身上凿了好几个小孔，其中一个孔贴了白色薄膜，当知晓这膜居然是鸡蛋壳的那层内壁，我张着嘴巴，一时没合上，真不可思议。阿伯吹笛子时，白膜会微微颤动，我有些担心它会不会突然破裂。

阿伯跟我打赌，我会唱的歌，他都能吹。我暗暗铆足了劲，记不清当时唱了哪些歌，大概就是《小燕子》《洪湖水浪打浪》《采蘑菇的小姑娘》之类，有的能唱全首，有的只能唱半首，最后，搜罗搜罗，连只能哼一两句的都翻了出来。阿伯的笛子实在神奇，我慢它就慢，我快它也快，笛音始终忠实地追随着我。其他的阿伯们进进出出，打趣道，哟嗬，这是开上音乐会了？

在后来的许多年里，每次我忆及那日的笛声，总会想到泉水，欢快、清亮，一路淙淙而流，在阳光下飞溅出闪亮的碎沫。

船装满货物后要运输至别处，不回我们岛上，父亲只得托另一艘船将娘俩送回家。换船在夜里，我正睡得香，被抱来抱去也没觉察。醒转大概是后半夜，或许嗅到了陌生的气息吧，睡得不安稳，说话声、脚步声、咳嗽声时有时无，我看向四周，幽暗、局促，一想到这船上没有父亲，也没有笛子阿伯，心里头闷闷的。

父亲与笛子阿伯交好，两人后来即使不在同一条船工作了，也会时常聚头。每隔一段时间，笛子阿伯上我家，一见我均是差不多的话，"又长大啦，时间过得真快"，诸如此类。有一年夏夜，几个阿伯在我家院子里乘凉、谈天，正值修船期，海员可以在陆上休息一两月。不知怎的，提到了我小时候缠着笛子阿伯吹笛子的事，已是少女的我觉得怪不好意思。

听父亲说起笛子阿伯，十七八岁在木帆船做炊事员时就吹上笛子了，那么多年过去，这个爱好只增不减。船靠岸，还有其他船的人过来切磋技艺，"嘀嘀嘟嘟"，海上漂的日子倒也不枯燥。

某一次，我去海边，看着各种船只在海面上驶行，大大小小，快快慢慢，恍惚间，竟听到了笛声，那么缥缈、悠远，也许，在其中的某一艘船里，也住了一个爱吹笛子的人吧。

多年前，我离开了故乡的小岛，这些年，通过父亲，零零散散地收到关于笛子阿伯的消息——去渡轮站工作了，退休了，视力越来越不行了……前几天，父亲告知，他和笛子阿伯都加入了岛上的老年协会，阿伯负责吹唢呐。我很惊讶，为什么是唢呐，而不是笛子？我猜想，概因老年人喜欢热闹喜庆？这么想的时候，心里却执拗地响起了笛声，婉转悠扬，颇有绵绵不绝之势。

笑靨中

绽放生命之光

- S U M M E R -

歌　声

朱自清

昨晚中西音乐歌舞大会里"中西丝竹和唱"的三曲清歌，真令我神迷心醉了。

仿佛一个暮春的早晨，霏霏的毛雨默然洒在我脸上，引起润泽，轻松的感觉。新鲜的微风吹动我的衣袂，像爱人的鼻息吹着我的手一样。我立的一条白矾石的甬道上，经了那细雨，正如涂了一层薄薄的乳油；踏着只觉越发滑腻可爱了。

这是在花园里。群花都还做她们的清梦。那微雨偷偷洗去她们的尘垢，她们的甜软的光泽便自焕发了。在那被洗去的浮艳下，我能看到她们在有日光时所深藏着的恬静的红，冷落的紫，和苦笑的白与绿。以前锦绣般在我眼前的，现有都带了黯淡的颜色。——是愁着芳春的销歇么？是感着芳春的困倦么？

大约也因那濛濛的雨，园里没了浓郁的香气。涓涓的东风只吹来一缕缕饿了似的花香；夹带着些潮湿的草丛的气息和泥土的滋味。园外田亩和沼泽里，又时时送过些新插的秧，少壮的麦，和成荫的柳树的清新的蒸气。这些虽非甜美，却能强烈地刺激我的鼻观，使我有愉快的倦怠之感。

看啊，那都是歌中所有的：我用耳，也用眼，鼻，舌，身，听着；也用心唱着。我终于被一种健康的麻痹袭取了。于是为歌所有。此后只由歌独自唱着，听着；世界上便只有歌声了。

几个欢快的日子

萧 红

人们跳着舞，"牵牛房"那一些人们每夜跳着舞。过旧年那夜，他们就在茶桌上摆起大红蜡烛，他们摹仿着供财神，拜祖宗。灵秋穿起紫红绸袍，黄马褂，腰中配着黄腰带，他第一个跑到神桌前。老桐又是他那一套，穿起灵秋太太瘦小的旗袍，长短到膝盖以上，大红的脸，脑后又是用红布包起笤帚把柄样的东西，他跑到灵秋旁边，他们俩是一致的，每磕一下头，口里就自己喊一声口号：一、二、三……不倒翁样不能自主地倒下又起来。后来就在地板上烘起火来，说是过年都是烧纸的……这套把戏玩得熟了，惯了！不是过年，也每天来这一套，人们看得厌了！对于这事冷淡下来，没有人去大笑，于是又变一套把戏：捉迷藏。

客厅是个捉迷藏的地盘，四下窜走，桌子底下蹲着人，椅子倒过来扣在头上顶着跑，电灯泡碎了一个。蒙住眼睛的人受着大家的玩戏，在那昏庸的头上摸一下，在那分张的两手上打一下。有各种各样的叫声，蛤蟆叫，狗叫，猪叫还有人在装哭。要想捉住一个很不容易，从客厅的四个门会跑到那些小屋去。有时瞎子就摸到小屋去，从门后扯出一个来，也有时误捉了灵秋的小孩。虽然说不准向小屋跑，但总是跑。后一次瞎子摸到王女士的门扇。

"那门不好进去。"有人要告诉他。

"看着，看着不要吵嚷！"又有人说。

全屋静下来，人们觉得有什么奇迹要发生。瞎子的手接触到门扇，他触到门上的铜环响，眼看他就要进去把王女士捉出来，每人心里都想着这个：看他怎样捉啊！

"谁呀！谁？请进来！"跟着很脆的声音开门来迎接客人了！以为她的朋友来访她。

小浪一般冲过去的笑声，使摸门的人脸上的罩布脱掉了，红了脸。王女士笑着关了门。

玩得厌了！大家就坐下喝茶，不知从什么瞎话上又拉到正经问题上。于是"做人"这个问题使大家都兴奋起来。

——怎样是"人"，怎样不是"人"？

"没有感情的人不是人。"

"没有勇气的人不是人。"

"冷血动物不是人。"

"残忍的人不是人。"

"有人性的人才是人。"

"……"

每个人都会规定怎样做人。有的人他要说出两种不同做人的标准。起首是坐着说，后来站起来说，有的也要跳起来说。

"人是情感的动物，没有情感就不能生出同情，没有同情那就是自私，为己……结果是互相杀害，那就不是人。"那人的眼睛睁得很圆，表示他的理由充足，表示他把人的定义下得准确。

"你说的不对，什么同情不同情，就没有同情，中国人就是冷血动物，中国人就不是人。"第一个又站了起来，这个人他不常说话，偶然说一句使人很注意。

说完了，他自己先红了脸，他是山东人，老桐学着他的山东调：

"老猛（孟），你使（是）人不使人？"

许多人爱和老孟开玩笑，因为他老实，人们说他像个大姑娘。

"浪漫诗人"，是老桐的绰号。他好喝酒，让他作诗不用笔就能一套连着一套，连想也不用想一下。他看到什么就给什么作个诗；朋友来了他也作诗：

"梆梆梆敲门响，呀！何人来了？"

总之，就是猫和狗打架，你若问他，他也有诗，他不喜欢谈论什么人啦！社会啦！他躲开正在为了"人"而吵叫的茶桌，摸到一本唐诗在读：

"昨日之……日不可留……今日之日……多……烦……忧……"读得有腔有调，他用意就在打搅吵叫的一群。郎华正在高叫着：

"不剥削人，不被人剥削的就是人。"

老桐读诗也感到无味。

"走！走啊！我们喝酒去。"

他看一看只有灵秋同意他，所以他又说：

"走，走，喝酒去。我请客……"

客请完了！差不多都是醉着回来。郎华反反复复地唱着半段歌，是维特别离绿蒂的故事，人人喜欢听，也学着唱。

听到哭声了！正像绿蒂一般年轻的姑娘被歌声引动着，哪能不哭？是谁哭？就是王女士。单身的男人在客厅中也被感动了，倒不是被歌声感动，而是被少女的明脆而好听的哭声所感动，在地心不住地打着转。尤其是老桐，他贪婪的耳朵几乎竖起来，脖子一定更长了点，他到门边去听，他故意说：

"哭什么？真没意思！"

其实老桐感到很有意思，所以他听了又听，说了又说："没意思。"

不到几天，老桐和那女士恋爱了！那女士也和大家熟识了！也到客厅来和大家一道跳舞。从那时起，老桐的胡闹也是高等的胡闹了！

在王女士面前，他耻于再把红布包在头上，当灵秋叫他去跳滑稽舞的时候，他说：

"我不跳啦！"

一点兴致也不表示。

等王女士从箱子里把粉红色的面纱取出来：

"谁来当小姑娘，我给他化装。"

"我来，我……我来……"老桐他怎能像个小姑娘？他像个长颈鹿似的跑过去。

他自己觉得很好的样子，虽然是胡闹，也总算是高等的胡闹。头上顶着面纱，规规矩矩地、平平静静地在地板上动着步。但给人的感觉无异于他脑后的颤动着红扫帚柄的感觉。

别的单身汉，就开始羡慕幸福的老桐。可是老桐的幸福还没十分摸到，那女士已经和别人恋爱了！

所以"浪漫诗人"就开始作诗。正是这时候他失一次盗：丢掉他的毛毯，所以他就作诗"哭毛毯"。哭毛毯的诗作得很多，过几天来一套，过几天又来一套。朋友们看到他就问：

"你的毛毯哭得怎样了？"

心的尺寸

周秀梅

有人说心如针尖，难容毫厘，也有人说心只方寸，乱可成麻，还有人说心如大海，汇纳百川。心有多大想必人们都是各自心中有数，这样说来人有多少样，心便有多少个尺寸。

宋朝才子苏东坡的学识世人皆知，如此满腹经纶之人早些年却是历尽坎坷，受尽磨难，尤其是受到权相章惇的百般迫害。

公元 1093 年，宋哲宗亲政，章惇官拜宰相，大权在握。他整治政敌从不手软，借推行赫赫有名的熙宁变法之机用尽手段铲除异己。因苏东坡与他政见不合，便毫不犹豫地将苏东坡贬到偏远荒蛮的惠州，半点不念及二人故友情分。章惇以为苏东坡从此将一蹶不振，未曾料到生性乐观的苏东坡以苦为乐随遇而安，流放期间依然写诗作赋也并不自暴自弃怨天尤人。章惇见未能彻底打垮苏东坡又将他放逐到更远的儋州。按宋朝当时的律例，放逐儋州只是比满门抄斩罪略轻一等，可见章惇是决意要将苏东坡置于死地的。

不仅如此，章惇妄图赶尽杀绝。苏东坡的弟弟苏辙也因为哥哥的缘故受到连带之过，被贬为化州别驾，兄弟二人生活仕途甚至性命几乎都陷于绝境。

数年后君主易位，政权变革，熬过生命中最灰暗的日子，苏东坡迎来了新的生机。宋徽宗即位，政治上各派明争暗斗的结果是时年 65 岁的宰相章惇失势。他被流放雷州，开始晚年颠沛流离的生活，苏东坡的所有罪责得以平反并再度出仕。

得知章惇被放逐，劫后余生的苏东坡并未置之不理。他给章惇写了一封信，信中写道："某与丞相定交四十余年，虽中间出处稍异，交情固无增损也。闻其高年寄迹海隅，此怀可知。但以往者更说何益？惟论其未然者而已……书至此，困惫放笔，太息而已。"

章惇流放后，苏东坡对他的家人也是厚待的。在与别人的通信中，苏东坡说道："章惇放逐雷州，我知道后很惊叹，这么大年纪寄迹海角天涯，心情可想而知。好在雷州一带虽偏远但无瘴气，望以此开导他的母亲。章惇之子章援参加朝廷选拔栋梁的科举考试，苏东坡时任主考官，他没有因个人恩怨徇私，断送章援前程，而是公正地录取了脱颖而出的章援为朝廷所用。章惇流放期间，苏东坡更是几次托人给他捎去治疗当地常见病的有效药方。

昔日故友成了心狠手辣的弄权者，反目视他为对手，多番阴险地谋划置他及家人于死地，这一切在苏东坡的心里没有生成仇恨的种子。章惇晚年的流放是他咎由自取，本不值得人去怜悯，而苏东坡却以厚德宽广的心饶恕了章惇过往的斑斑劣迹，以悲悯仁慈的心善待他的家眷，以公正廉明的心招贤纳士并不乘机公报私仇。

超越爱憎情仇的心，岂是大海浩瀚宽广所能比拟？流传千古的岂止是苏东坡的才情？后人更能看到他那休休有容庸庸有度的慈悲。

吃亏有时就是占便宜

雷 子

常言道："好汉不吃眼前亏。"然而，在诸多情形下，"好汉要吃眼前亏"。

设想这样一种状况：某天你驾车与别的车相撞，对方只是"小伤"，甚至几乎谈不上受伤。你不愿吃亏，打算与对方理论一番，可对方是四个彪形大汉，个个横眉怒目，将你围住索赔，再看四周荒僻，绝无可能有人向你施以援手。试问，你是否愿意吃"赔钱了事"这个亏呢？

倘若你能够"说"退他们，或是能够"打"退他们，并且自身毫发无损，那你大可不必吃这个"亏"。

只是，"秀才遇到兵，有理说不清"，当他人处于强势地位时，"理"这个字眼并不总是那般管用。

这，与大自然中的生存法则如出一辙！

有这样一则寓言故事：

一日，狮子提议9只野狗与它合力一同猎食。它们忙活了一整天，总共捕获了10只羚羊。狮子说道："我们得寻个明智之人来为我们分配这顿丰盛的美餐。"

一只狗说道："一对一分配就很公平。"狮子当即把它击昏在地。

其他野狗被吓得不轻，一只野狗鼓足勇气对狮子说："不！不！我们的兄弟说错了，如果我们给你9只羚羊，那你和羚羊相加就是10只，而我们加上一只羚羊也是10只，如此一来我们便都是10只。"

狮子心满意足，问道："你是如何想出这个精妙的分配法子的？"

野狗回答道："当你冲向我的兄弟将它打昏之时，我便即刻增长了这点智慧。"

毫无疑问，野狗能分到一只羚羊便是吃了眼前亏，倘若它们不吃，极有可能就被狮子吞食，你觉得哪种情形更为划算？

"好汉不吃眼前亏"，或许会遭受更大的亏！

吃点眼前亏，以较小的损失确保不遭受更大的损失，或者以此换取其他更大的利益，这都是为了"存在"这一宏大目标。倘若因不吃眼前亏而承受更大的损失或灾祸，乃至丢掉性命，那便得不偿失了。

韩信当年秉持"士可辱，不可杀"的信条，忍辱负重从乡里恶少的胯下爬过，保全了有用之躯。

"留得青山在，不怕没柴烧。"韩信若不是当年吃了眼前亏，又何来日后的统领雄师、纵横沙场？

众多人为了"面子"和"尊严"，或是为了"正义"与"公理"，与对方激烈争斗，最终一败涂地，元气大伤。没有了东山再起的资本，即便胜利也是赢得无比凄惨。

所以，当你发觉眼前摆着"亏"时，切不可逞一时的血气之勇，也万不可认为"士可杀，不可辱"，宁可吃吃眼前亏，以换取长远的目标和利益。

此外，有时吃亏实则就是占便宜。

有一个年轻人，大学刚毕业便进入出版公司担任编辑，他文笔出众，然而更可贵的是他的工作态度。

那时出版公司正在编辑一套大部头的书籍，每个人都忙得不可开交，但老板并无增添人手的打算，于是编辑部的人员也被派往发行部、业务部帮忙，然而整个编辑部唯有那个年轻人接受老板的指派，其余的人去一两次便开始抗议。

他总是说："吃亏就是占便宜嘛！"

事实上，旁人看不出他能占到什么便宜，因为他得帮忙包书、送书，活脱脱像个苦力工人！

他着实是个能够随意差遣的员工，后来他又去了业务部，参与直销工作，此外，取稿、跑印刷厂、邮寄……只要有需求，他都欣然帮忙！

"反正吃亏就是占便宜嘛！"他依旧如此说道。

两年过后，他自行成立了一家出版公司，经营得还算不错。

原来他是在吃亏的时候，将一家出版社的编辑、发行、直销等工作流程都摸得一清二楚，他最终是占了大便宜啊！

当今社会，人们好像很怕吃亏，宁可让他人吃亏，自己也绝不能吃亏。但中国的老辈们却常常劝导儿孙们：吃点亏并不是一件坏事。有远见卓识之人甘愿吃些小亏，以规避最终的失败，并通过吃亏来获取利益。目光短浅者只顾眼前的蝇头小利，最终不是坠入失败的深渊，便是遭世人唾弃。倘若能让自己在职场中应对自如，获取最终的成功，吃点小亏又算得了什么呢？

那些本可以达成的梦想

朱云乔

时间的雨，滴落人生的油纸伞，晕开半生心事，激起尘世涟漪。有些事情总是写满了无奈，可如果当初我们勇敢一点，结局是否会完全不同？

红尘陌上，我们与许多人擦肩而过。有些人曾被你无视，后来却让你望其项背。

不要等到别人都成功了，才幡然醒悟：我本可以做到的！

前不久看到一则新闻：十几位年逾花甲的老人，一起骑着摩托车出发在台湾岛展开了环岛旅行。梦想没有年龄限制，只要你找到了自己的方向，就勇敢地走下去。不要等别人誉满归来，你才追悔莫及。

大学毕业后，同学们读研的读研，工作的工作，很快都找到了自己的新方向，唯有陆远迟迟没有找到合适的工作。陆远是个其貌不扬的男生，个头又非常小，在找工作时，容貌成了他最大的硬伤。

同学们都为陆远捏了一把汗，担心他找不到工作。毕业一年多，沉寂许久的班级群忽然炸开了锅——陆远在群里说：我要开公司，谁跟我一起干？

那时候同学们基本都稳定了，没有人愿意辞掉自己的工作去陪一个连工作都找不到的人冒险。陆远还单独找了几个同学，但是都被婉拒了。

辞职创业，很多人心中都曾动过这个念头，但是真正敢于去做的没有几个。我们曾与许多千万富翁走在同样的起点上，但是十几年过去，彼此之间却绵亘起了遥不可及的距离。

陆远费尽周折，经过一年多的筹备，他的服装设计公司终于运营起来。有人相助，也有人旁观，有人赞扬他的勇敢，也有人讽刺他的野心。无论别人如何评价，其貌不扬的陆远毕竟当了自己的老板，他不再向别人乞求工作，反而有越来越多的人开始向他求职。

毕业十年，当年那个四处碰壁的陆远已经成为人们争相追捧的成功人士。而那些捧上"铁饭碗"的同学，依然守着每个月固定的工资，虽然衣食无忧，但总觉得生活少了些什么。每次同学聚会的时候，陆远总是抢着买单。看着那个小个子男人挺着啤酒肚，大家都感慨不已。

有位同学后悔自己当初没有辞职，没有和他一起去"闯天下"，陆远笑着说："你现在也可以来啊，我随时欢迎你。"听到这句话，那个同学却沉默了。或许，他也只是随口说说而已。

那些被我们随口说说的梦想已经载满行囊，但是有几个真正实践过？在陆远还没有创业的时候，我就曾听身边人提起过创业的念头。但是多年过去，时间已经将他们最初的梦想磨蚀殆尽，他们一面羡慕陆远的成功，一面慨叹"如果当初我也去创业，也能做到像他这样，甚至会更好"。然而那又怎样？没有践行的梦想，永远只是苍白无力的幻想，如同彩色的气泡，在梦幻的光芒里熠熠生辉，却经不起任何现实的风浪。

毕业那年，我们在学业上一同画下句号，然后在社会面前站在了同样的起点上。然而多年过去，每个人都有了巨大的变化，昔日的"学霸"依然在给别人打工，看老板的脸色工作，而一些不起眼的"学渣"却走上了创业路，渐渐成了小富翁，令人刮目相看。

昔日的同学里还有一位传奇人物——景年。从大一到大三，他逃过的课不计其数，有一年期末考试的时候，他去找老师要考试范围，结果老师坚定地认为他不是自己的学生，说什么都不肯给。但是到大四那年，他像突然看破了红尘一般立志考研，经常一整天一整天泡在图书馆里。就像当初陆远忽然说要开公司一样，同学们对景年这个梦想并不看好，甚至觉得他也就是三分钟热血，过几天就该故态复萌了。

但是令同学们惊讶的是，景年的态度非常坚定，连最爱的篮球都放弃了，每天沉浸在书本之中，忙着背各种名词解释、英语单词……

那时候大多数同学都已经为自己的将来做好了打算，不过也有人在读研和工作之间犹豫不决。今天看看书，听说有招聘会了，又忙着去投简历。而景年没有去任何招聘会，一心准备读研。

那些左右摇摆的同学最后大多找了工作，考研的计划也因此落空。直到现在，一到同学聚会时还会有人后悔自己当初选择了工作，而不是读研。

　　有时候，一分努力未必会有一分收获，但是十分努力中，一定会有一分收获。尽管景年全力以赴，但还是落空了。

　　就在大家都以为景年要准备工作的时候，他却在学校附近租了个小房间，郑重宣布他要进行"二战"。

　　我们钦佩那些意念坚毅的人，但是自己却很少做到。当年的考研大军里，所有榜上无名的同学都选择了工作，除了景年。

　　经过一整年的准备，第二年，景年毫无悬念地成了研究生。三年以后，成绩优异的他得到保博资格，顺利读了博士。

　　毕业多年，同学们都已经找到了自己的定位，有人庆幸，有人遗憾，也有人悔恨。但是时光已经回不去当年，我们就像被固定在社会机器上的某颗螺丝钉，本本分分地做着属于自己的工作。就算有一天忽然醒悟，想跳出自己的圈子去寻回那些被遗失的梦想，却发现周身早已锈住，再没有了年少时的那种魄力与疯狂。

　　今天的景年在一所大学工作，同学聚会时，他淡然说："这就是我想要的生活。"每个人都有自己想要的生活，但是你是否为之奋战过呢? 有人说想来一次说走就走的旅行，却又无法摆脱现实生活的种种羁绊；有人说想辞职创业，做自己的老板，却又不舍得那个稳稳当当的铁饭碗；有人说想去千里骑行，却又担心路上的雨雪风霜……

　　时光转眼，一去经年。有一些故事虽然已经成为泛黄的记忆书页，那些文字却铭刻于心，经年不忘。

　　今天的你，是否也曾错过一些本能达成的梦想?

懂得感恩是幸福之源

邓　强

人生处处要感恩。

一个人，如果常怀一颗感恩的心，那么他就会知道什么叫幸福，并且随时能品尝到幸福的滋味，就会更加珍惜生活中的一切，就会觉得人生是十分美好的。

只有自己心存感激，才会意识到处处有欢乐。

传说，有个寺院的住持，给寺院里立下了一个特别的规矩：每到年底，寺里的和尚都要面对住持说两个字。第一年年底，住持问新和尚心里最想说什么，新和尚说："床硬。"第二年年底，住持又问新和尚心里最想说什么，新和尚说："食劣。"第三年年底，新和尚没等住持提问，就说："告辞。"住持望着新和尚的背影自言自语地说："心中有魔，难成正果。可惜！可惜！"

住持所说的"魔"，就是新和尚心里没完没了的抱怨。这个新和尚只考虑到自己要什么，却从来没有想过别人给过他什么。像新和尚这种不懂得感恩的人在现实生活中有很多。他们总觉得社会亏待了他们，对一切事物都不满意，总觉得自己应该得到更多，却从来不想一想他们自己为社会为别人付出了多少。哲人说过，世界上最大的悲剧和不幸就是一个人大言不惭地说："没人给过我任何东西。"

一个心中不知感恩的人，是永不会满足的人，也是一个不懂得珍惜现在所拥有的人。他们整天只会怨天尤人，心中充满嫉妒，总以为别人的成果与成功是靠运气得来的。他们整天被怨恨的情绪所啃噬，搞得自己痛苦不堪。

两个沙漠中的旅人，已经行走多日了。在他们口渴难忍的时候，碰见了一个骑骆驼的老人，老人给了他们每人半碗水。两个人面对同样的半碗水，一个抱怨水太少，不足以消解他身体的饥渴，抱怨之下竟将半碗水泼掉了；另一个也知道这半碗水不能完全解除身体的饥渴，但他却拥有一种发自心底的感恩，懂得珍惜这来之不易的水，并且怀着感恩的心情喝下了这半碗水。结果，前者因为拒绝这半碗水死在沙漠之中，后者因为喝了这半碗水，终于走出了沙漠。

不同的态度，出现了不同的结果。

你是否也曾经为自己的失去而抱怨，甚至慨叹命运的不公，是否也无法冷静地对待险境，当危险来临时惊慌失措。其实这大可不必，也许我们正是因为失去才得到得更多，也正是因为坦然从容才摆脱了危险。

所以，请不要对你的处境感到失望，感到悲观，认为全世界最不幸的人就是你，也许本来你应该过得更糟的，可是正因为善良的天使躲在你的身后，你才是现在这个样子。

因此，你应该常怀一颗感恩的心。这样你将会发现原来自己周围的一切都是那样美好。毕竟对于生活怀有一颗感恩之心的人，即使遇到再大的灾难也能熬过去，因为他们懂得珍惜。而那些常常抱怨生活，永远发泄他们怨气的人，就算在人人羡慕的地方工作，在舒适的豪宅里居住，他们也不会感觉到幸福。

我们每个人都应该明白，生命的整体是相互依存的，每一样东西都依赖于其他的东西。无论是父母的养育，师长的教诲，伴侣的关爱，朋友的帮助，大自然的慷慨赐予……人自从有了自己的生命起，便沉浸在恩惠的海洋里。一个人真正明白了这个道理，就会懂得感恩，就会觉得自己能活在这个世界上是多么美好与幸福。因为有无数的人在帮助我们，给我们恩惠。

俗话说："滴水之恩，当涌泉相报。"别人给我们的帮助和好处，我们一定要谨记在心，懂得感激。因为别人的帮助不是"理所当然"的，世界上没有谁对你的帮助是理所当然的。这点点滴滴的都是人情，不但要心存感激，还应以同样的爱心去关怀别人。

对于我们的竞争对手，我们也要不忘感恩。因为真正促进自己的成功与进步，使自己变得机智勇敢、豁达大度的，不是优裕和顺境，而是那些常常可以置自己于死地的打击、挫折和敌人。挪威著名的剧作家亨利·易卜生就把自己的敌人，即瑞典剧作家斯特林堡的画像放在桌子上，一边写作，一边看着画像，从而激励自己。易卜生说："他是我的死对头，但我不去伤害他，把他放在桌子上，让他看着我写作。"据说，易卜生在"死对头"目光的注视下，完成了《培尔·金特》《社会支柱》《玩偶之家》等世界戏剧文化中的经典之作。

懂得感恩是获得幸福的源泉。在生活中，如果我们每个人都不忘感恩，人与人之间的关系会变得更加和谐，更加亲切。我们自身也会因为这种感恩心理的存在而变得更加健康和愉快。

夏天的柳

唐晓堃

我所见到的最美的柳，都是在水边，也都是在夏季，仿佛这就是柳的性格。

为工作和生活忙碌的我，休闲时总喜欢到离家最近的河边茶馆品茶，也许是因为那儿有一排柳，这个很不起眼的茶馆就显得古朴雅致了。无论春夏，还是秋冬，这里的人多还是人少，我都因柳而来，也因柳而去。在我眼里，柳总是自信盈怀，用缤纷的四季谱写生命的诗页，用参天的树干和遒劲的枝条汇聚生命的河流，它借用季节的外衣年复一年地嬗变，给热爱生命绿意的人们思考和顿悟。

我记忆中有一排湖边的柳，那应该是成年的柳，自然垂下的绿枝，像一幅精致豪华的帷幕。我唯独选中了那一棵柳，瘦小的身子倚在苍劲的树干上，一片翠绿映着我那抹粉红色的上衣，阳光透过枝条投射在微波粼粼的湖面，我浅浅地微笑着，一只手臂轻抚柳的柔枝，定格成一个特写，深得好友的喜爱，成为我高中毕业时赠送学友的留念照。那泛着绿波的湖面，那带着稚气的神态，惬意的表情和站姿，与初夏的柳相得益彰，虽然我已没有了这张照片，但记忆中的柳不会因为时间的遥远而模糊。

"昔我往矣，杨柳依依。"我对柳有一种深厚而钦羡的情感，心情仿佛晏殊笔下的"梨花院落溶溶月，柳絮池塘淡淡风"。在这初夏的河边，我与几棵苍老遒劲的柳树为伴，一杯红茶可以陪我一个下午。这时候，我常常手捧一本杂志，痴迷地咀嚼着书里那些或近或远的文字，乐而忘返。我也常常观察那垂向河面的摇曳变化的柳枝，有时竟情不自禁地吟诵起杨万里的诗来："未必柳条能蘸水，水中柳影引他长……"那没有飞絮的柳树，亭亭玉立，清爽可人，诱惑着我的视觉和嗅觉，让我尽享生活的宁静与诗意。

夏季绝不是一个枯燥乏味的季节，因为柳的身影，生活便多了浪漫的音符。有山就有水，有水就有柳，有柳就有人家。陶渊明就因为院子里有柳，生活追求变得淡泊，高雅；精神世界变得丰满，厚重。屋檐下的柳成为陶渊明精神的内力和支撑，使他始终保持着"采菊东篱下，悠然见南山"的出世心态。今天的人们或许能享受的是：牵着心上人的手，柳树下，石桥边，听小河潺潺流水，数夜空颗颗繁星，诉生活点点琐细。夏日傍晚，柳树下的散步为热爱生活的人带来诗情画意，为整天劳作的人增添和风细雨，为天天面对油盐柴米的人增补精神的营养和调料。也许，这足以让人在平凡的日子里知足常乐。

"日长睡起无情思，闲看儿童捉柳花。"飘飞的柳，仿佛在倾吐自己生命的价值和意义。历练了冬的苦寒，走过了春的稚嫩，迎来了夏的成熟。诗人杨万里让我看到有柳相伴的人家，生活过得舒适安逸，孩子为家人的生活带来快乐和情趣。那个初夏的夜晚，我和朋友们坐在长江边的柳树下，葡萄园里，聆听江上来往船帆的汽笛，尽情地聊天，肆意地放歌，欢庆有缘人在他乡难得的一次相聚。栖息在古镇酒店，我再一次感受到了杨万里笔下"杨柳荫中新酒店，葡萄架下小渔船"的惬意情怀。

夏天，我喜欢坐在柳树下，品一杯红茶，醉翁之意不在茶，而在柳。这诗意的柳，生活的柳，化作阳光雨露，悄悄融入我的胸怀，慰藉我平静的生活，滋养我向上的心情。

寄宿的日子

张亚凌

初中的学校在小镇的最东边，距离我家十多里。

将去一个完全陌生的学校上学，整个暑假，我都膨胀着兴奋。到了9月1号，急切的心早就在胸腔里蹦得难受，恨不得拔腿就冲进学校。可让我无比懊恼的是，一大早，母亲还是让我随她去锄地，顺带割猪草。心里拧拧巴巴揣着一千一万个不情愿，以至于后来割破了自己的手指头。

草草地吃了早饭，又没人送我，自己就扛起铺盖跟干粮去了学校。是走着去，到学校就不早了。学校给每个班都分有宿舍，只是学生多宿舍少，报名晚的就没处住了。我跟好几个同学就很尴尬地站在宿舍门口，脚底下是自己的铺盖跟干粮袋子，单单等着班主任来解决问题。

班主任是个体育老师，说话不遮不掩很是直接，随便说个话，都是一手叉腰一手挥舞，气势倒很足。"咱这里，屁大点的地方，十里八乡即使不是亲戚，七拐八拐就都成了亲戚。开学这一两天也不上课，回去叫你们家长到镇上或者附近的村子里给你们找个亲戚家先住下。随后看学校咋解决。"

我又背着铺盖、干粮袋子往回走。那天的我，来回走了近30里，大汗淋漓地背着那么多沉甸甸的东西，多少像个小傻瓜。

心里装满了对母亲的愤怒：要是早早去学校，一定可以在宿舍占到放铺盖的地方！破地，破猪草，破学校。那一刻，一个暑假发酵的对初中学校初中生活的向往，像肥皂泡般炸裂了。愤怒，委屈，笼罩着我压迫着我，在心里翻江倒海。

第二天，母亲特意买了一盒点心，借了辆自行车，捆绑好铺盖，干粮，我们就出发了。

一路上都是母亲的不放心：

咱只是晚上在人家屋里睡觉，不要吃人家的东西；少说话，眼里要有活，勤快点；干啥事都要轻手轻脚，不要吵了人家；晚上回去不要写作业，费人家的灯油；有啥事都忍着，不要给人家添麻烦；早晨去学校，记得把一天吃的东西都带上……

我们来到距离学校三四里的一个村子。七拐八绕就进了一条小巷子，站在一户比较破败的土门楼前。母亲又嘱咐道，妈把人家叫"姨"，你得叫"老姨"，嘴巴要甜。

母亲一进门就热情地喊"姨——，姨——"，喊了几声，从西边屋子里出来了个老人，她看母亲的神情显得很是生分。母亲在殷勤地叙家常里含蓄地说了跟老人的亲戚关系，我也听明白了：眼前母亲叫姨的这位老人，是母亲嫁出去的二姨去世后二姨夫另娶的女人的堂妹，真的是七拐八拐拐出来的亲戚啊。我自然底气不足，小声地喊了声"老姨"。

母亲把带的点心放在桌子上，而后很不好意思地提出了想让我暂时借宿一阵子的想法。

"说来说去都是自家人，你看，这么大的炕，就我一个人，娃睡在这里我也有个伴。"老人答应得很痛快。

我就很小心地住了下来。

我跟老姨住在西边屋子，东边两间房子住着老姨的儿子儿媳孙子，我早出晚归，很少见到他们。

谨记着母亲的叮咛，不能费老姨家的灯油，我总是下了晚自习后留在教室里做完老师布置的家庭作业才回去。那个村子的孩子也都不住校，可人家是一下晚自习就往回赶，而我得留在教室做作业，也就一直没有同行者。特别是冬天的晚上，寂静得让人害怕。我就边走边咳嗽，用一声声咳嗽来给自己壮胆。偶尔响起一个声音，原本胆小的我会吓得打哆嗦。

冬天，我就摸索着从老姨房子里的小水瓮里舀半瓢水，将自己的毛巾大概弄湿，在脸上沾沾，就算洗过脸了。老姨似乎也察觉到了，偶尔她会侧起身子说，娃，从炉子上倒点热水掺上——瓮里的水太冰了。

尽管老姨那样招呼我，我还是不好意思掺热水，只答应说，不冰，没事老姨。

老姨已经很老很老了，我总搞不清她是醒着还是睡着，更多的时候，她都是眯瞪着。老姨从来不叫我的名字，或许她压根就没记住我叫啥，总是"娃""娃"地跟我说话。

"娃——你自家操心点，不要去书坊迟了。"老姨把学校叫"书坊"，我还是头一次听到。迄今为止，我都觉得把学校叫"书坊"是最美的称呼。

老姨家没有表，老姨每天都是很困的样子，眯瞪着，似乎也没多余的精力干别的事，不可能为我上学操心的。我就自己估摸着时间起床去学校。有好多次去得实在太早太早了，独自在学校门口等了很久很久才来了第二个学生。以至于三十多年后的今天，我一直觉得让一个孩子自己估摸时间起床上学，真的是件再残忍不过的事：惦记着上学害怕迟到，根本就睡不踏实，总是半睡半醒迷迷糊糊。

我从来没有在正常的时间起床去学校，害怕迟到，总是披星戴月，自然也没有同行者。没有同行者，在别人看来或许是很遗憾的事，其实不然——

冬天，下过雪后的清晨，我一定是第一个在洁白的雪地上留下脚印的人。因为知道自己总是等学校开门，路上就有充足的时间玩雪了：

脚后跟倾斜着连在一起慢慢挪动，走出来的行迹像极了车轮；一只脚固定，另一只脚旋转一圈，像硕大的圆规；像在自己村里结冰的池塘上一样，我也会一路滑翔，飞的感觉；有时用脚在地上划拉出一朵又一朵的花儿，喇叭花、打碗碗花、鸡冠花……农村孩子所能想起的所有的花；玩得兴起，还会快速堆个小雪人……那会儿，也没有了早起独行的害怕与孤独。

落过雪的早晨，等在校门口的我一定是满脸欢喜。一整天我都会很高兴，好像那场雪是专门为我而落的，是我一个人的盛宴。

4月，洋槐花开了。去学校的路上就有几棵槐树。带着露水的槐花，水水的，甜甜的。我会贪婪地一把一把捋下来，送进嘴里，嚼得脸上像开了朵花。觉得自己哈出来的热气里，都有了香甜的味儿，还会给学校住宿的同桌带几串。觉得槐花比自己带的干粮好吃多了，那时大都没粮食吃，不是红薯馍就是玉米糕，要不就是糜子馍，很少有麦面馍的。有槐花的日子，我会吃得肚子饱饱的，反正有的是时间，看见有学生从村子里出来再走也不迟。

夏天，路过地里，顺便偷摘个西红柿，几个青椒，拔几根韭菜，带到学校吃也是常有的事。那时带的多是咸菜，吃久了，便没感觉了，得刺激一下。

秋天可以摘软柿子吃。

就那么三四里，就那么几块地，却是那么善良，有菜园，有槐树，有柿子树，以至于上学路上每个季节都不寂寞。

最最烦恼的是学校有时放小半天假，不够回家，学校里又待不成。白天，我从没在老姨家待过——人家吃饭我不能撒谎说自己吃过了也不能傻看。磨磨蹭蹭走在回老姨家的路上，看着柿子树，有了玩性。爬了上去，枕着自己的手臂躺在树杈间，蛮惬意的。看着流云，想着心事。

想得最多的，就是我将来有了孩子绝不让他有这种寄人篱下无家可归的感觉。想着想着，眼泪就哗啦啦地流下来。奇怪的是，哭过后，就释然了，心里也就不压抑了。原来眼泪可以当清洗剂啊。以至于后来在学校里遇到什么伤心事，我就在路上通过哭来解决，多多少少显得很可笑。

再后来，碰到放这种小半天的假，我就带语文课本回去。坐在树上或田埂上，发呆够了，就背课文，没学过的也背。反正得打发时间，总比待在老姨那低矮的白天都显得有些暗的房子里好。其间吃个自己的馒头就算一顿饭。直等到黑幕帐扯天扯地盖下来，我才往回走，一回去就在老姨的房子里不出来了。

现在我还清楚地记得，有三次，我回去时，老姨显得有点焦急，问我咋回去得那么晚。第一次，她取出一个麦面的油卷馍馍塞给我，说是她女儿来看她了。第二次，她给了我几个饼干，说走亲戚带回来的。第三次，她吃饭时竟然给我留了个煎饼。

上初中二年级时我就离开老姨家搬进了学校的宿舍，睡觉不再提心吊胆害怕迟到。

老姨是在我准备上初三时去世的。还是周末回家时听母亲说的，心里涌起一股说不出的难受。一个少言的老人，在她生命快走到终点时我们一起生活了一年。虽然很少交流，可她慷慨地收留了我，心里还装过我，要不怎么会在那个饥肠辘辘的年月还想起给我留东西吃？

原本灰暗的寄宿日子，因为上学路上，因为老姨给过我三次吃的，也变得有滋有味。

长大后我就成了你

唐晓堃

"小时候我以为你很神气，说上一句话也惊天动地。长大后我就成了你，才知道那间教室，放飞的是希望……"每当听到这首动听而优美的歌时，我就会想起初中时的王老师，受他的影响，我也成了一名教师。

提起王老师，印象最深的是他给我们上语文课，在一个偏僻的乡镇初中上课，王老师竟然用的是普通话教学。他给我们上语文课和课外活动课，大胆抛开教材，一本小说他可以用普通话为我们朗读十节课以上……让大家听得如痴如醉，甚至泪如雨下。名著《高山下的花环》《青春之歌》《家》等，记忆里都是王老师的朗读版本。他给我们上鲁迅先生的《从百草园到三味书屋》，能把文中老先生的形象模仿得惟妙惟肖，只听一块铁戒尺"哐当"一声敲在讲台上，也不用招呼闹闹嚷嚷的学生，王老师就开始用变了声调的普通话朗诵道："铁如意，指挥倜傥，一座皆惊呢——金叵箩，颠倒淋漓噫，千杯未醉嗬——"同学们看到老师摇头晃脑，很沉醉的模样，在一阵笑声后，教室一下子安静了，只见王老师手一挥，同学们也跟着老师摇头晃脑，嘴里拿捏着老师的腔调大声读起来。几乎人人都记住这两句，王老师才继续他的课文分析，其人物性格入木三分，形象跃然纸上，我感觉总是没有听够。

其实，他的普通话并不纯正，他的教学艺术也算不上高超，但他对我的教育却是与众不同的。在他的寝室外面有个院子，院子里有个园子，种着蔬菜，外有栅栏围着，在边上是一堵围墙，侧面有三棵成林的大树，院子在夏季变得很阴凉。放学后，王老师去篮球场打篮球了，我们就趁王老师不在时偷偷地跑到园子里观察蔬菜的生长和捉毛毛虫，树上的知了叫得很动听，孩子们也学知了鸣叫，淘气的男孩子还可以把知了从树上捉拿下来，吓唬女孩子。于是院子里多了孩子们的嬉闹声，往往天黑时才渐渐静下来。

记得上初二时，植树节那天，王老师不知从哪儿带了十棵梧桐树回来，在班上挑了表现好的十名学生栽树，我也被选中了。由于我个头娇小，大家都把最小的那棵树让给我，而且这棵树的干还有些虬枝，形态不佳，我心里很委屈，担心自己栽的树不能成活，更担心这棵树能长成参天大树吗？王老师看出了我的心思，

便以我这棵树为例鼓励大家道："今天我们同时栽了十棵树，你们一定要把树栽活！到时你们毕业后回到母校不只看望王老师，还有你们亲手栽下的梧桐树。"我觉得栽树真有意义，是这棵树让我懂得成长需要关爱和呵护。在校学习期间，我几乎每天都要去看看我亲自栽种的梧桐树，什么时候树枝发芽了，什么时候该落叶了，缺水的时候我不会只浇我这一株树，对我们同时栽下的梧桐树一视同仁。毕业时，我欣喜地看到自己栽的梧桐树没有落后，跟其他伙伴一道成长，已经超过了高高的围墙，也因为有几根虬枝而显得格外独特。

毕业那学期，王老师四十岁生日，尽管他没有通知我们任何一个人，但我们全班同学一个都没少，为老师祝生。我们把教室布置得很温馨，蜡烛、糕点和水果，有点像烛光晚会。我们唱的是改编的歌曲《今天是你的生日，我的老师》，王老师给大家作了几分钟演讲，他鼓励大家能考上高一级学校就是对母校的回报。然后给大家唱了一段很带劲的戏曲《沙家浜》，迎来同学们持久的掌声。后来我上了高中，考上了大学，最初受王老师的影响，选择了中文系。我参加工作十多年来，几乎没有王老师的联系方式，忽然接到王老师带来的口信，说什么时候在什么地点，特请我参加王老师六十岁生日。我很惊喜，思忖着曾经的同学都去哪儿了？是不是都到了呢？原来生日宴席几十桌，班上的同学并不多，女生就只有我一个，我们都是曾栽下梧桐树的学生！王老师，还记得吗？我们的梧桐树都长成参天大树了吗？这么多年来，我一想起初中时的母校，就会想起王老师，想起梧桐树，想起他那抑扬顿挫的普通话……

光阴荏苒，岁月匆匆。如今王老师退休了，我早已默默地成了他的接班人，我带着文学的梦走进了语文教育的殿堂，从一个稚嫩的大学生到今天成熟的语文教师，是因为我坚持操一口更加流利的普通话，继续给我的孩子们讲王老师曾经朗读过的课文和那些经久不衰的名著。正如那首歌所唱的："长大后我就成了你，才知道那块黑板，写下的是真理，擦去的是功利……长大后我就成了你，才知道那个讲台，举起的是别人，奉献的是自己。"

薛老师

陈 呈

一提到薛老师，老单位的男女老少没有不说好的。薛老师没有什么很高的职级，也没有耀眼的技术职称傍身，却是全单位公认最靠谱的人。

前不久我从前单位离职了，为档案调出的事情伤透脑筋，年轻的人事老师身兼多职，总也腾不出时间精力，但新单位又催得紧。但也因这一段曲折，我从薛老师那里真切体会到什么叫"对上对下一个样，对内对外一个样"。

薛老师："人才交流服务中心说要整理装订、制作目录，不然对方不收。我要去住院做手术，出院后抽空帮您整理。"

我："啊，薛老师您好好将养，我再去问下能不能降低接收标准。"

薛老师："我刚才问了，确实要目录。没的关系，我回来把您的档案拿过来整理下，这样对您也有好处。"

我："感激薛老师，我真的无以为报。"

一周后……

薛老师："确定那边能收机要吗?"

我："嗯嗯，可以的。您身体如何?"

薛老师："我一个月内住了两次院，最近恢复得差不多了。我尽快给您处理下，今天开会决定让我去办公室管后勤，今后不方便整理了。"

"感谢您一直以来的关照，"我内心的感动在翻腾，"希望您以后不用那么辛苦。"

薛老师："我给您找了个档案盒，看起来规范些，也不容易丢失。"

我："弄得好好。薛老师你以后可以评人事专技职称吗? 感觉你真的很专业。"

"我不能评职称，没的文凭。但我懂的还真不少。"薛老师说到这里加了一个笑脸的表情，想必他对自己的业务能力也是很自信的。

他继续说："人才交流中心整理过您的档案，但打孔距离、分类等不是很规范。新单位反正要审核，避免重复整理导致纸质件'受伤'，我对这部分档案保留了原样。"

我忍不住感叹："我哪里再去遇到一个薛老师这么细致懂行的人。"

薛老师："谢谢您的肯定。我干了几年人事工作，对档案有感情。"

翻翻和薛老师的聊天记录，才发现健忘的我几年前就问过他几次类似问题，为什么明明这么专业，却不评职称。他曾说自己是农民，父亲去世的时候才13岁，初中勉强毕业后就去山西当矿工了，中考的时候考了630分（总分700分），准确地计算，他只读过八年书，"如果再厉害一点，也许就有书读了"。他哥哥是县里的状元，因为自己成绩不及哥哥，所以母亲不愿举债送他继续深造。"要是当年有'两不愁、三保障'政策，估计辍学的就不多了，我们那个年代真的很无助，虽然我是全镇第二名，也只能拿着录取通知书流泪。跟我比，你们真的很幸福了。"没读过大学，是薛老师人生最遗憾的一件事："那时我数学多好啊……"

前两年，薛老师的女儿以高分考上了复旦大学，攻读数学专业，这仿佛延续了薛老师自己的大学梦，提起女儿他言语中全是自豪。看来在小家，他也是一个永远为孩子操心的慈父。

薛老师总说："我文化低，全靠单位的兄弟姐妹照顾。"但其实单位的每一个人，谁没被薛老师在人事工作中无微不至地照顾过？

薛老师总说："如果我能多读几天书，也许真能为社会做点贡献，至少不会像现在一事无成。"但薛老师，您不知道您已经用自己崇高的人格照亮了他人的人生，请不要再妄自菲薄。

在过往的职业生涯里，我写过社会上的不少先进人物，但唯独没写过薛老师，现在我离开了那里，只想为他补写一篇迟到的人物稿。像薛老师这样的人其实还有很多，他们像山上笔直挺立的松柏，被风吹到哪里就在哪里深深扎根，撑开全部的枝叶，无差别地为身下的生命遮风避雨；他们像深埋河床的钻石，整日和泥沙、碎石、小鱼做伴，不言不语、难被发觉。但正是千千万万个这样坚定踏实的普通中国人，推动着国家不断发展向前，铸造起民族复兴的坚固长城。

正当谷雨弄晴时

战 鹰

古人云："雨生百谷。"谷雨时节是播种、移苗、掩瓜、点豆的最佳时节。"谷雨收寒，茶烟飏晓。"饮茶、食香椿、祭海、祭仓颉、禁五毒等习俗包含着祖祖辈辈对幸福生活的向往。"芍药承春宠，何曾羡牡丹。"牡丹盛开，象征高贵典雅繁荣吉祥；芍药遍野，寓意真诚惜别独守安然。在花团锦簇之中，邀上三五好友赏春雨遍洒山冈，品香茗谈古论今。与春天依依道别，曼妙滋味，各自体会。

放眼望去，田间一片农耕景象，农民们习惯了在谷雨前后撒下希望的种子，期待秋季有个好收成。有些年轻人自缚手脚，宅居家中，抱怨命运的不公，皆因平凡的付出不曾收获所思所想。所有哀叹人生不如意都是因为一眼望穿，没有体会到人生价值。众所周知，人生本来就是一个拼搏向上的过程，无论贫穷还是富有，当你纠结为什么自己输在起跑线上的时候，起步已经比别人晚了。曼妙的四季呈现给我们不一样的风景，请坚信只要奋斗就能收获不一样的喜悦，就能体验不一样的感悟。相信尘埃里会开出一朵花，相信朝阳会照亮每一个角落，相信每一个人都有功成名就的那一天，所有的美好期望会支撑我们走过沟沟坎坎、失意或无助。

"昨日春风欺不在，就床吹落读残书。"生命固然短暂，但要善待自己。忙碌的时候有条不紊地做事，空闲的时候认认真真地享受生活。人生没有太多观众，在自己的节奏里默默前行才能活出生命的意义。回想学生时代的好时光，谁不留恋"初识好像在昨天，尽管教室聆听灯下苦"，谁不贪恋"河边探索柳前欢"？虽然"食堂饭菜无滋味，难舍宿舍琴弦为佐餐"。一边拼命苦学，一边享受着青春岁月蹉跎。用最真挚的单纯与无忧期待所有美好，期待在桂花盛开的秋天再一次浪漫相逢。

"牡丹破萼樱桃熟，未许飞花减却春。"满目新绿目不暇接。不妨给自己穿上鲜艳的时

装，在久违的路口重逢。幸福地携手，双双看春风把书笺翻到最初的页码，重温人生路经历的情节和故事，回忆相辅相成度过的风风雨雨。方能深深地体会到：人生没有固定的模式，成功没有固定的标准。

　　每个人都应该按照自己的所思所想创造不一样的神奇。或分担寒潮、风霜、雾霭、流岚的袭扰，或分享成功、重逢、爱情、婚姻的喜悦。极目望去，往日的绚烂与荒芜都已沉寂，谷雨的朝暮里又新生悲欢和离合。仿佛那棵陪伴多年的老柳树：朝迎雾霭，暮卷长空。虬根深扎于土地，新枝舒展于天空，芽孢次第开放，你是否想过，这些都是岁月给予我们最好的馈赠。

　　"春山谷雨前，并手摘芳烟。"期待智者为我们开启一扇小窗，于诗书之中汲取日辉、月华、星光。求智者为我们寻得一处私隅，于幽静之处或躺或卧或低吟或引吭。风雨多经人不老，关山初度路犹长。

　　最好的人生就是在这岁月更替中找到属于自己的宁静与幸福。心如花木向阳而生，烟火日子随心自在。徜徉岁月流年，把平淡的日子过成诗一般。人间何所以，观风与月舒！

陪护夜的拉锯战

陈　呈

　　窗外夜色已浓，星星是一颗也没有的，月亮像水墨画一样渲染出一圈朦朦胧胧的光晕。我躺在靠窗的病床上，转头看向天花板顶垂下来的空空的吊瓶挂杆，有些失眠。这病床上的"旧人"白天已经康复出院，"新客"暂未入住，让我有此殊遇，不用睡在又窄又硬的陪护床上。

　　早些时候，走廊上往来的各式足音渐息，隔壁的痛哭声、埋怨声、咒骂声、聊天声也渐渐小了，只听见母亲所在的病床边"嘀嘀——嘟"两声小、一声大的体征检测仪的声响。

　　"这机器声音是不是太大了，影响你睡觉吗？要不要找护士来关了？你明天一早还要赶去上班。"母亲的声音从隔挡两床的蓝色帘子那边传来。

　　我从小睡觉对光不敏感，对声音却很在意，但我惊诧于母亲隔着帘子也能"料事如神"："不要紧。你这才术后第二天，有这机器监测着，心里踏实。"我赶紧说。

　　"要不然你回家去？真没必要陪我。我就摘个小息肉，也不会有啥问题。"看来母亲又要跟我继续前几个小时一会儿一次的"劝退"拉锯战。

　　"哎呀，真没啥，我该陪的。上次都是老爸陪的。"我回道。

　　确实工作多年，这还是我第一次为母亲住院陪床。还记得刚入职不久那次母亲住院，她自己看病就医，照钼靶彩超，听了医生诊断后，当机立断决定手术，术前自己签了手术同意书，进手术室前才告知我和父亲。我那时工作紧张，加上刚刚入职，生怕影响自己在单位的表现，连个事假也不敢请。等我下班赶到病床前，父亲早已坐在母亲病床边。父亲见我到了，让我看着母亲，他出去买晚饭。所以，严格意义上来说，那次母亲住院我连热饭都没能给她送上一口。

　　那天晚上父亲也说："你留下来照看你妈。"母亲却说："孩子刚入职，单位管得又严，别让她为难。你们都回去，我自己没问题。"我懦弱地沉默了。父亲缓缓看了我一眼，对她说道："那我来，你这腋下的创口，晚上喝水都不方便……"

"你回去吧？啊？希望公交末班车还没收，不行让你爸来把你接回去，'滴滴'你晚上一个人坐，万一不安全……"母亲的声音陷在枕头里，有点低沉，把我唤回现实。

"真不用了，老妈，你别操心我，我明天早上到点走就是。"我回道。

"那我把这机器关了。"她说着，而后生怕我会拒绝似的，又赶紧补充了一句，"我也怕闹。"

还没等我撩开帘子坐起来，先是"窸窸窣窣"拔管子的声音，按开关的声音，然后体征监测仪的声音就戛然而止了。

"你赶紧睡吧。"母亲把我安排得明明白白的。

"那晚安。"我不好再说什么。

于是，在住院病房难得的静谧中，我终于沉沉睡去，梦中母亲不时染黑的短发长成了年轻时乌黑亮丽的长马尾，我似乎变矮不少，拉着母亲还没有晒斑皱纹的纤长的手，又走在那条通往我记忆最初的老筒子楼的路上。

黄昏的栀子花

纪 栋

栀子花在五月的某天盛开了，就在那无人关注的角落。数年前，我曾在一方花圃中留意过，朵朵清新的纯白色花朵，被翠色欲滴的叶子倒映着，心想它就应该开在这般素雅的季节里，为葱郁繁茂的夏天提前睁开一双双不沾烟尘的眼睛。我和它缘于一场无意之中的相遇，在那河畔的斜坡之上，仿佛一夜之间就冒出来白色的花朵，若不是百无聊赖中漫步于此，可能直至盛夏来临，花瓣凋落，也不会发现栀子花已悄然来过人间。角落的栀子花开得如此淡雅，散发着独有的香气，细腻而娇嫩的花瓣清新欲滴，玲珑剔透，全无修饰，片片皆自然，洁净如新玉，且毫无杂质。栀子花瓣上挂着露珠，就像哭泣的白裙少女，梨花带雨，惹人怜爱，翡翠般的绿枝缠绕着花朵，朝向远处的河面，伫立在花托上，芬芳随空气飘远。

我信步于黄昏的河畔，道旁有三三两两的高中生在结伴骑行，身穿洁白的校服，留下欢笑而过的背影，不知他们是否注意到点缀于花圃的栀子花，但我似乎看到了洋溢在花瓣上的笑靥。母亲曾告诉我，栀子花的花期比较短，随后这枝花朵便会凋落消逝，但人们和栀子花的相遇，从春天就开始酝酿，到初夏的期盼，再到此时我与它的深情相拥，费时已然不少。我想，那些被欣赏过的栀子花，也许会变得与众不同，连花期仿佛都被人为地延长，但倘若始终无人注意到，它将独自盛开，默默凋谢，也拥有完整的一生，不被外物叨扰，真切地存在于世，便也能落为永恒。

初夏的季节里，连日暮时分都成为具有特殊象征意义的存在，夕阳的余晖如细沙般沾染着世间万物，将它们染成金黄色，人们感受不到炎热，只有阵阵微风伴着花香迎面扑来，打扰着如镜的河面和岸边漫步的人群，这是属于自然独有的最惬意馈赠。未来的数月，无数初来乍到的生命将带着勃勃生机与活力，将世间构成一幅水彩画，覆盖整个夏天，而此刻，栀子花就盛开在我的身旁，并未凋落，被暮光浸染成白里透黄的花瓣，仿佛在借着黄昏，提前散发关于夏天的明信片，而收到信的你是否已沉醉，是否也愿化作一朵纯白的栀子花，无论在枝头仰面绽放，还是落地被碾作尘埃，都能怀抱夏日之心，朴素安静，清新淡雅，馨香扑鼻，终将在不经意间随风飘散，然后四处弥漫？就像顾城在诗作《初夏》中所述的那样："所有早起的小女孩，都会到田野上去，去采春天留下的红樱桃，并且微笑。"

舍得中流转的

深情厚意

说"面子"

鲁 迅

"面子"，是我们在谈话里常常听到的，因为好像一听就懂，所以细想的人大约不很多。

但近来从外国人的嘴里，有时也听到这两个音，他们似乎在研究。他们以为这一件事情，很不容易懂，然而是中国精神的纲领，只要抓住这个，就像二十四年前的拔住了辫子一样，全身都跟着走动了。相传前清时候，洋人到总理衙门去要求利益，一通威吓，吓得大官们满口答应，但临走时，却被从边门送出去。不给他走正门，就是他没有面子；他既然没有了面子，自然就是中国有了面子，也就是占了上风了。这是不是事实，我断不定，但这故事，"中外人士"中是颇有些人知道的。

因此，我颇疑心他们想专将"面子"给我们。

但"面子"究竟是怎么一回事呢？不想还好，一想可就觉得胡涂。它像是很有好几种的，每一种身份，就有一种"面子"，也就是所谓"脸"。这"脸"有一条界线，如果落到这线的下面去了，即失了面子，也叫作"丢脸"。不怕"丢脸"，便是"不要脸"。但倘使做了超出这线以上的事，就"有面子"，或曰"露脸"。而"丢脸"之道，则因人而不同，例如车夫坐在路边赤膊捉虱子，并不算什么，富家姑爷坐在路边赤膊捉虱子，才成为"丢脸"。但车夫也并非没有"脸"，不过这时不算"丢"，要给老婆踢了一脚，就躺倒哭起来，这才成为他的"丢脸"。这一条"丢脸"律，是也适用于上等人的。这样看来，"丢脸"的机会，似乎上等人比较的多，但也不一定，例如车夫偷一个钱袋，被人发见，是失了面子的，而上等人大捞一批金珠珍玩，却仿佛也不见得怎样"丢脸"，况且还有"出洋考察"，是改头换面的良方。

谁都要"面子"，当然也可以说是好事情，但"面子"这东西，却实在有些怪。九月三十日的《申报》就告诉我们一条新闻：沪西有业木匠大包作头之罗立鸿，为其母出殡，邀开"贳器店之王树宝夫妇帮忙，因来宾众多，所备白衣，不敷分配，其时适有名王道才，绰号三喜子，亦到来送殡，争穿白衣不遂，以为有失体面，心中怀恨……邀集徒党数十人，各执铁棍，据说尚有持手枪者多人，将王树宝家人乱打，一时双方有剧烈之战争，头破血流，多人受有重伤。……"白衣是亲族有服者所穿的，现在必须"争穿"而又"不遂"，足见并非亲族，但竟以为"有失体面"，演成这样的大战了。这时候，好像只要和普通有些不同便是"有面子"，而自己成了什么，却可以完全不管。这类脾气，是"绅商"也不免发露的：袁世凯将要称帝的时候，有人以列名于劝进表中为"有面子"；有一国从青岛撤兵①的时候，有人以列名于万民伞上为"有面子"。

所以，要"面子"也可以说并不一定是好事情——但我并非说，人应该"不要脸"。现在说话难，如果主张"非孝"，就有人会说你在煽动打父母，主张男女平等，就有人会说你在提倡乱交——这声明是万不可少的。

况且，"要面子"和"不要脸"实在也可以有很难分辨的时候。不是有一个笑话么？一个绅士有钱有势，我假定他叫四大人罢，人们都以能够和他扳谈为荣。有一个专爱夸耀的小瘪三，一天高兴的告诉别人道："四大人和我讲过话了！"人问他"说什么呢？"答道："我站在他门口，四大人出来了，对我说：滚开去！"当然，这是笑话，是形容这人的"不要脸"，但在他本人，是以为"有面子"的，如此的人一多，也就真成为"有面子"了。别的许多人，不是四大人连"滚开去"也不对他说么？

在上海，"吃外国火腿"②虽然还不是"有面子"，却也不算怎么"丢脸"了，然而比起被一个本国的下等人所踢来，又仿佛近于"有面子"。

中国人要"面子"，是好的，可惜的是这"面子"是"圆机活法"，善于变化，于是就和"不要脸"混起来了。长谷川如是闲说"盗泉"③云："古之君子，恶其名而不饮，今之君子，改其名而饮之。"也说穿了"今之君子"的"面子"的秘密。

----

① 指1922年12月，日本从青岛撤回了其侵占的军队。
② "吃外国火腿"在上海老话里，就是挨了外国人的踢。
③ 长谷川如是闲是日本评论家。关于"不饮盗泉"的故事源自中国，孔子路过盗泉时，虽然口渴但不饮其水，因为他厌恶这个名字。

拍卖家具

萧 红

　　似乎带着伤心，我们到厨房检查一下，水壶，水桶，小锅这一些都要卖掉，但是并不是第一次检查，从想走那天起，我就跑到厨房来计算，三角二角，不知道这样计算多少回，总之一提起"走"字来便去计算，现在可真的要出卖了。

　　旧货商人就等在门外。

　　他估着价：水壶，面板，水桶，蓝瓷锅，三只饭碗，酱油瓶子，豆油瓶子，一共值五角钱。

　　我们没有答话，意思是不想卖了。

　　"五毛钱不少。你看，这锅漏啦！水桶是旧水桶，买这东西也不过几毛钱，面板这块板子，我买它没有用，饭碗也不值钱……"他一只手向上摇着，另一只手翻着摆在地上的东西，他很看不起这东西："这还值钱？这还值钱？"

　　"不值钱，我也不卖。你走吧！"

　　"这锅漏啦！漏锅……"他的手来回地推动锅底，嘭响一声，再嘭响一声。

　　我怕他把锅底给弄掉下来，我很不愿意："不卖了，你走吧！"

　　"你看这是废货，我买它卖不出钱来。"

　　我说："天天烧饭，哪里漏呢？"

　　"不漏，眼看就要漏，你摸摸这锅底有多么薄？"最后，他又在小锅底上很留恋地敲了两下。

　　小锅第二天早晨又用它烧了一次饭吃，这是最后的一次。我伤心，明天它就要离开我们到别人家去了！永远不会再遇见，我们的小锅。没有钱买米的时候，我们用它盛着开水来喝；有米太少的时候，就用它煮稀饭给我们吃。现在它要去了！

共患难的小锅呀！与我们别开，伤心不伤心？

旧棉被、旧鞋和袜子，卖空了！空了……

还有一只剑，我也想起拍卖它，郎华说：

"送给我的学生吧！因为剑上刻着我的名字，卖是不方便的。"

前天，他的学生听说老师要走，哭了。

正是练武术的时候，那孩子手举着大刀，流着眼泪。

与一根芦苇站在一起

王子君

"芦苇!"表姐亦男一声惊呼,欣喜地奔向水边的芦苇荡。河岸有坡度几许,表姐突然奔跑,实在吓坏了我们,连忙喊"小心点小心点!"要知道,表姐七十八岁了呢。

表姐却已站在河边,手握一枝芦苇拢在胸前,笑靥如花。

表姐来京,我请她去奥林匹克森林公园一游。清洋河边,树木高耸,忍冬木红果晶亮,空气清幽舒畅。表姐却一眼看见了河畔的芦苇。表姐痴痴地望着芦苇,喃喃自语道:"我最喜欢芦苇。"她的声音很轻,但那话里饱含着的深浓情感,"咕咚"落进我的心。

表姐是我姨妈的二女儿。她出生在湖南邵阳,自小和姐姐、母亲跟随祖父母一起生活,十岁又随祖父母去武汉定居。她的祖父、父亲都是教育家。祖父李剑农,为拯救苦难的中国,1906年就加入中国同盟会,远赴异国求学,既是一个伟大的爱国者,也是著名史学家。父亲李琼池,是生物学家、昆虫病毒专家,美国康奈尔大学博士毕业后,于1939年毅然回到战火纷飞的祖国,践行他教育救国的理念。亦男表姐和我大表姐,都受祖父、父亲影响,投身教育事业,且颇有建树。表姐家是真正的教育世家。表姐后来做了省示范中学的校长,治校口碑不错,正直开明、坚忍不拔。

表姐回武汉后,发来了她在奥森公园的照片。照片中,那芦苇的紫红花穗迎着光,表姐笑靥如花,明艳而优雅。

我问表姐,你为什么"最喜欢芦苇"?

表姐说:我喜欢芦苇始于少女时代。最早接触它时还是幼年。那时父亲不在身边,母亲坐在窗前织毛衣时,常哼唱"望穿秋水,不见伊人影",曲调有些哀婉。当时不懂何意,但日子久了我也会唱了。大学读《诗经》时才知道它出自那首《蒹葭》,一下子就喜欢上了芦苇。我打小酷爱旅行,尤爱山林水泽。实地接触了太多不同季节的芦苇,发现它生命力极强。水边、沼泽、山坡、盐碱地、湖边……不择地域,自生自长。苇秆细细的,高高的,柔柔的,却很有韧性,即使临风也不易被折断吹倒，且摇曳生姿。我喜欢它的形象，喜欢它的性格。联想到自己的一生，可以说是历尽苦难，但不曾被折断压垮，像极了芦苇；联想到为人处世，就该有芦苇那样坚韧坚强、自尊自爱的性格……

表姐嘱咐我，再去奥森公园时拍几张芦苇照发给她。

我去了奥森公园。天气晴好，那芦苇，花穗已经绽开，枝叶变成明亮的黄，雪白的花絮如白云落在清洋河两岸，连绵不已，云、树、水、芦苇，影姿重重叠叠，秋色纯净无尘。

受表姐的影响，我对芦苇也格外留意起来。每次走到清洋河边，就想折一枝芦苇渡水到小岛去。"谁谓河广？一苇杭之。"在诗经《河广》中，浪漫的诗人站在一根芦苇上可以渡过浩荡宽广的黄河，我为什么不能凭一枝芦苇渡过小小的清洋河呢？

没过多久，北京突降大雪。隔天，我去看雪后的芦苇。

清洋河边，前两天还有着浓密的枯黄叶片的芦苇，大部分倒伏了，厚厚的积雪压在它们身上，乍一看，枝干折断，叶枯花败，凄迷凋零。但是，也有许多没有被压伏、带着芦花的芦苇仍在风中飘摇，低下、倾斜，就是不倒下，不折断，风一停，它们又挺立起来。红红的晚霞把芦苇染成橘褐色、暗红色、褐黄色、金黄色，有一种浩渺、魔幻、魅惑的斑斓光彩。它们舞蹈着，成为这个即将万物凋零的季节的绝美画面。

我拍了照片发给表姐，表姐激动不已。

"壮美！壮美！悲壮而不屈！看到没？风狂雨横，冰雪摧残，芦苇它就是不折腰，不倒伏，兀自昂然挺立！"

表姐是个坚韧如芦苇的人。在那个特殊的年代里，表姐本该像芦苇花开一样的青春却黯然失色。在祖父和母亲与世长辞后，最懂她的爱人又突然去世，成为永远的痛……但她像芦苇一样，痛而不语，仍勇敢而美丽地前行。

我们每一个独自奋斗、艰难前行的人，谁不是表姐，谁不是芦苇呢? 在芦苇般起伏不定的生命旅途中，我们一次次被风吹雨打，一次次被雪压霜欺，承受着孤独寂寞、坎坷凄苦，但是我们从不抛掷自己的信仰和尊严，一直激励自己不蹉跎、不堕落。我们挺起腰杆，向上向善向美。

这一夜，我仿佛梦见了芦苇，梦见了表姐，梦见我们和芦苇倾心欢谈，相挽而舞。

牵挂着芦苇，第二天下午，我去看它们。

真是奇迹呀，几乎所有的芦苇都直立起来了，而且看上去比任何时候都高大密实。叶子全变成了金黄色，在晚霞的映射下，金光灿灿。多么奇妙的芦苇呀，越是深秋，越是壮阔!

我靠在一棵树上看芦苇，看了很久。云彩不想分散我的视线，凝住不动。

心境明净清澈。

眼前的芦苇，是具象植物，又仿佛一个柔软而庞大灵魂的象征。

我看见在春天，万物复荣，自由生长，水面波光耀眼，湿地被芦苇和其他水草点缀得一片绿油油；我看见整个奥森公园的水系，因为许许多多这样的芦苇伴生而欣欣向荣；我也看见祖国万千江河湖海、溪边池边的芦苇，茁壮繁茂，生生不息……

假如我有一处小院

徐光惠

生活在都市的人，心中都梦想拥有一个小院。

院子不大不小，素朴简约，绿藤几株，花香满院，一条狗，一只猫，养一份闲情，或拈花惹草，或看书，抑或是与三五好友小聚，让浮躁的心得以诗意栖居。

年前，朋友小芹在老家修建了一个农家小院，平时她住在城里的家，周末便回小院住，陪父母吃饭聊天，打理花草。周末，小芹邀请朋友们去她的小院。

小院离城区十多公里远，从城区出发，十几分钟后，车子拐进了一条整洁的乡村小路，两边是农田和绿树。转过弯，远远地，便看见了掩映在青山树影中的小院。刚打开车门，人还未到花前，一阵阵花香便跑过来拥我入怀。霎时，一身的燥热消失殆尽。

小院不算大，几间青砖平房，但麻雀虽小五脏俱全。小院前种了花草，红艳艳的朱顶红，粉白的三角梅，蓝色的绣球，紫色的铁线莲，还有一钵钵肉嘟嘟的多肉，竞相绽放，五彩斑斓，在风中摇摆尽显妖娆。

在小院的中心位置，搭着一个长长的葡萄架。小院一角有一个假山，水池里，一片片荷叶翠绿欲滴，小鱼、小虾自由自在地游来游去，旁边的空地种上了各种蔬菜。几只可爱的小黄鸭正在小院一角低头啄食，给人一种清新而温馨的感觉。

我们坐在葡萄架下喝茶、赏花、聊天。当时正是初夏，葡萄藤已上了架，绿意融融很是养眼，暖暖的阳光透过叶子缝隙，斑驳地洒在院子里。风吹过，身旁淡淡花香飘溢，凉爽惬意。

台阶上，小花猫半眯着眼，"喵喵"叫两声，懒洋洋地躺在地上晒着太阳。一只可爱的小狗摇着尾巴，欢迎着我们的到来。植物在生长，小动物们悠闲游荡着，一切都正好。

到了饭点，大家分工合作，淘米煮饭，香肠、腊肉蒸上锅，再去菜地里摘点新鲜的蔬菜，茄子、扁豆、南瓜，清炒、炖汤，不多会儿工夫，简单可口的饭菜便上了桌。

大家尽情享受着原生态的田园生活，身心自在愉悦，不是神仙，胜似神仙，无不对小芹家的小院心生羡慕，陶渊明笔下的桃花源也不过如此吧。

小时候，常常去外婆家。外婆家在乡下一个宁静的小山村，有一个偌大的院子，几间简易的砖瓦房，屋后是大片茂密的竹林，院子里种了石榴树和桂花树，还有花草和菜蔬。

我和表哥表妹们在树下追逐、嬉戏，屁颠屁颠地跟在外婆身后去菜地帮着摘菜。夏夜，月光如水般洒在院子里，氤氲朦胧，我们躺在凉床上听外公讲故事、数星星，快乐的美好时光在岁月里缓缓流淌。

不知从何时起，心中便有了一个梦想，希望也能在乡下拥有一个自己的小院，过着简单平凡的小日子，想想都令人陶醉。

但梦想终归是梦，遥不可及。我只能在家里的花盆里种了几株花草和小葱，每天浇水、拔草，小心侍弄着它们，满心欢喜静待花开花落的日子。可没过几月，花草却渐渐枯萎，叶子一片片掉落，最后彻底夭折。小葱侥幸存活了下来，但是却长得跟头发丝一样细。我小心翼翼把小葱从花盆里挖出来，洗净切成小段儿，用来炒鸡蛋。

"妈妈，这小葱太袖珍了吧？能不能吃呀？"女儿左瞧右看，笑弯了腰。

"当然能吃，只不过营养不良罢了。"我自我解嘲，夹起一块鸡蛋放进嘴里，味道也还过得去，只是不如平日里吃的小葱那般浓香。

没有阳光雨露的照耀，长得自然不如室外的好。于是，心心念念的还是梦想中的小院。后来，左看右看，别墅太贵，郊区不现实，终于选中一套二楼带外阳台的小区房。

阳台十来平方米，我们把阳台改造成一个小花园，墙角砌了一个小假山，把爱人钓回来的小鱼儿放进水池。又从外面找来了泥土，种上了茉莉、栀子花、三角梅，朋友送的凌霄花小苗，当然还有小葱。

果不其然，长在大地上的植物与花盆里的截然不同，它们似乎懂得主人的心思，沐浴着阳光雨露，吸收着大地之灵气，长得蓬蓬勃勃，绿意盎然。第二年，小园子里便开满了花，花香四溢。

那小葱更是清新翠绿，一天就往上冒一截，没几天就长得如筷子粗细，亭亭玉立，看着尤为养眼喜人。掐下一把来切成葱花儿，用作调味料，葱香十足。葱段炒鸡蛋更是绝配，葱香与蛋香充分融合，让人满嘴留香。

我又在网上买了几棵葡萄苗，满心欢喜地种下。可是，葡萄却不那么幸运，开始长得好好的，没过多久就奄奄一息，陆续死去了，死得那么快、那么干脆。

我心有不甘，一定要让葡萄成活。一朋友乡下有个葡萄园，他专门挑了几棵已长得有些粗壮的葡萄苗送来，教了我一些葡萄种植方法和注意事项。葡萄苗果真活下来了，一天天长高、长大，牵起了长长的藤蔓，绿油油的生机盎然。我又找来细铁丝，搭了一个漂亮的葡萄架，藤蔓"噌噌噌"爬上了架，这下小园子总算像模像样了。

作家汪曾祺一生中历经坎坷无数，然而，无论生活再困苦，他却越能在一花一果中找到诗意。他将曾干过的各种脏活累活，诸如淘粪坑、喷农药等经历都写成散文，还写得兴味盎然。只要稍有闲暇，他就会侍弄花草瓜果，张罗柴米油盐，把日子过得丰盈无比。

他在书中这样写道："如果你来访我，我不在，请和我门外的花坐一会儿，它们很温暖。"每次读来，总让人倍感温柔。

陶渊明有诗云："采菊东篱下，悠然见南山。"无论多疲惫，有个小院子，就有了疗愈身心的净土。少一点尘俗的纷扰，多一点朴素与静好，远离喧嚣，恬淡从容，亲近泥土贴近自然，让身心沉浸于一果一蔬、一花一茶的芬芳，享受岁月的诗意与烟火。

尽管我的小园逼仄，甚至有些简陋，与梦想中的小院相去甚远，但坐在葡萄架下，喝茶，看闲书，发发呆，静听花开花落，望天上云卷云舒，远离尘世的浮躁，卸下内心沉重的铠甲，让匆匆流逝的时光慢下来，岁月重新变得柔软，平淡无奇的生活也可以过成诗与远方。

穷讲究

狄 青

说到穷讲究，倘语气和语境不同，所表达出的意思往往也大相径庭。比如"禁脔"一词，实际是当年司马睿初创东晋时留下的。彼时府库空虚，不是一般的穷，但穷归穷，皇帝用膳该讲究还得讲究。手下人好不容易搞到头猪，因当时江南一带百姓认为猪头颈那一圈儿肉最好吃，将其割下献给皇帝司马睿，于是这块猪肉便被称为"禁脔"，后代有人将其视作一种"穷讲究"。可就在十几年后，东晋会稽王司马道子与降晋的秦王苻坚的侄子苻朗一起踏青郊游，二人于"农家院"吃饭，吃鸡必选露天散养不能是笼养的，鹅肉要吃黑羽毛鹅肉而不吃白羽毛鹅肉，如此食不厌精又被后人称为另一种"穷讲究"，此类穷讲究怕是只有在太平盛世里才能见到。

宋代工商业发达，东京汴梁达官显贵云集，十分讲究排场。宋人笔记《江行杂录》记载，某地方土豪因艳羡京师人富贵排场，专门请来一位东京汴梁的厨娘。厨娘带来的厨具竟全部由白金打造，宴会上厨娘做了羊头签还有葱齑，宾客一致称好，可第二天土豪就将这位厨娘好言辞退了。只因其用料太精，两道菜就耗费十只羊头、五斤细葱，这还不算之前说好每次大宴后"绢帛百匹或二三贯钱"的赏金。地方土豪毕竟是地方土豪，想与京师达官巨贾们攀比，怕是难度不小。

对民国八旗子弟的生活，老舍先生在《正红旗下》总结得十分贴切："二百多年积下的历史尘垢，使一般的旗人既忘了自遣，也忘了自励。我们创造了一种独具风格的生活方式：有钱的真讲究，没钱的穷讲究。生命就这么沉浮在有讲究的一汪死水里。"对于八旗子弟的"穷讲究",最极致的体现莫过于民国媒体人梅兔在《北京益世报》上所描述的——"自去冬以来,北京方面,要饭的穷人,较前格外的增多……这事原不足为奇,最可怪的,是东四牌楼逸北,有一个花子,姓王,四十多岁,见人就请安,凑个七八枚铜元,他不买窝头、饼子,他到便宜坊,剁五个子烧鸭子,到酒摊儿上,闹两个子烧酒一滋润,足乐一气。吃喝完了,再叫人家好听的去。有知底的,说此公是内务府旗人……"

章诒和曾借住在康有为的女儿康同璧家。同住的还有康同璧的女儿罗仪凤。那时生活条件艰苦,康家早餐就是馒头和腐乳。但章诒和却觉得他们家的早餐好吃。因为腐乳每天的味道都不同,抹在馒头片上,特别好吃。有一回,罗仪凤让章诒和帮她去买豆腐乳,并掏出一张便笺递给她,上面列着不同豆腐乳名称:王致和豆腐乳,广东腐乳,绍兴腐乳,玫瑰腐乳,虾子腐乳……罗仪凤叮嘱章诒和说,每种豆腐乳买二十块,一种豆腐乳放进一个铁盒,千万别搞混了,买时一定向售货员多要些腐乳汁。然后她解释道:"用豆腐乳的汤汁抹馒头,最好。"

一块小小的豆腐乳,体现了康家人乐观的人生态度和精致的生活艺术,即使在困难时期,生活也变得轻松愉悦许多。

其实,一个人过得不好,有时是因没钱,像当年落魄的八旗子弟;但多数时候,是不用心。就像有的人家虽家具素朴,但是木器见光,玻璃透亮,让人舒服;有的人家虽居豪宅,但杂乱拥堵,灰尘满屋,让人不想多待。

生活中,我们常会说"某人是个讲究人",这是肯定;而一旦说"谁谁穷讲究",似乎就带贬义。当年我在工厂时,有个老钳工,是刚解放时从印尼归国的。他住厂里一间六七平方米的单身宿舍,却常花费大半天时间打扫宿舍的卫生,整理物品,摆放衣物,擦拭尘埃。他会独自坐在房间的角落,安静地听着曲子读书,常有人说他"一个工人还穷讲究",可他从不解释,只是宽厚地微笑。

丰子恺先生晚年小酌时,酒杯一定是自己专用的,而下酒菜即使是几个花生豆也要找一个漂亮的碟子或碗盛好。我小时候在上海奶奶家住过段时间,奶奶每半个月要做一回鳝鱼。鳝鱼只买小拇指粗细的,搭配新鲜毛笋,用漖掉的面粉勾芡,最后撒胡椒,而胡椒一定要用黑胡椒粒。摆在饭桌当央,周围虽是酱萝卜、鸡毛菜,看上去却有模有样。

斯文,包括教养,它们不是物品,可以拿到人前观赏或称量,也不能当饭吃、抵钱用。在不懂它们的人眼里或就是种穷讲究;但对于理解它们的人来说,却透着对细节的执念和品位。村上春树说:"别人自有价值观和与之相配的活法,我也有自己的价值观和与之相配的活法。"现代文明的可贵之处在于,我们坚守自己的活法,也要理解和尊重他人的活法,只要这种活法不影响他人、不遗患社会。

乡下雨

游宇明

自从有城市开始，人就分为城里人与乡下人，雨就分成城里雨与乡下雨。

观察某个人是不是乡下人，不必刻意调查什么，看其外表就足够，城里人多半白白净净、嫩皮细肉；乡下人往往黑黑黄黄、皮肤粗糙。考察一种雨是不是乡下雨，则更简单，只要留心一下它落在城市的高楼还是乡下的旷野就行，乡下雨跟城里雨的一切差异都因这个而生发。

我进城将近三十年，在乡村只生活过十八年，尽管在城里的年头远远长过乡下，但我最爱的还是乡下雨。城里雨无论下在屋顶上还是街道上，声音都是钝钝的，像一个风烛残年的老人。乡下雨的声音则像音乐一样悦耳。下在屋瓦上的是清脆的尖音，像年轻的女歌星唱的美声；下在水塘里的是悠扬的高音，有点像古时的山歌；下在树木花朵上的是浑厚的中音，颇类似我们在晚会上听到的通俗歌曲。郑板桥的诗云："衙斋卧听萧萧竹，疑是民间疾苦声。些小吾曹州县吏，一枝一叶总关情。"世人多半解为郑板桥因听到风吹竹叶声而思民生之疾苦，我独以为那晚肯定是下了一场不大不小的雨，正是这场雨使竹叶声显得分外清脆。说雨不大，是因为郑板桥卧在衙斋还能听到竹子的枝叶之音；说雨不小，是因为它能将竹枝击打得噼噼啪啪。想想看，风雨之夜，一灯如豆，官舍安安静静，只有窗外一丛楠竹在风雨中低低地倾诉，那是一种如何动人的意境！怎么会不触动大画家、大书法家、好官郑板桥的心弦呢？

乡下雨美丽的声音使人迷恋，其外形也让人陶醉。小时候遇到下雨，我最爱干的活就是去家门前的池塘边看雨。一个人打着伞站在塘坝上，看着上千万条雨线在空中舞蹈之后，一一跳进塘里，接着变成一只只规格大致相同的圆圆的水圈，水圈中间是凸起的小水粒，旁边的水纹一圈圈由低到高、由小到大剧烈波动，实在是好看极了！进城后不住在水边，自然失了看雨的心情，不过，旅游时多有在江边遇雨的情形，此时，我一定会停下匆匆的脚步，静静地看一回雨。

我最喜欢的乡下雨是下在两种时候，一是夏天的插秧季节，一是某些干旱的秋季。湘中的夏插一般是在七月底，天气奇热，我们在稻田里劳动，汗水经常把眼眶泡得生痛，非常难受。老天怜悯我们，不时会下一会儿阵雨。天一下雨，气温立马下降，无论怎样做事，都不再出汗，眼睛也开始变得清爽。秋旱在我们那种以石山为主的山区是常事，按年头算，概率达到了三分之一。遇上干旱年份，晚稻的叶子会由葱绿变成黄绿，干燥得似乎一把火就可以将它们点着，稻田会裂开一条条食指大的土缝。农民是指望着田里吃饭的，摊上旱灾，心里那个急啊! 父母急，我们自然也跟着急。一旦下雨，尤其是下一场大雨，田里的禾苗重新昂首挺胸，父母皱皱的眉头舒展了，我们跟小伙伴玩得格外开心。

现在一年到头难得回一趟老家，回了也未必能碰到下雨，观赏一场乡下雨，比看一场城里的歌剧难得多。我聊以欣慰的是，这些年老家一直没有建化工厂之类，乡人煮饭什么的也烧煤炭，土山里的森林花草保护得不错，雨依然下得像我小时候一样清清亮亮。在这个欲望泛滥的时代，能让雨下得清清亮亮的乡村实在是有福的。

麻雀子

刘诚龙

麻雀是最入俗的，麻雀是最脱俗的。

麻雀是最爱人的，麻雀是最畏人的。

独来独往，是独立精神，麻雀不是，麻雀过的是集体生活，站屋顶，列电线杆，麻雀成群结队，从山林飞来，黑压压飞一群来，向山林飞去，乌泱泱飞一群去；到晒谷坪偷稻谷，也是来一个连，至少一个班。清朝李调元有诗詈麻雀：一窝两窝三四窝，五窝六窝七八窝。食尽皇王千钟粟，凤凰何少尔何多。

凤凰是少，麻雀是多。尔等雅人少，我等俗众多。麻雀山间有，却多在人间，无人地方貌似没麻雀，麻雀喜欢跟人活在一块。亲人鸟类，不多，燕子算，燕子一年不到半载，晚春才来，中秋就走；其他者，如画眉，如杜鹃，如喜鹊，如老鹰，多在山间自建房，来人间是深山山民上个城。麻雀与人不离不弃。日升月落天复天，春去秋来年又年，麻雀始终在人间，便是住处，也是屋檐下，瓦缝里，田里那堆稻草垛，院中央那棵桂花树。

我们称麻雀叫麻雀子。乡下称禽称兽，叫子的，不多，猪牛羊都不称子，鸡鸭狗，对了，鸭称子。子，孔子、孟子、墨子、韩非子，称麻雀也是此意不？最初，估计是爱昵的，后来带嬉笑了。某富豪威加海内兮归故乡，听说要同福，给各家各户一桶植物油，是吧？曰麻雀；某文豪上省城了，据说将拿诺贝尔奖了，是吧？曰麻雀子。麻雀何意？大宋以来就叫"鸟"，鲁智深想进酒家，第一喜欢说的就是"嘴里淡出鸟来"，麻雀就是这个鸟。敝地说人麻雀子，意思是无，没有，不可能。

山猴子，把裤带子系好，莫让麻雀子飞了。知道麻雀子是啥了吧？麻雀，进入乡村语言系统，非其他鸟类可比。要说有动物进入乡村语言，除麻雀，只有猪。你这个猪；猪咧，只会写回字；等等。敝地还有一首民谣：麻雀子，尾巴长，讨了婆娘忘了娘。以前不明白此话怎讲，说尾巴长，有喜鹊、灰喜鹊、红嘴蓝鹊，杜鹃更比麻雀尾巴长，说讨了婆娘忘了娘，哪只鸟都是。现在想明白了，无他，是麻雀跟人熟络，天天见面，随便了，么子都拿他开涮。义正词严之士，说不能开农民的玩笑，不能开弱势者的玩笑。乡亲倒是不太计较开玩笑，说你这个麻雀子，一者拿麻雀开玩笑，二者拿自己开玩笑，并无违和。

麻雀小，半个手掌大，一身棕灰色，无艳不彩，麻麻点点，麻雀起名于此吧。天下乌鸦一般黑，好像不完全是，现在是没有了，先前我见过老家乌鸦，后来我见北方乌鸦，有点不一样黑，若说老家乌鸦是淡墨黑，那北京乌鸦是浓墨黑，黑多了。麻雀却是一样麻。有年，我去天津，我们湘辣三人帮美女帮主周湘华女士，其时任《天津日报》专副刊主任，带我去海滨玩，一路上，但见麻雀飞，但见麻雀落，我乡巴佬也似，发感叹：何搞跟湖南麻雀，一样体，一般色。不知道周帮主是否心里笑话我，但到现在我还是有这感慨：人性千年未变，麻雀万里皆同。

麻雀活着或是苦，家无余粮，吃了这顿没下顿。蚂蚁喜欢储藏，大雪封天，蚂蚁在窝里猫冬了，麻雀是生活态度使然吧，这顿在山间地头，下顿是在地头山间，纵漫天皆白，众鸟躲藏于巢，麻雀还是到雪地里去，寻他下一餐。麻雀没觉得苦，麻雀过得快活，白天叽叽喳喳，晚上呼呼嘿嘿。明天食物不知在哪，麻雀依然酣睡。对了，麻雀不太垒窝，除了下蛋孵仔，麻雀是无家的，树叶浓密处，便是他的家，屋顶瓦缝里，便是他的家，桥下涵洞边，便是他的家。麻雀不用还房贷，麻雀活得洒脱。

捉麻雀，是当年小乐。麻雀难捉，说他爱人间吧，他是最怕人的，对人防备得紧，麻雀么子都不怕，深山老林，奶奶故事里，那是鬼们出没之地，麻雀居其中，一点都不害怕。麻雀不怕鬼，麻雀怕人。麻雀大唊秕谷三十粒，他眼珠四处转，防人偷袭，你是鸟为食亡，麻雀不亡于食；沉醉歌声中，他瞻前顾后，不是瞟观众给不给掌声，而是怕人趁他得意，把他捉了去，麻雀不忘形，不娱乐至死。麻雀难捉，麻雀也能捉，入夜，麻雀睡了，轻轻走，手电筒

照，他惊醒了，也不会飞。曾玩过罩麻雀，拿竹筛盘，上压大石头，筛盘前撑根筷子，筷子上系丝线，人伏在筛盘后，身上披蓑衣，掩盖人形，待麻雀飞进觅食，猛地把丝线一拉，麻雀罩里面了。还有一种，是伢子都爱玩的，拉弹弓，瞄树上，亲射雀，看刘郎。刘郎水平太次，百发顶多一中。十多年前，印象中是到云南旅游，某地摊头，看到有卖弹弓的，欢喜不尽，买了一把。许多年过去，上山无数，没拉一次弓，一者，水平低，怕出丑，二者，也是见麻雀歌唱正欢，下不了手。最后这弹弓，一直放在书柜里头起尘。

　　设置罩罩麻雀，曾捉过活的，想提笼架鸟玩，放麻雀入大笼，放一抓米，置一杯水，看着他吃。他不吃。游海边，见人手拿面包，海鸥纷纷飞来，占人头，立人肩，到人手上抢食。麻雀不会，即使野外，你抓把米丢地，麻雀不吃，待你走了，麻雀才张嘴。你走，这米是无主物，麻雀会受用，你在，这米是你的，麻雀不食嗟来之食。好吧，那不看麻雀。牧了下午牛，晚归。米，粒粒在，水，滴滴在。麻雀死了。绝食而死。

　　麻雀是最入俗的，麻雀是最脱俗的。麻雀亲近人，哪里有人间，哪里就有麻雀；麻雀不让人豢养，你豢养他，他奈不何你，他奈得何自己。鸟类中，麻雀体形很小，地位或是最卑微的，麻雀却是最有骨气的。猪牛羊，前身都是野猪野牛野山羊吧，人类把他们都喂养成家畜了；鸡，喔喔喔，白天野外头，入夜归埘里，不用扬鞭自入笼，听生物学家说过，鸡是鹰驯化来的；阁下说雄鹰，雄心万里，到驯鹰人手上，鹰也是一只鸡；万兽之王，人见人怕，驯虎师、驯狮人叫他钻圈便钻圈，叫他趴着就趴着；狗不说了，狗是狼变来的。

　　鹰是鸡了，狼是狗了，麻雀还是麻雀。称麻雀叫麻雀子，是有道理的。

生命的篝火

何志坚

这日，我因耳朵胀痒痛，去医院就诊。到医院时，医生还没有来，但候诊室里早已人满为患，连坐的地方都没有了。因素来身体不好，我感觉头晕目眩，站立不稳，只能斜倚在墙边捂着头，苦苦地等待着。

"阿姨，您是不舒服吗？"晕晕沉沉间，耳边响起一个清脆稚嫩的声音。原来是一个长相清丽的小女孩，扎着长长的马尾，此时正仰头忽闪忽闪着明亮的眼睛看着我。"嗯，是的呢。"我无奈地笑笑。"那您来我的位置坐吧。""啊……"我一时没反应过来，小女孩拉着我的手走到一个空着的椅子边上，已经快支撑不住的我条件反射般便坐下了。"真的太感谢小妹妹了。那你坐哪里呀？""我和我妈妈一起坐就可以了。阿姨不用客气的，幼儿园的老师说，帮助别人就是一种最大的快乐呢。"我有些感动和震撼，更是有些羞愧，这么小的孩子都能懂得助人为乐，感觉自己还不如这小女孩呢。"小雪，赶紧过来啊，医生来啦！""好的妈妈！"小女孩像只小蝴蝶般飞奔而去，长长的马尾一晃一晃，看着活泼善良的她，感觉童真是那么美好。

我循声望去，女孩的母亲是位落落大方的女子，此时，她正向我投来礼貌性的友好微笑，小女孩跑过去依偎在她妈妈的怀里，一脸灿烂的幸福。我也感激地对小女孩的妈妈颔首笑了笑。候诊室的人越来越多，这温馨美好的一幕很快便淹没在密集的人流里。好不容易轮到我，医生让我先去交钱清洗耳朵。

清洗耳朵的时候，因为要一直往耳朵里面灌生理盐水，加上护士要用工具往耳道里挖栓塞的耵聍出来，所以一来二去不断刺激，除了疼痛还头晕得特别厉害。这好不容易坚持洗完耳朵，可是我已经晕眩得天旋地转了，无法站起来，一动就想吐，好像马上就要晕倒在地上了，护士见状马上担心地说："你没有家人在这吗？让你家人扶一下你啊。"我喊了喊父亲，可是并没有人应答，估计上卫生间去了。这边还有人在排队要洗耳朵，我不能老占着位置，一时不知道咋办。

正心急如焚的时候，那个清脆悦耳的童声又响起来了："阿姨，您又身体不舒服了吗？是不是又头晕了？我扶一下您吧。"这天使般的长马尾小女孩又及时雨般出现在我面前。"谢谢你啊，小妹妹。""不客气阿姨，您慢点啊。"

她轻轻搀扶着我的胳膊，其实小女孩的力气很小，如果光是依靠她搀扶的力量，以我当时晕眩的程度，怕是不能站起来的，我后来回想起来才感觉，她所给我的力量并不仅仅是身体上的，而更多是精神上的。她让我再次看到了人性的真善美，特别是现在我正处在人生低谷，百病缠身，小女孩的出现仿佛让我在黑暗中看到一束最亮的光，又如三九严寒天偶遇一堆烧得很旺的篝火，浑身充满了温暖和感动。

　　好不容易做完各种检查准备下楼排队拿药的时候，突然内心很牵挂这位天使般的小女孩，想找一下她和她的母亲以表感谢。可是再回到原来的候诊室却找不到她们了，心中不免感觉有点失落与遗憾。有些相逢也许只是短暂的片刻，但会在你的生命里刻骨铭心，温暖你一辈子。"幼儿园的老师说，帮助别人就是一种最大的快乐呢！"耳边常常响起天使悦耳的声音，它不仅带给我力量与温暖，更是时刻提醒我要做一个善良正直乐于助人的人。

得到与得不到

狄 青

我没有吃过河豚，但据吃过的人讲，味道不错，但也说不上就好到可以为吃它而不惜丧命的地步；我不抽烟，但据抽过几千元一条"特供"香烟的朋友说，抽起来的感觉与一百多块钱一条的也差不多；我也没有去过许多热闹无比的地方，但据黄金周去过的人说，连上趟厕所都要排半小时队……看景不如听景，对我们来说，得不到的永远是好的，但得到了呢？多半也就那么回事儿。

《列子·杨朱》记载了春秋时宋国一个农夫，穿乱麻破絮才勉强挨过寒冬，不晓得天下还有高屋暖房、丝绵绸缎、狐皮貂裘。春天耕种时，在太阳下曝晒，农夫对妻子说："背对太阳，暖和极了。别人都不知道，我去告诉国王，一定会得到奖赏。"这位农夫不知道，国王有的他永远无法想象，但农夫得到的国王似乎也很难享受到。而且，皇帝也未必活得就不憋屈，想当年道光皇帝想在紫禁城里喝一回片汤儿都是一种奢望。

我从小即喜欢读书，当然在有些人眼中这实在算不上什么"得到"。比如就有人说，不喝酒不抽烟不打牌，活着有什么意思呢？我或许的确少了些"极致享受"，可他们又如何体会我雪日闭门夜读书的快慰呢？

中国古代有许多小说包括《红楼梦》里都提到过"妻不如妾，妾不如偷，而偷不如偷不着"这句话。啥意思？简单来说，不过是某些人心理作祟罢了，得不到时心中总有一种期待，而这种期待常自带美化滤镜。得到后就没了期待，滤镜美化的部分也就原形毕露了，所以就形成了人们常说的幻灭。既然最终是幻灭，还不如"偷不着""得不到"呢！

之所以你会认为"得不到的才是好的"，是因为你在"得到"之前，多半不了解自己想要得到的东西的价值与内涵，正因为了解少，所以心中装的全是它的优点，而这优点又正好与此时你心中幻想的美好期许相匹配。而且"得不到"具有挑战性，会激发你的征服欲和冒险欲，所以"得不到"的才成了所谓好的。而当真的得到后，你看到的是它的全部，就很难满足你心中的映射了。

按照心理学说法，喜欢一个人就会在记忆里强化对方的正面印象，把想象里自己对"优秀配偶/朋友"的形象投射到对方身上，所以得不到时觉得对方是完美的，是被"去人化"的，变成"男神女神"，潜意识里不可侵犯，这也是为何暗恋总是痛并快乐着。然而一旦接触，发现此人不过与自己一样，吃喝拉撒还抠鼻屎，他们作为人类的特性就回来了，与"想象"完全不一样了，所以就不如没得到时那么美好了。

许多人对初恋念念不忘，这其实是一种"蔡氏效应"。发明这个效应的人是德国的心理学家蔡格尼克。意思是说，相对于已经完成的事来说，无论结局如何，人都会对未完成的事印象更加深刻。也就是说，人的记忆天生就对未完成的事更敏感。所以初恋也是一样，第一次恋爱就能白头偕老的概率太低了，大多数人的初恋都是未完成的，不成功的，所以才会深深地刻在人们的脑海里，挥之不去。

在中国古代，不要说《金瓶梅》那类作品，就算是"四大名著"都曾在不同时期被列为禁书。《红楼梦》问世不久，即被禁，曾经以手抄本形式流传了三十年。当时好事者每传抄一部，置庙市中，昂其价，得金数十，可谓不胫而走者矣！当时流行的竹枝词说："开谈不说《红楼梦》，纵读诗书也枉然！"大家都以得到一部《红楼梦》为荣，但很多人却不是为了阅读，而是为炫耀抑或倒卖高价。等到开禁，一部《红楼梦》只价比之前百分之一二，由此可见，"禁"，往往会增大得不到概率，增加得到成本。

其实"得到"说到底很可能只是一种"暂时拥有"。徐悲鸿是画家也是收藏家，他收藏的名家书画多达1200余幅，其中不乏《八十七神仙卷》《朱云折槛图》等国宝级珍品。徐悲鸿有一枚印章，刻有"暂属悲鸿"四字。徐悲鸿叮嘱家人，这些藏品自己只是暂时保管，一旦时机成熟就会捐献给国家。徐悲鸿去世当天，徐悲鸿的妻子廖静文就将全部藏品无偿捐献给了国家。

亚里士多德说羡慕是别人的好运给自己造成的痛苦。在当下，我们衡量富裕的标准不是自己本身的内在价值，而是环境与他人的参照物：别人得到的你没得到，却不承想你得到的别人也不曾拥有。

《吕氏春秋》中说："登山者，处已高矣。左右望，尚巍巍焉山在其上。"这就是这山望着那山高的出处。而其实，在别的山头上的人同样会望着你这座山头高，也会心心念念要爬上你这座山头。

从俭做起，一路繁华

才春新

汴京城（今河南省开封市）东府西祠，楼阁碧水，既具北方宫殿的雄浑，又兼南方水乡的秀气，不愧一处景致绝伦的风水宝地。

开宝五年（972 年），内廷外。不远处，两两宫娥簇拥着一位绝色美人，正是大宋朝享万千宠爱的永庆公主。永庆公主凤冠霞帔，外着的一件锦缎上，大片的孔雀羽毛赫然金丝线缝制，阳光映照下金光闪闪，分外漂亮。

永庆公主自幼得皇上喜爱，见驾时亦没有拘谨。她莲步款款而来，盈盈一拜后，笑问："父皇，您看女儿漂亮吗？"说罢还慢摆腰肢，衣袂飘飘，之后满怀欣喜地等待父皇的夸奖。万没想到，赵匡胤罕见地板起脸，厉声喝道："脱下来，身为公主，以后不准再穿这么好的衣服！"

爱美之心人皆有之。这样一件华服自然价值不菲，然贵为一国之公主，穿一件好衣服怎么了？永庆公主倍感委屈。赵匡胤这才语重心长地说："战国时，齐桓公喜穿紫色衣服。紫衣高雅，倜傥风流，致全国兴起紫色热潮，纵紫色布匹价格成倍飙涨，依然有很多人拼力抢购。你想想，你的美丽，你的炫耀，若招来同样的效仿，会浪费多少金钱？"

高高在上的一代君主，赵匡胤不许女儿穿好衣服的故事至此流传开来。赵匡胤也因此博得历史上"第一抠门皇帝"之名头。

大文学家司马光，亦是北宋时期的政治家和史学家，他主持编撰的《资治通鉴》，是我国最大一部编年体史书，全书二百九十四卷，记录了上起战国下至五代末年，共一千多年间诸多重大事件的前因后果。许多史学家给予《资治通鉴》极高的评价。比如，史学家胡三省就说："为人君而不知《通鉴》，则欲治而不知自治之源，恶乱而不知防乱之术。为人臣而不知《通鉴》，则上无以事君，下无以治民。"后来，司马光一直执着于续写《资治通鉴》，虽未能如愿，也整理完成了《涑水记闻》。《涑水记闻》亦作为珍贵的史料参考笔记流传后世。司马光在《涑水记闻》中记载了许多关于宋太祖节俭的事：不仅教女俭朴，贵为一国之君的赵匡胤，还经常穿着"麻履布衫"在朝廷内外行走，他讲究吃饱穿暖即可。同时，在衣、食、住、行各方面提倡节俭，反对浪费。

宋太祖的节俭营造了当时极其良好的社会风气，甚至影响了几代人，奠定了大宋朝的三百余年盛世。前尘过隙，岁月悠悠，"抠门皇帝"赵匡胤，成为历史上尚俭戒奢之楷模。

每每讲起这些，孩子总笑说："俺娘也是从苦日子过来的，也抠门！"听这略带调侃的语气，吧嗒吧嗒嘴，我反复琢磨个中意思。莫不是在说：赵匡胤出身寒门，自小经历动乱的穷苦年代，即便当了皇帝也改不了骨子里的"抠门"？小子机灵，没等我再开口，又抢着说："知道，知道。过去一块豆腐要分着吃，一元钱要计划着花，那时候穷啊！"还摇头晃脑地给我诵读朱柏庐的《治家格言》："一粥一饭，当思来处不易；半丝半缕，恒念物力维艰。"

如今的孩子大道理都懂。我知道，于他们心中无非还有着"时移世易"的倚仗罢了。

赵光义也认为哥哥过于俭朴。他说："你如今都当皇帝了，吃好点穿好点是应该的。"确实，夹马营中的苦日子过去了。曾经再苦，如今发达了！有道是"普天之下莫非王土，率土之滨莫非王臣"，天下的财富诸如绫罗绸缎、金银珠宝等等，几乎尽收囊中。真个"天上神仙府，人间帝王家"！赵匡胤也说，即便自己用金子装饰殿宇也做得到！既如此，他赵匡胤还"抠门"个什么劲呢？

赵匡胤是从五代中走过来的，他亲身经历了梁、唐、晋、汉、周五个王朝的更迭；他目睹了奢靡浪费导致国民经济薄弱、国家一步步走向灭亡，以及战乱带给人民的巨大灾难。所以，赵匡胤怕了。所以赵匡胤才开始"抠门"了。赵匡胤想的是：若"抠门"能拯救百姓于水火，若"抠门"能带给黎民幸福，则何妨"抠门"？那么，敢问：质疑赵匡胤骨子里"抠门"的孩子们，朋友们，如此看，我们的格局是不是太小了？

朱元璋亦是一位了不得的开国大帝，他却坚持"四菜一汤"，这种做法也够"抠门"吧，不"抠门"何以稳固大明天下？季文子"青草喂马"不是"抠门"？不"抠门"何以成就一代名相？苏东坡"房梁挂钱"，日子也过得"抠门"，不"抠门"

如何留下文坛的千古佳话?

伟大领袖毛主席，谁能想象，他的一件睡衣补了73次，且穿了二十年！即便如此，他依旧舍不得扔，是否也算"抠门"？不"抠门"何以在帝国主义军事与经济的双重围堵下，率领穷苦大众推翻压迫，走出水深火热？历尽屈辱与苦难的中国人民站起来了！数不尽，曾经的日子里，在华夏大地上，涌现了多少这样"抠门"的老一辈革命家！再看雷锋，他的一双袜子，新三年旧三年，缝缝补补又三年，该是如何的"抠门"？若没有无数个这样的"雷锋"，何来今天我们繁荣富强的新国家？

这样的"抠门"还叫"抠门"吗？如此"抠门"便是节俭，已经是一种品质，一种境界了。朴素节俭是中华民族的传统美德；尚俭戒奢一直是中国共产党人的本色。相信从俭做起，我们伟大的祖国一定会迎来更加美好的明天。

梦，行走在雨中

孟宪丛

滴答，滴答——

这雨滴声，酣畅、激越，撩拨得我无法入眠入梦。

我拧亮床灯，走到窗前，听那跌落的雨滴，仿佛就是静夜里她在轻叩我的心扉。

于是，雨夜里我又想起了她，也想起了她的梦。

是啊，因为有了她，就有了梦。那年，在初夏的北京，我俩结识于一次新闻写作培训班上，虽然她的年龄比我小十多岁，但未能影响我们成为好友。我们经常在一起谈写作，但更多的时候我们喜欢谈梦——我说，梦可以完全裸露自己的灵魂，无须遮遮掩掩；可以抛弃一天的负重，尽情地释放自己的情感；可以天马行空，让心灵的羽翼在古往今来广阔的时空里游弋……而她说，梦是诗和神话的杰作，所以她梦想成为诗人。

临分别的那天晚上，也是在滴答的细雨中，我们边喝酒边说梦，雨声渐渐潮润，人影摇上窗帘，按捺不住的亢奋、激动、陶醉，直至双双醉倒在梦中……第二天，一道银白色的弧光将我和她以及她的梦紧紧缠绕在了一起，珍藏进了我心灵的深处。

在后来的日子里，两人虽然常有问候，但我们的相见却一直在梦中。奇怪的是，梦中也还做着与她相见的梦，梦中之梦的连环梦！偶尔也听到她有一个梦自己的梦，我甚至奢望同一个夜晚相互走入同一个梦境。犹如庄周梦见了蝴蝶，蝴蝶梦见了庄周。

牵挂，造就了梦境，梦境成就了牵挂。

我把梦挂在星空，如醉如痴，因为思念总会令人追忆不已，梦中出现的往往是有雨的情景，梦见她揣着一颗诗人的心，在雨水中奔走，奔走的脚印零乱而泥泞……梦见她的足音在雨夜捎来问候，清脆地叩开我的心扉，一路踏歌，声声似琴……又梦见她是一条鱼儿在清澈的水中悠悠地游，写满一河多彩活泼的文字，她在柔柔的水中成了诗人……梦醒时分，我突然从星空跌入荒寂的现实中，生出一串长长的唏嘘与惆怅。她的梦，虽然是金色的，温馨、美丽，斑斓、多彩，但漂浮不定，难以捕捉，仿佛就是上帝信手给她开了一张"空头支票"，成为抹不去的"南柯一梦""一枕黄粱"。

但转念一想，不会做梦的人，未来必然一无所有；只会做梦的人，未来除了梦也是一无所有。我不知道该用梦盘点现实，还是用现实解释梦。于是，我在期望她好梦成真的一天天中，终于等来了她刚出版的诗集《雨梦》。

匆匆行走在梦的尽头
风儿轻轻掠过额头
滴答的小雨
缓缓滑过双唇
带来淡涩的问候
天空一片抑郁
与梦的感觉一般
尽情啜吻小溪里的文字
岸边树上果儿正红

默默捧读《雨梦》，我的情感潮水般上涨，溢满了我的心河，也溢满了我的双眼……

滴答，滴答——

这久酿的雨滴，就像滴落在我曾经干涸等待的心田上。我轻轻地拾起思绪，梦便在周身慢慢弥散开来，仿佛看见她在雨中独自赶路的纤纤背影，穿越一路坚持。

只要心中有梦，梦则成真。这话我相信了。

父爱如山般

深沉庇护

- S U M M E R -

背 影

朱自清

我与父亲不相见已二年余了，我最不能忘记的是他的背影。那年冬天，祖母死了，父亲的差使也交卸了，正是祸不单行的日子，我从北京到徐州，打算跟着父亲奔丧回家。到徐州见着父亲，看见满院狼藉的东西，又想起祖母，不禁簌簌地流下眼泪。父亲说："事已如此，不必难过，好在天无绝人之路！"

回家变卖典质，父亲还了亏空；又借钱办了丧事。这些日子，家中光景很是惨淡，一半为了丧事，一半为了父亲赋闲。丧事完毕，父亲要到南京谋事，我也要回北京念书，我们便同行。

到南京时，有朋友约去游逛，勾留了一日；第二日上午便须渡江到浦口，下午上车北去。父亲因为事忙，本已说定不送我，叫旅馆里一个熟识的茶房陪我同去。他再三嘱咐茶房，甚是仔细。但他终于不放心，怕茶房不妥帖；颇踌躇了一会。其实我那年已二十岁，北京已来往过两三次，是没有甚么要紧的了。他踌躇了一会，终于决定还是自己送我去。我两三回劝他不必去；他只说："不要紧，他们去不好！"

我们过了江，进了车站。我买票，他忙着照看行李。行李太多了，得向脚夫行些小费，才可过去。他便又忙着和他们讲价钱。我那时真是聪明过分，总觉他说话不大漂亮，非自己插嘴不可。但他终于讲定了价钱；就送我上车。他给我拣定了靠车门的一张椅子；我将他给我做的紫毛大衣铺好坐位。他嘱我路上小心，夜里警醒些，不要受凉。又嘱托茶房好好照应我。我心里暗笑他的迂，他们只认得钱，托他们真是白托！而且我这样大年纪的人，难道还不能料理自己么？唉，我现在想想，那时真是太聪明了！

我说道："爸爸，你走吧。"他望车外看了看，说："我买几个橘子去。你就在此地，不要走动。"我看那边月台的栅栏外有几个卖东西的等着顾客。走到那边月台，须穿过铁道，须跳下去又爬上去。父亲是一个胖子，走过去自然要费事些。我本来要去的，他不肯，只好让他去。我看见他戴着黑布小帽，穿着黑布大马褂，深青布棉袍，蹒跚地走到铁道边，慢慢探身下去，尚不大难。可是他穿过铁道，要爬上那边月台，就不容易了。他用两手攀着上面，两脚再向上缩；他肥胖的身子向左微倾，显出努力的样子。这时我看见他的背影，我的泪很快地流下来了。我赶紧拭干了泪，怕他看见，也怕别人看见。我再向外看时，他已抱了朱红的橘子望回走了。过铁道时，他先将橘子散放在地上，自己慢慢爬下，再抱起橘子走。到这边时，我赶紧去搀他。他和我走到车上，将橘子一股脑儿放在我的皮大衣上。于是扑扑衣上的泥土，心里很轻松似的，过一会说："我走了；到那边来信！"我望着他走出去。他走了几步，回过头看见我，说："进去吧，里边没人。"等他的背影混入来来往往的人里，再找不着了，我便进来坐下，我的眼泪又来了。

近几年来，父亲和我都是东奔西走，家中光景是一日不如一日。他少年出外谋生，独力支持，做了许多大事。那知老境却如此颓唐！他触目伤怀，自然情不能自已。情郁于中，自然要发之于外；家庭琐屑便往往触他之怒。他待我渐渐不同往日。但最近两年的不见，他终于忘却我的不好，只是惦记着我，惦记着我的儿子。我北来后，他写了一信给我，信中说道："我身体平安，惟膀子疼痛利害，举箸提笔，诸多不便，大约大去之期不远矣。"我读到此处，在晶莹的泪光中，又看见那肥胖的，青布棉袍，黑布马褂的背影。唉！我不知何时再能与他相见！

永在我肩

石 兵

苏小咏一直觉得自己的名字起得不好，像个男孩子的名字，为此，她无数次向父亲要求改名，但父亲总是不置可否。

有一次，苏小咏急了，问父亲："同学们都叫我男人婆了，我要改名！"

父亲却微笑着说："告诉他们，咱家咏咏这个名字是吟咏的咏，不是勇敢的勇，你见过哪个吟咏古诗的孩子像莽汉呢？"

苏小咏这才隐隐约约知道，自己这个名字还有着另外的寓意，于是，她就乖乖待在了父亲的肩头。

那一年，苏小咏六岁，刚上学。每一天，她都坐在父亲的肩头去上学，上学的路不近，但父亲坚持不骑车，吃完饭，他双手抱起苏小咏，轻轻一举，苏小咏就坐在了父亲的肩头，父亲的肩宽宽厚厚的，很舒服。

苏小咏上学之后才知道，自己的腿是不会走路的。她从小就患了一种肌肉无力症，只能坐着躺着，双手有些力气，脑子里有无数想法，但是腿不能使，只能说，只能写。

上学期间，苏小咏一直受到老师的特殊照顾，每天下了课，老师会专门过来问她想不想去厕所，如果想，老师就会找来一辆轮椅，推着她去一个画着轮椅图形的厕所。

轮椅坐着也挺舒服，可是，苏小咏还是喜欢坐在父亲的肩头。

苏小咏的母亲没有了，据说是生苏小咏时出了意外，这不仅导致苏小咏一生下来就患了病，也导致她一生下来就没了娘。

幸好，还有父亲。

父亲很忙，但是再忙，他也会来接送苏小咏，他在肩膀上装了个硬硬的假领子，两边高高翘起，苏小咏坐在肩上不会溜滑，也可以用手扶着高高的假领子指挥方向。每一次，苏小咏坐得高高的，大声咏诵在学校里学到的古诗词，周围的人都会投来羡慕的目光，作为陌生人，他们不知道苏小咏有一双不能走的腿，他们只知道，这个父亲很溺爱这个天使一般美丽的小女孩，这个小女孩吟咏诗歌的声音很甜美很好听。

苏小咏渐渐长大了，虽然双腿还是不能动，但是却有了大孩子的模样。

父亲依然每天把苏小咏放在肩上，但是苏小咏明显感觉到这个地方有些太小了，而且也不是那么平稳了，回家的路上，父亲停下来休息的次数越来越多，时间越来越长，这让急于回家写作业的苏小咏感到有些不耐烦。

更让苏小咏感到不耐烦的是，路人们看向他们的目光变了，不再是啧啧赞叹，反而变成了冷嘲热讽。

"你看那个孩子，这么大了还让爸爸扛着。"

"你看那个大人，这么大的孩子还放在肩上扛着，这样能教育出好孩子吗?"

"你看看那对父女，这么大的孩子扛在肩上，还这么大声地背课文，是不是脑子有什么问题啊?"

听了这些话，苏小咏不愿再坐在父亲肩头了，她向父亲提出了要求，于是，父亲把家中购置已久的轮椅取了出来。

离开父亲的肩头，坐上了轮椅，苏小咏却没有了吟咏诗文的兴致，因为，她没有了一直以来的安全感与温暖，那是只有父亲肩头才能找到的感觉。

苏小咏的学习成绩下降了，父亲询问她，她却沉默着不说一句话，只是，在坐上轮椅的那一瞬间，苏小咏下意识地抬起双手，想要握住两只高高的衣领却握了个空，一脸失望沮丧的苏小咏被父亲看在了眼里，他二话不说，重新将苏小咏放上了自己的肩头。

在父亲肩头，苏小咏重新开始了字正腔圆的吟咏，她渐渐学会不在乎路人陌生的目光。她想，我不认识他们，他们也不认识我们，何必在乎呢?

苏小咏的学习成绩变得越来越好，终于，她考上了一所重点高中，放榜的那一

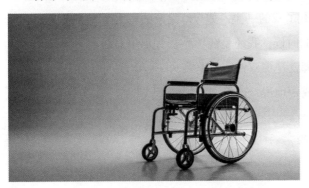

天，她坐在父亲肩头，不需要挤过丛丛人群，隔得远远的就一眼看到了红红的喜报上自己的名字，她兴奋地指着前方，对父亲说:"爸爸，我考上了，我看到了。"

就在苏小咏狂喜的时刻，突然，她感觉身下没有了依靠，瞬间天旋地转，她与父亲一同摔倒在了坚硬的水泥路面上。

　　躺在地上，她终于看清了这个已很久没有端详的父亲，这个额头爬满皱纹满脸尽是疲惫的人是自己的父亲吗？这个头上丛生着白发眼睛布满着血丝的人是自己的父亲吗？这个与自己身体差不多高矮的小老头是自己的父亲吗？

　　也就是在这个时刻，苏小咏觉得自己应该长大了。

　　在高中，苏小咏学会了独自拄拐行走，学会了独自铺床叠被，她摔了无数次跤，又无数次爬了起来，无数次，她在镜中看到自己柔弱的肩，都会在心中默想，这肩什么时候也能变得像父亲的肩一般宽阔温暖呢？这肩什么时候能让日渐老迈的父亲依靠一次呢？如果自己的身体注定无力，那么，就让自己用不懈的学习与努力来实现这一切吧！

　　苏小咏的学习一直名列前茅，但是，她最擅长的还是朗诵，一篇篇诗文在她口中吟咏而出，竟拥有了感染心灵的力量，这一刻，她深深为父亲为自己取的这个名字而骄傲。

　　父亲经常来看苏小咏，每一次，苏小咏看着曾经高大的父亲渐渐佝偻的腰身，都会有着说不出的心痛。

　　苏小咏考上了大学，毕业后成了一名电台播音员，她不需要抛头露面，却将最美好的声音传递给了整个城市，成了最受欢迎的明星播音员。

　　苏小咏渐渐站了起来，可是父亲却突然倒了下去。在医院里，医生告诉苏小咏，父亲长年积劳成疾，恐怕很难再站起来了。

　　从此，苏小咏的节目里多了一项内容，每天为天下父亲朗诵一篇文章，她的咏读感动了无数的人。

　　在最新的一篇文章里，苏小咏说，这是我自己写的一篇文章，文章的内容源于父亲的肩头，那个地方承载了我的一生，如今，父亲的肩由高高耸立变成平平坦坦，但是，每天给他揉肩的时候，我还是能够感受到那里蓬勃的力量与无尽的希望，我想，父爱的最佳注脚就是那双铁一般坚强火一般温暖的肩膀吧。

　　读到最后，苏小咏泣不成声地说，这篇文章的名字就叫作《永在我肩》。

笨拙的父爱

李怀春

他真的是一位非常笨拙的父亲。

这是一个大型综艺节目，类似各种选拔赛。台上一个个帅哥靓女，或歌唱，或舞蹈，使出浑身解数，把自己的才艺发挥到最好。精彩之处，台上台下高潮迭起掌声不断。

当他站在舞台上时，显得有些另类，因为他不再年轻。与众多参赛的小青年相比，他俨然就是"大叔"级别的。

论说，"大叔"级别的人物参赛也不算什么，或许还能一鸣惊人，出个中国式"苏珊大妈"。但是，他似乎又不具备这个才能。

音乐响起，我就看到了他的拘束，接着一开口，更大的失望袭来。他竟然合不上节拍，吐词也不清晰，这些都是歌手的禁忌。台上评委的灯齐刷刷地灭掉了，他陷入一种尴尬与难堪的局面。但是，他依然执着、含混不清地唱着，灯光下，他的额头爬满汗水，沧桑的脸上似乎因难堪与拘束，显得又苍老了几分。台下嘘声一片。

这真是个乌龙事件，自综艺节目开播以来，从没有过这样的局面，主持人忍不住叫停。音乐停下来，他似乎更孤立地站在舞台上，手足无措。

"你一定知道自己的歌唱水平，能说说你为什么来这个舞台上吗？"主持人问道。台下揶揄声此起彼伏：现在人真是想出名想疯了。

男人低着头盯着自己的鞋子，半天才抬起头说话了。他的话语依然不清晰，一字一顿，原来他竟然还是一个有语疾的人，也就是我们说的"大舌头"。

他说："非常抱歉，我不会唱歌。我这么做，是想恳请评委能给我女儿一个上台的机会。我女儿今年八岁，特别喜欢跳舞，能跳出完整版的杨丽萍的《孔雀舞》，只是她年龄小，不够参赛的资格。可是，女儿太想上这个舞台了，恳请大家给她一个机会，恳请大家明白一个做父亲的心情。"

原来，所有的难堪，所有的笨拙，都是为了他的女儿。

他女儿终于站在了这个大型的舞台上。孩子的舞蹈果然不错，她开心地跳着，像一只欢快的小孔雀。台下的男人望着女儿，也欣慰地笑了，笑得泪流满面。

在如潮的掌声里，女儿跳完了舞蹈。我知道，那掌声，一半是给女儿，一半是给父亲的。

主持人问女儿，知道爸爸是做什么工作的吗? 女儿摇摇头。于是，主持人让她看看大屏幕：她爸爸是个切割大理石的火烧工，每天在一千多摄氏度的高温下工作。为了这次上舞台，作为一个有语疾的父亲，所做的努力，她也是不知道的。天真无邪的女儿，活在自己的舞蹈梦里，并不知道父亲的辛苦。

画面以回忆的方式，重演了他坚持让女儿学舞蹈的过程。女儿很小的时候，他发现了女儿的舞蹈天赋。只要他家那台老旧的录音机一放音乐，女儿就随之翩翩舞蹈，只是，女儿的舞步没有经过正规训练，显得有些零乱与别扭。看看喜爱舞蹈的女儿，想想家里拮据的生活，他还是拿出全部的积蓄送女儿去了舞蹈学校。学舞蹈要夏练三伏，冬练三九。夏天，家里没有空调，他就去附近的冷库里，捡拾一些废弃的冰块，然后回家放在盆子里，用电扇吹，这样练舞蹈的女儿就不至于那么热了。冬天，他用捡拾的煤块在屋子里生火，把贫瘠的小屋照映得暖暖的，也让跳舞的女儿感觉暖暖的。就这样一天天，一年年，女儿终于走向了梦寐以求的大舞台。

后来，导演组还向我们透露了一个秘密，这个男人因语疾并没有成家，这孩子是他捡来的弃婴。可是他央求导演删掉了这一块儿，他说他永远不想让女儿知道这个秘密。

作为一个摄影师，我目睹了这晚最感人的一幕：大屏幕上，父亲辛劳的身影，还有他为了女儿，站在舞台上最笨拙、最尴尬的一面。

节目之后，我复制了一个光盘，送给了孩子。我想让她明白：父亲所有的辛苦、所有的笨拙，都是为了更好地爱她! 我想随着女儿的长大，她一定会懂得父亲对她的爱，也会深深地爱着这个笨拙的父亲。

父亲就是创造神话的那个人

陈志宏

他五岁的时候，不幸患了小儿麻痹症。乡卫生院的医生对他的父亲说："你就别浪费钱了，到县买个好点的轮椅吧。他这一生肯定要在轮椅上度过。"

他的父亲沉默良久，吸完了一袋烟，背起儿子一个劲地往县城赶。县医院的医生把话说绝了："你就是把儿子背到北京去治，也站立不起来。"

十二岁那年，他坐着轮椅，去学校上学，端端正正地坐在小学一年级的教室里。他的成绩不算好，但音乐老师喜欢他，夸他乐感好，嗓音也不错。夸过之后，音乐老师又无奈地摇摇头自语道："一个残疾人，要想唱歌，难啊！"

一天，他对父亲说："爸，李老师说我的歌唱得好。我想唱歌！"在村里，健康的小孩都不敢抱有唱歌、跳舞这类学艺术的念头，他的这一想法一时被传为笑谈。村里的人众口一词："他想当歌星？讲神话哟！"只有他的父亲把他的想法当一回事，认真地说："儿子，只要你有这个想法，我就一定要让你成为一名歌星！"

他的父亲把他背出了山村，背上了火车，直奔省城。他看见了山外精彩的世界，抑制不住内心的激动，在父亲的背上一路高歌。

当这对父子站在师范大学音乐系主任家门口的时候，城市已是万家灯火，奇异的饭菜香冲进他们鼻子，一整天没吃东西的他们越发感到饥肠辘辘。系主任把门打开，他父亲立即跪了下去，央求道："主任，我儿子有音乐天赋，求你收下他吧！"

系主任惊讶地问："谁说你儿子有音乐天赋？"

他父亲说："我们村小李老师说的。"

系主任骂道："神经病。"

他们离开了师范大学，茫然地行走在陌生的城市。

他俩走了很多地方，敲了很多门，都被人冷冷地拒在了门外。他的父亲依然没灰心，背起儿子又踏上了新的求学之路。他们的真诚和执着终于打动了一所民办高校的艺术系主任。他成了音乐班免费的特招生。

经过一年的正规训练，原本资质不算好的他在学校"赢得了"歌王的美誉。他翻唱郑智化的水手曾让无数观众为之动容。

离开学校后，他对父亲说："我要去北京唱歌！"他父亲二话没说，把他背到了北京。他拄着杖跑场子，一声又一声歌唱着美好的生活。

几年过去了，他成了业内颇受欢迎的"地下歌星"，凭借自己的努力，在北京买了房子，把山村里的家人全接到了首都。他的父亲却因过度劳累，离开了人世。那一年，他二十四岁，他父亲五十七岁。

父亲的背是他实现梦想的人生航船，父亲的意志是他超越现实的人生航标。父亲给他温暖，给他力量，给他自信，给他实现人生价值的阶梯！

父亲就是创造神话的那个人！

儿　女

朱自清

　　我现在已是五个儿女的父亲了。想起圣陶喜欢用的"蜗牛背了壳"的比喻，便觉得不自在。新近一位亲戚嘲笑我说："要剥层皮呢！"更有些悚然了。十年前刚结婚的时候，在胡适之先生的《藏晖室札记》里，见过一条，说世界上有许多伟大的人物是不结婚的；文中并引培根的话，"有妻子者，其命定矣"。当时确吃了一惊，仿佛梦醒一般；但是家里已是不由分说给娶了媳妇，又有甚么可说？现在是一个媳妇，跟着来了五个孩子；两个肩头上，加上这么重一副担子，真不知怎样走才好。"命定"是不用说了；从孩子们那一面说，他们该怎样长大，也正是可以忧虑的事。我是个彻头彻尾自私的人，做丈夫已是勉强，做父亲更是不成。自然，"子孙崇拜"，"儿童本位"的哲理或伦理，我也有些知道；既做着父亲，闭了眼抹杀孩子们的权利，知道是不行的。可惜这只是理论，实际上我是仍旧按照古老的传统，在野蛮地对付着，和普通的父亲一样。近来差不多是中年的人了，才渐渐觉得自己的残酷；想着孩子们受过的体罚和叱责，始终不能辩解——像抚摩着旧创痕那样，我的心酸溜溜的。有一回，读了有岛武郎《与幼小者》的译文，对了那种伟大的，沉挚的态度，我竟流下泪来了。去年父亲来信，问起阿九，那时阿九还在白马湖呢；信上说，"我没有耽误你，你也不要耽误他才好"，我为这句话哭了一场；我为什么不像父亲的仁慈？我不该忘记，父亲怎样待我们来着！人性许真是二元的，我是这样地矛盾；我的心像钟摆似的来去。

　　你读过鲁迅先生的《幸福的家庭》么？我的便是那一类的"幸福的家庭"！每天午饭和晚饭，就如两次潮水一般。先是孩子们你来他去地在厨房与饭间里查看，一面催我或妻发"开饭"的命令。急促繁碎的脚步，夹着笑和嚷，一阵阵袭来，直到命令发出为止。他们一递一个地跑着喊着，将命令传给厨房里佣人；便立刻抢着回来搬凳子。于是这个说："我坐这儿！"那个说："大哥不让我！"大哥却说:"小妹打我!"我给他们调解,说好话。但是他们有时候很固执,我有时候也不耐烦,这便用着叱责了;叱责还不行,不由自主地,我的沉重的手掌便到他们身上了。于是哭的哭,坐的坐,局面才算定了。接着可又你要大碗,他要小碗,你说红筷子好,他说黑筷子好;这个要干饭,那个要稀饭,要茶要汤,要鱼要肉,要豆腐,要萝卜;你说他菜多,他说你菜好。妻是照例安慰着他们,但这显然是太迁缓了。我是个暴躁的人,怎么等得及?不用说,用老法子将他们立刻征服了;虽然有哭的,不久也就抹着泪捧起碗了。吃完了,纷纷爬下凳子,桌上是饭粒呀,汤汁呀,骨头呀,渣滓呀,加上纵横的筷子,欹斜的匙子,就如一块花花绿绿的地图模型。吃饭而外,他们的大事便是游戏,游戏时,大的有大主意,小的有小主意,各自坚持不下,于是争执起来;或者大的欺负了小的,或者小的竟欺负了大的,被欺负的哭着嚷着,到我或妻的面前诉苦;我大抵仍旧要用老法子来判断的,但不理的时候也有。最为难的,是争夺玩具的时候:这一个的与那一个的是同样的东西,却偏要那一个的;而那一个便偏不答应。在这种情形之下,不论如何,终于是非哭了不可的。这些事件自然不至于天天全有,但大致总有好些起。我若坐在家里看书或写什么东西,管保一点钟里要分几回心,或站起来一两次的。若是雨天或礼拜日,孩子们在家的多,那么,摊开书竟看不下一行,提起笔也写不出一个字的事,也有过的。我常和妻说:"我们家真是成日的千军万马呀!"有时是不但"成日",连夜里也有兵马在进行着,在有吃乳或生病的孩子的时候!

我结婚那一年,才十九岁。二十一岁,有了阿九;二十三岁,又有了阿菜。那时我正像一匹野马,那能容忍这些累赘的鞍鞯,辔头和缰绳?摆脱也知是不行的,但不自觉地时时在摆脱着。现在回想起来,那些日子,真苦了这两个孩子;真是难以宽宥的种种暴行呢!阿九才两岁半的样子,我们住在杭州的学校里。不知怎地,这孩子特别爱哭,又特别怕生人。一不见了母亲,或来了客,就哇哇地哭起来了。学校里住着许多人,我不能让他扰着他们,而客人也总是常有的;我懊恼极了,有一回,特地骗出了妻,关了门,将他按在地下打了一顿。这件事,妻到现在说起来,还觉得有些不忍;她说我的手太辣了,到底还是两岁半的孩子!我近年常想着那时的光景,也觉黯然。阿菜在台州,那是更小了;才过了周岁,还不大会走路。也是为了缠着母亲的缘故吧,我将她紧紧地按在墙角里,直哭喊了三四分钟;因此生了好几天病。妻说,那时真寒心呢!但我的苦痛也是真的。我曾给圣陶写信,说孩子们的折磨,实在无法奈何;有时竟觉着还是自杀的好。这虽是气愤的话，但这样的心情，确也有过的。后来孩子是多起来了，磨折也磨折得久了，少年的锋棱渐渐地钝起来了；加以增长的年岁增长了理性的裁制力，我能够忍耐了——觉得从前真是一个"不成材的父亲"，如我给另一个朋友信里所说。但我的孩子们在幼小时，确比别人的特别不安静，我至今还觉如此。我想这大约还是由于我们抚育不得法；从前只一味地责备孩子，让他们代我们负起责任，却未免是可耻的残酷了！

正面意义的"幸福"，其实也未尝没有。正如谁所说，小的总是可爱，孩子们的小模样，小心眼儿，确有些教人舍不得的。阿毛现在五个月了，你用手指去拨弄她的下巴，或向她做趣脸，她便会张开没牙的嘴格格地笑，笑得像一朵正开的花。她不愿在屋里待着；待久了，便大声儿嚷。妻常说："姑娘又要出去溜达了。"她说她像鸟儿般，每天总得到外面溜一些时候。闰儿上个月刚过了三岁，笨得很，话还没有学好呢。他只能说三四个字的短语或句子，文法错误，发音模糊，又得费气力说出；我们老是要笑他的。他说"好"字，总变成"小"字；问他"好不好？"他便说"小"，或"不小"。我们常常逗着他说这个字玩儿；他似乎有些觉得，近来偶然也能说出正确的"好"字了——特别在我们故意说成"小"字的时候。他有一只搪瓷碗，是一毛来钱买的；买来时，老妈子教给他，"这是一毛钱"。他便记住"一毛"两个字，管那只碗叫"一毛"，有时竟省称为"毛"。这在新来的老妈子，是必需翻译了才懂的。他不好意思，或见着生客时，便咧着嘴痴笑；我们常用了土话，叫他做"呆瓜"。他是个小胖子，短短的腿，走起路来，蹒跚可笑；若快走或跑，便更"好看"了。他有时学我，将两手叠在背后，一摇一摆的；那是他自己和我们都要乐的。他的大姊便是阿菜，已是七岁多了，在小学校里念着

书。在饭桌上，一定得啰啰唆唆地报告些同学或他们父母的事情；气喘喘地说着，不管你爱听不爱听。说完了总问我："爸爸认识么？""爸爸知道么？"妻常禁止她吃饭时说话，所以她总是问我。她的问题真多：看电影便问电影里的是不是人？是不是真人？怎么不说话？看照相也是一样。不知谁告诉她，兵是要打人的。她回来便问，兵是人么？为什么打人？近来大约听了先生的话，回来又问张作霖的兵是帮谁的？蒋介石的兵是不是帮我们的？诸如此类的问

题，每天短不了，常常闹得我不知怎样答才行。她和闰儿在一处玩儿，一大一小，不很合式，老是吵着哭着。但合式的时候也有：譬如这个往床底下躲，那个便钻进去追着；这个钻出来，那个也跟着——从这个床到那个床，只听见笑着，嚷着，喘着，真如妻所说，像小狗似的。现在在京的，便只有这三个孩子；阿九和转儿是去年北来时，让母亲暂时带回扬州去了。

阿九是欢喜书的孩子。他爱看《水浒》，《西游记》，《三侠五义》，《小朋友》等；没有事便捧着书坐着或躺着看。只不欢喜《红楼梦》，说是没有味儿。是的，《红楼梦》的味儿，一个十岁的孩子，哪里能领略呢？去年我们事实上只能带两个孩子来；因为他大些，而转儿是一直跟着祖母的，便在上海将他俩丢下。我清清楚楚记得那分别的一个早上。我领着阿九从二洋泾桥的旅馆出来，送他到母亲和转儿住着的亲戚家去。妻嘱咐说："买点吃的给他们吧。"我们走过四马路，到一家茶食铺里。阿九说要熏鱼，我给买了；又买了饼干，是给转儿的。便乘电车到海宁路。下车时，看着他的害怕与累赘，很觉恻然。到亲戚家，因为就要回旅馆收拾上船，只说了一两句话便出来；转儿望望我，没说什么，阿九是和祖母说什么去了。我回头看了他们一眼，硬着头皮走。后来妻告诉我，阿九背地里向她说："我知道爸爸欢喜小妹，不带我上北京去。"其实这是冤枉的。他又曾和我们说："暑假时一定来接我啊！"我们当时答应着；但现在已是第二个暑假了，他们还在迢迢的扬州待着。他们是恨着我们呢？还是惦着我们呢？妻是一年来老放不下这两个，常常独自暗中流泪；但我有什么法子呢！想到"只为家贫成聚散"一句无名的诗，不禁有些凄然。转儿与我较生疏些。但去年离开白马湖时，她也曾用了生硬的扬州话（那时她还没有到过扬州呢），和那特别尖的小嗓子向着我："我要到北京去。"她晓得什么北京，只跟着大孩子们说罢了；但当时听着，现在想着的我，却真是抱歉呢。这兄妹俩离开我，原是常事，离开母亲，虽也有过一回，这回可是太长了；小小的心儿，知道是怎样忍耐那寂寞来着！

我的朋友大概都是爱孩子的。少谷有一回写信责备我，说儿女的吵闹，也是很有趣的，何至可厌到如我所说；他说他真不解。子恺为他家华瞻写的文章，真是"蔼然仁者之言"。圣陶也常常为孩子操心：小学毕业了，到什么中学好呢？——这样的话，他和我说过两三回了。我对他们只有惭愧！可是近来我也渐渐觉着自己的责任。我想，第一该将孩子们团聚起来，其次便该给他们些力量。我亲眼见过一个爱儿女的人，因为不曾好好地教育他们，便将他们荒废了。他并不是溺爱，只是没有耐心去料理他们，他们便不能成材了。我想我若照现在这样下去，孩子们也便危险了。我得计划着，让他们渐渐知道怎样去做人才行。但是要不要他们像我自己呢？这一层，我在白马湖教初中学生时，也曾从师生的立场上问过丏尊，他毫不踌躇地说："自然啰。"近来与平伯谈起教子，他却答得妙："总不希望比自己坏啰。"是的，只要不"比自己坏"就行，"像"不"像"倒是不在乎的。职业，人生观等，还是由他们自己去定的好；自己顶可贵，只要指导，帮助他们去发展自己，便是极贤明的办法。

予同说："我们得让子女在大学毕了业，才算尽了责任。"SK 说："不然，要看我们的经济，他们的材质与志愿；若是中学毕了业，不能或不愿升学，便去做别的事，譬如做工人吧，那也并非不行的。"自然，人的好坏与成败，也不尽靠学校教育；说是非大学毕业不可，也许只是我们的偏见。在这件事上，我现在毫不能有一定的主意；特别是这个变动不居的时代，知道将来怎样？好在孩子们还小，将来的事且等将来吧。目前所能做的，只是培养他们基本的力量——胸襟与眼光；孩子们还是孩子们，自然说不上高的远的，慢慢从近处小处下手便了。这自然也只能先按照我自己的样子："神而明之，存乎其人。"光辉也罢，倒楣也罢，平凡也罢，让他们各尽各的力去。我只希望如我所想的，从此好好地做一回父亲，便自称心满意。——想到那"狂人""救救孩子"的呼声，我怎敢不悚然自勉呢？

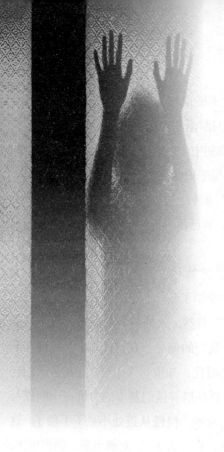

虔诚地，做更好的自己

朱云乔

在这个瞬息万变的世界里，有时候止步不前便是一种退步。就像学生时代的我们，如果学会了一些东西便不再学习，一段时间之后就会惊诧地发现，自己的成绩已经落下一大截。

因为当你原地踏步时，别人却在拼命地向前走。

我们只能不断地提高自己、充实自己，才能保持良好状态。真正的胜利，不是在最终结果上赢了对方，而是在进步速度上快于对方。

做更好的自己，这是世界向我们提出的要求。

在丽江旅行时，我认识了流浪歌手吉遥。他背着一把木吉他游走于各大城市之间，一面旅行，一面唱歌，一面写作。从填词到谱曲，再到演唱甚至录制，他一个人能把这一切都恰到好处地完成。

我相信每一个流浪者的背后都有故事。吉遥身上的故事太多了，他不怎么爱说话，但是爱唱歌。他的声音很有魅力，磁性中不失温柔。他更喜欢唱自己写的歌，但有时候为了迎合观众的口味，也不得不唱一些比较受人欢迎的流行歌曲。

我一直无法理解，像吉遥这样优秀的歌手为什么会不出名呢？但是渐渐地我发现，一个人的优秀程度，未必会与他的名气成正比。后来我又遇见了很多优秀的人，他们都默默无闻地坚守在自己的岗位上，虽然出色，但也只是平凡人。

吉遥说话不多，但是每说一句，或讲一个故事，都能扣人心弦。认识吉遥之前，我对歌手的了解，仅限于那些当红歌星。我以为成为有名的歌星，会是每一个歌手的梦想，但是吉遥的出现，让我明白曾经的想法多么幼稚。

吉遥说："我的歌不为钱而唱，也不为名而唱，只为自己而唱。"他视音乐如命，而歌声，便是他此生最暖的阳光。

他是个才华横溢的人，除了吉他，钢琴、萨克斯、架子鼓等等也都精通，这般才气逼人，实在是令人钦佩。

大学时代的吉遥曾组建乐队，但那时候的他还不懂写词谱曲，小乐队一直都是唱别人的歌。他能把一首歌听一遍就准确无误地唱出来，而这一切，仅仅是喜好与天赋，他从来没有学过乐理知识。

那时的他天真地认为，唱歌就是唱喜欢的歌，有现成的词曲，能翻唱一遍，赢得满堂喝彩，这便足矣。直到有一天，他们乐队中的两个兄弟离开他，投奔了另一个乐队。仅剩的几个人也渐渐散了伙，没有谁闹矛盾，也没有谁说出什么理由，只是渐渐地不再来往，大家各奔东西，一转眼便是许多年。

好兄弟离开自己的乐队另投他人，这对吉遥来说简直是一种耻辱。他很多次想过去找那两个朋友理论，但是都忍住了。因为他渐渐地发现，自己与那个乐队的领队相比，的确逊色太多。对方能填词谱曲，乐器更是样样精通。他们对吉遥的乐队非常不屑，认为他只会翻唱别人的歌，没有一点乐队的样子。

从那时候起，吉遥开始拼命地锻炼自己。以前的他几乎连五线谱都不认得，唱歌完全是跟着感觉走。乐队解散后，他一个人潜心研究乐理，学习各种乐器。而这一学，便是多年。

为了唱歌，他放弃了工作，甚至连爱情都无法经营。那个最心爱的女孩不知去了何方，不知在这世界上的哪一个角落。为了寻找她，他开始到处游走。起初是为了寻找她，但是到最后，却变成了寻找自己。

越是优秀的人，往往越觉得别人比自己优秀。当我称赞吉遥时，他说出了很多人的名字，"和他们比，我还差了很多。我要做更好的自己，既然走上了这条路，便不会回头"。

我忽然想起这些年来身边的人。大学毕业时，有的同学签了份好工作，令大家羡慕不已。但是许多年过去，他们依然守着当初的岗位，拿着不多不少的工资。而有的同学曾四处碰壁，最后自己创业，现在已经成了小有名气的企业家。

比你优秀的人尚且在努力工作，你又有什么理由懒惰下去呢？

这世上有人见贤则思齐，也有人见贤则妒忌。

我们常说"命运"，其实"命"在天，而"运"则在人。上帝是公平的，给了我们不可选择的生命，然后又给了我们可以选择的人生。总有人抱怨自己的运气太差，总觉得自己过得不如别人。当别人都在读书看报时，而你却在游戏追剧，当别人都在锻炼身体时，而你却在蒙头大睡，当别人都在为梦想而奋斗时，你却在幻想中用酒精麻痹自己。你要知道，运气的好坏，不在于别人，也不在于世界，而在于自己。

记住了，你若想拥有更好的生活，首先要做更好的自己。

我的木匠父亲

赵海杰

父亲是一名木匠，地地道道的手艺人。恐是忧心我们兄妹还小，生病长灾母亲一人照看不过来，抑或是眷恋与母亲间的情感，不忍别离，因此从不远走，只在村子周边做工。

在我有限的记忆里，父亲每天天不亮就起床了，总是习惯性地摸索着替我们掖掖被子，东方吐白，父亲一边喊我们起床，一边将热气腾腾的，香喷喷的饺子端上了桌。

父亲干活从不带我，总说不安全。可我觉得他就是怕给主家添麻烦找的借口。一日黄昏，父亲吆喝着向鸡圈收拢小鸡，东院的孙大娘扒着伙墙向父亲招手，她尽量探过上半身努力压低嗓音喊："他叔，你来哈，我有点儿事求你！"

"啥事啊嫂子？"父亲转身走去，任由那些淘气的鸡拍着翅膀跑去大树下继续寻找黑豆虫吃了。孙大娘搓了搓手又使劲儿抻了抻衣襟："这不，骏子年底要娶媳妇进门，我琢磨着家里的橱柜太老旧，再说人这辈子就这么一回大事，太将就了总觉对不住娃，想着再打套新的。他大就相中你这手好活计，只是兜里一时没现钱儿……"

"嗨，都是老亲旧邻啥钱不钱的，先给娃娶进门要紧！"父亲抢着说。

"爸，我也要去！我也要去！"我缠着父亲。

"来吧，大娘喜欢，有小孩子热闹！"孙大娘说道。

父亲嗔怪地看看我算是默许。阳光里，父亲有条不紊地摆弄着长长短短的木头，一会儿喊我递角尺，一会儿让我拿锯子，最恼于那多名头的粗刨、细刨、光刨劳什子总分不清，这时我会偷偷溜去，玩儿那个古老又神奇的墨斗儿。那是一根粗壮光滑的牛角，比长在牛身上更加鲜亮。我找来一截圆木，拽出墨线头贴在圆木上，叉开腿用一只脚死死踩住线头扣，然后把牛角拉到另一端卡住辘轳把，再使劲拉高墨线又忽地松开，"啪"的一声，圆木上出现一根笔直的线。"爸你快看，我也会打直线啦！""嗯，线是直的没错，但点没找准，这样切开会不匀称。得先确定好目标和方向才行。"父亲的话我听得似懂非懂，我看到一滴汗珠，沾着阳光，从父亲的鼻尖滑落。

那天夜里，听到父母的对话，有了隐隐的担心——父亲要离开我们，出去打工了。母亲说："这会儿不比从前，两个娃都要读书，你做的木工也净是赊账的，听说公社招人去盘锦那边打芦苇，我把行李都收拾好了，要不，明个起早你也一起去吧！""……嗯。"沉默半晌父亲应下。翌日醒来已不见父亲身影，我和妹妹枕边的碗里放着四个煮鸡蛋，已经扒好了皮。

日子一天天过去，对父亲的思念愈加浓烈，母亲总哄我们说就快回来了。再得信儿时已是寒风凛冽的年根儿，家家户户都赶集上店请回来红彤彤的对联和挂钱。可我做梦也没想到，父亲再也不是那个高大温暖的父亲，他化成一捧灰住进挂满白霜的小坛子里。还有一摞一万块的钱。母亲抱着坛子一动不动，好似被冻僵。我用尽力气抱着那些钱，从来没见过那么多的钱，晃得我头晕，晃得我痛哭流涕，晃得我分不清白天黑夜。来的人说，回程的客车横穿铁路时出了故障，被疾驰的火车排障器刮到翻滚了出去，同去的村民多被甩出车外遇难。我的父亲系着安全带，他一直在座位上，却依然没能幸免于难，都是因为他舍不得的那些刀镰！临上车前他还念叨："老家日子都难，这刀镰锋利抗用，能多带几把就多带几把回去。"司机嫌不安全商量半天才勉强同意让他自己抱着。在客车翻滚的猛烈撞击中，刀镰穿透了父亲的太阳穴。他心心念念记挂着家、记挂着日子、记挂着邻里乡亲，唯独疏忽了自己的安危！那一年我九岁，失去了最疼爱我的父亲，村庄也丢了名字，从此被人喊作"寡妇村"。

父亲一生最怕别离，从来都不舍得离开我们半步，可是这一次，竟然天人永隔。直到现在，我都不敢相信这是永别，总以为他还会回来，用粗糙的手，给我们包热气腾腾的饺子；用粗糙的手，给村人们做精美的家具；用粗糙的手，摩挲着我们的一个个鲜活的日子……

父亲的模拟返航

王继颖

"女儿和你联系了吗? 她有一小时没回音了, 真急人! 我刚给她充了一百块电话费, 也提前嘱咐她充满电了, 不可能是断电欠费。"爱人的声音, 和电话铃声一样急。

上午, 他不停地发着短信, 向我汇报女儿的行程: "宝贝儿从学校出发了。""人家透过车窗看风景呢!""闺女已到平乐古镇。""她们已入住临江楼客栈。"

中午, 女儿才一小时没回短信, 他就沉不住气了。我嗔怪: "总得给人家点儿自由的时空, 你这风筝线牵得太紧了吧!"他叹口气: "女儿第一次独自和同学出游, 我能不担心吗?"

半小时后, 爱人的短信又陆续发过来: "她们吃过午饭, 在河边戏水呢!""宝贝看到很多竹子, 很多竹笋。""花楸、金华佛山、王家大院——女儿明天要去的地方。"……我的心, 也随他的短信, 飞到女儿出游的路上。

清明假日, 是外出踏青的好光景。女儿在两千里外的成都读大学, 放假前一周, 就将踏青计划告知我们。她要和女同学结伴出游, 目的地是平乐古镇, 住店一夜, 往返两天。平乐古镇, 以前我们闻所未闻。爱人动用现代化手段, 上网搜, 电话问, 终于验证了那里是个可以平安游赏的好去处。一周之后, 平乐的自然风光, 民俗风情, 文化意蕴, 他都已烂熟于心: 四面环山, 竹树环合, 花美水清, 古径通幽, 可以放逐身心, 返璞归真……最重要的是, 几天时间, 他已将女儿的往返路程, 在心里, 在言谈话语中, 模拟了许多遍。

只要女儿还在出游的路上, 在几十里外加班的他, 就还会不停地和女儿短信往来, 直到女儿安全返回大学校园的温馨港湾。

女儿离开家, 做父亲的, 和母亲有着一样的牵挂和担忧。寒假前的那个夜晚, 北风呼啸。冷清的街上, 他慢慢地开着车, 注视前路的目光, 不时移到导航仪的画面上。导航仪不时发出的提示音, 清晰地脆响在车内。一次次出发, 一次次返回。有着父亲称号的爱人, 作为一个驾车新手, 心无杂念地注视着腊月的街头。读大一的女儿即将放寒假, 他早已为她预订成都至北京的机票。首都机场距我们的小城有两百多里, 女儿想大箱小包地往家带, 不愿挤火车, 希望爸爸开车去接。他便像接受了神圣使命一般, 到一家电脑公司花高价买来最先进的导航仪，安在车里，摆弄许久，却不会用。于是一次次将车泊在电脑公司门外，缠着店内的小伙子，一遍遍地询问。他终于弄清了导航仪每一个操作的细节，却又怕导航失灵，迷失在北京盘根错节的路上。于是，夜渐深时，车来攘往的小城归于沉寂，他便载我到清寂的街头，随意在一个地方停下，用导航仪设好起点和目的地，便发动汽车，随着导航画面和声音的指引，到预设的目的地，再原路返回。那一晚，起点和目的地换了几次，汽车转遍了小城的大街小巷，都顺利返回出发点。他终于长舒一口气，转弯回家。

几天后，我们顺利抵达机场，等到女儿。返程中，女儿一路惊呼："我又看到北方的大太阳了！""落叶的树才像冬天的树！"……驾驶座上，凝神于前路和导航仪的父亲，欢乐而随意地应和着。这个有着父亲称号的新司机，第一次开车进京，在纷繁错杂的路上，没有绕远，没有迷失，顺利返航，将女儿载回家的港湾。

再往前追溯，高考前几月，苦练十年钢琴的女儿，参加了清华和南开等几大重点院校的特长生测试。结果出来，亮起的却全是红灯。全国范围内千万里挑一的选拔，这样的结果本在意料之中。女儿却承受不住打击，自信的笑容随伤心的泪滴滑落，本来优异的成绩也滑落到低谷。貌似粗心的父亲，在女儿面前强装笑颜，暗地里却默默地急。他反复地念着："如何卸去宝贝心头的石头呢？咱得想办法让她找回轻松和快乐……"那段日子，他和我一起，上网搜励志文字，求助班主任和科任老师，陪女儿散步谈心。女儿脸上重新绽开阳光的笑容之前，他想方设法的过程中，也模拟过许多遍，女儿穿过挫折的激流，重返乐观向上蕴蓄成功的港湾。

十八年前，他送我和腹中的女儿住进医院。他伴在床前，悄声说："我梦见过许多次了，女儿生下来，健康平安，我们抱着她回家。回家的汽车和司机我早就找好了……"还是准父亲的他，在梦中，就开始一次次返航的模拟了。

千家万户的父亲，都如我家的这个父亲吧？在呵护成长的过程中，为了孩子在路途上、身体上、学业上、心灵上能一次次成功地抵达，一次次顺利返回平安的、健康的、向上的、温情四溢的港湾，他们一定都有过无数次模拟返航。亲爱的孩子们，回家时，数一数父亲多出的白发吧！每一根，都见证着深情与无私的记忆。

父亲的皮带

刘诚龙

父亲的皮带，我最初所见的，是一根草绳子，稻草绳子。稻草是糯米稻草，糯米稻草，细长，淡黄，坚韧，扁平，两头扯都扯不断。粳米稻草不太经用，要不，哪来哪去，踩在水田里，当了肥田料，要不，晒干堆垛，留待冬天当牛草料。糯米稻草，珍用多了，最不济也做床垫，铺在床底可抵絮被，我家公主，便出生在糯米稻草被垫上，所以我给起名草心。

糯米稻草，给我们玩的，是打结秋千索，女发小心灵手巧，选长草，选韧草，洗泥巴，晒干燥，齐清定——嗯，有点打造作品似的，然后，如编她秀发长辫，编成扁条长绳，挂在凉亭之上，绳底加一块小木板，秋千便荡起来，亭里秋千亭里道。亭内憩人，亭里人人笑。少男少女无心事，也没甚羞涩，甚和羞走，没有的事，都是和笑荡，笑得无邪。柳荫，鸟鸣，夏风，正午或傍晚，男女发小，秋千荡得开心：小鬞无事须来唤，呵破点唇檀。回身还、却背屏山。春禽飞下，帘外日三竿。起来云鬓乱，不妆红粉，下阶且上秋千。

糯米稻草做秋千，承得住千金小姐，承得住浪荡少年，自是绳得住短裤与长裤，父亲将其当皮带，系一年半载，柔韧如初。父亲不会编，只会搓。编，可以编成扁而平，搓，只能是滚而圆。滚圆稻草皮带，土气，不好看。父亲不是姑娘家樱桃嘴，小蛮腰，他在乎的是，裤带子系得紧，系得牢，不比城里男人，腰别牛皮带，过画堂西桂堂东，莫名开松，松得好快。

父亲后来的皮带是澡巾，洗脸毛巾一半宽，长是三条洗脸毛巾而不止，可以绕父亲小腰两个圈圈。北方是，白色坎肩红腰带，白羊肚手巾头上扎。南方是，白色澡巾当腰带，天生毛发头上扎。父亲这根皮带，用途多矣哉，一条巾在两般用，不汗当腰带，大汗当汗巾。父亲这根皮带，气味重，时时擦汗的，汗臭味入了每个毛孔，父亲带我新塘里洗澡，双手抓皮带两端，置背，拉锯，来回搓，搓得尽尘泥，搓不尽入了父亲背脊骨髓的汗臭，父亲皮带，时时散发农民气味。

当时闻父亲那气味，我拟掩鼻，到底不敢，父亲会把我骂惨死的，哪里来的城鬼子。父亲一辈子没见过洋鬼子，他对假斯文的，假高雅的，多骂城鬼子。现在想闻，闻不到了，其实那气味，不是人间烟火气，却是人间好体味。宋朝一位不太出名的词人吕本中，作了一首《虞美人》，蛮怀念汗臭味："平生臭味如君少，自是君难老。似侬憔悴更谁知，只道心情不似少年时。春风也到江南路，小槛花深处，对人不是忆姚黄，实是旧时风味、老难忘。"

父亲后来换了一条高档皮带，20世纪80年代买的。父亲生小山村，没闯过北，却走过很多南，挑生姜去益阳岳阳，担烟叶去株洲郴州，出省也有，湖北四川，广东贵州，父亲都去过。父亲昨日入市列珠玑与街列美女的城市，汗巾带肯定是系过的，我猜想，他也系着那条稻草皮带，从某座自古繁华的城市，自城东穿越到城西，招摇过市，没怯场。我20世纪在梅城读书，梅城在青石街上，望眼便见，戴斗笠，穿草鞋，老农民健步走街，没见遮掩身份。乡里妹子进城来，乡里妹子没穿鞋。妹子打赤脚，都敢进城，父亲一个老汉子，怕么子呢? 他才不怕系一条稻草绳，嚓嚓嚓，嘣嘣嘣，打江南都市走过，是什么出丑的错。

父亲这条皮带，名副其实，皮带是皮的。是猪皮，还是牛皮，怕是人造革皮，父亲系了一两年后，皮带翻皮，翻了很多皮，黑皮里露出蛮多白絮。旧皮带不经看，新皮带蛮好看，黑黑的油亮油亮，系在腰间，抢眼，耀目，土财主也似，黑绅士也似，万元户也似。这条皮带，给过父亲蛮多荣光吧。父亲刚买这一条皮带，横勒腰间，光着膀子，持着锡壶酒，从村东走到村西，从村西走到村东，来来回回，巡村好几个回合。

父亲这条皮带，显摆之处，并不在皮带是皮的，这条皮带是双层的，里面是空的，里层与外层之间，有拉链，拉链一拉，里面呈现出长条空间。您就知道了，空间里面，是放钱，是放票子的，几十百块角票，块票，藏身其间，比入保险柜

还保险。父亲曾把钱放进裤裆里，睡城里地板上，半夜不敢睡，半夜前睡得蒙蒙的，凌晨睡得死死的，清早起来，摸裤裆，大惊失色，两三块钱回家费，没了。父亲从邵阳街上，走百余里，趁黑走，到黑安归铁炉冲。

父亲狠下心来，买了这条皮带。不是我家有钱，父亲当着生产队会

计，隔些日子，要给队里上街采购，化肥什么的，农药什么的，种子什么的，犁铧什么的；深秋初冬，远走湖北，去买水牛黄牛，身上带钱上百，巨款。这钱若丢了，父亲十年都还不清，父亲咬了牙齿，买了这条皮带，想来，这当政府采购才对，却是我家家产所购。父亲皮带是私款公用，私物奉公。

父亲执意要买这条皮带，缘起，他怕几座城市，他还怕一道山弯。那道山弯，叫三溪弯，离我家七八里地，位于一座火车站与铁炉冲中间，火车站名金竹山，居湘黔铁路线上。父亲出村，出省，要坐绿皮火车，去，回，很少是白天，夜半或凌晨居多。这道弯，我无数次走过，地偏，树多，荫翳，晦暗，野性，匪气。上隔金竹山火车站两三里，下隔大同学校三两里，周围没人烟。喊天，天只在树林里回应，喊地，地只在水塘里荡漾。

有段时间，这里是剪径好出处。前天听人说，盐道冲的四霸公，晚上九点打这经过，走亲戚回来的一块腊肉与一头腊鱼，被掳，还被打了几耳光；昨天听人说，白零村的唐老鸡，夜半去乘火车，三块钱车费被抢了，屁股上挨了两柴刀；有说，薄暮时分，何高坳的叶妹子，被拖进山弯上塘坝边，被奸，叶妹子的确良衣衫，撕成好几块布条条。后来，不知算是幸福大团圆，还是算虚幻小说界，她嫁给了三老筋，那个侵害她的人。

不说夜里，白天也恼火。这些伢子，本来乡里乡亲的，变得鬼崽子一样。日月之行，出入乡里，捉鸡捉鸭；星汉灿烂，出入弯里，抢钱抢物。男的，穿牛仔裤，穿喇叭裤，女的，着露 V 衫，梳鸡妇头。乡亲见之，赶紧一退三四里，躲进烟村四五家。每个村里，都有那么几个男女，当二流子，做无赖子，乡亲们骂他们鬼崽子。对面不敢骂，当面也给他们递烟，端茶，背过脸去，才骂：看你这个妹子，头发鸡妇窠；看你这个伢子，脚踝扫帚星。

父亲在那弯里，曾吓过一跳。父亲去涟源街上，卖了生姜，赚了碎票子，坐绿皮火车归，行到三溪弯道处，半个月亮爬上来，月照山林皆似霾，斑斑驳驳，影影绰绰，惶惶惧惧间，怕鬼就来鬼，怕人便来人，山林嗖的一声，跳出一个人影来：给钱不给命，给命还给钱。父亲吓蜷了，由得他搜上衣袋，摸下裤袋。那家伙搜了几个回合，没搜着。月光下，见了父亲黑皮带，刀含嘴里，来劫父亲腰，父亲勇气上来，一把把那家伙蒙脸布扯下来：你这个鬼崽子，你黄磨冲，蛇老根崽哒。这家伙停了手，讪讪笑：您是泰老叔啊。走，走走。他把父亲给放了。父亲对他说：你也回去，莫到这来伤天害理。这家伙说：你就别管我，来了，不能走空，我等下一个。

父亲有惊无险，吓了一跳大的，只是被吓，没被抢，这般幸运，是人性残存，还是乡亲留情？是祖宗保佑，还是皮带建功？父亲经这一吓，晚上再也不敢走那条路，那道弯了。系了那条皮带也不敢走。父亲晓得，皮带可以防掉钱，皮带不能防身险。

父亲那条皮带，烂了后，没再买了。父亲再买的，还是长条澡巾。那般皮带，前不见买，后不见卖，独怆然存在那年代。

为我缩起硬骨的父亲

冯剑芳

从小，父亲就不喜欢我，夹菜慢了，他板着脸："不许挑来挑去！"问他数学题，他皱着眉："同类型的题，不许再问第二遍！"我跟母亲说话声音大了，他瞪着眼："读了那么多书，一点教养都没有！"

哼！妥妥的重男轻女！每当我看见他把弟弟抱在腿上耐心地哄着，用好听的男高音哼唱着儿歌，妒意的火苗子就直往外蹿。我甚至都怀疑他一直把我当男孩子来养，以至于我至今仍像个"女汉子"。我的名字便是最好的证据，又是"剑"又是"方"的，哪有一点儿女孩子的气息？

父亲是当时中国最小的"九品芝麻官"。官虽小，但父亲也秉承着"当官不为民做主，不如回家卖红薯"的思想，村民们有事相求，临走扔下一盒烟，他总要赶出去塞回人家手里。我家墙上贴着的那些字，就是他最好的写照——"志士不饮盗泉之水，廉者不受嗟来之食""富贵不能淫，贫贱不能移，威武不能屈，此之谓大丈夫"……

他敬重"不为五斗米折腰"的陶渊明，却又无力改变当时社会上普遍存在的"公款吃喝"现状。每逢上级"视察工作"，他总是一饮辄醉，醉后摇摇晃晃走街串巷，变身为"行吟诗人"——"举世皆浊我独清，众人皆醉我独醒""居庙堂之高则忧其民，处江湖之远则忧其君，是进亦忧，退亦忧"……他拉着长长的声调，声音里满是沧桑。长大后，读阮籍"穷途而哭"的典故，眼前便总是浮现出父亲紧锁双眉，眼含泪水读诗的模样。

青春期的我就像一只浑身长满刺的刺猬，父亲偶尔会训我一顿，更多的时候是"井水不犯河水"。直到我考上了县里最好的高中，那个夏天，父亲的脸上总是腻着阳光。

开学前的一大早，父亲陪我搭乘邻家的三轮车去学校报到。老天作美，天阴蒙蒙的，偶尔一丝凉风吹走"秋老虎"带来的炎热。学校里早已排起了长龙似的队伍，我随着队伍一点一点地蠕动。终于轮到我了，却被告知需要交上自己参加中考的准考证。可是，中考一结束，准考证就被我判了"死刑"，扔进了垃圾桶。现在，不得不去所在的初中开一份证明。

抬头看天，黑云压境，天色渐暗，毛毛雨毫不知趣地舔着人的脸，痒得人心烦。我三步并作两步，赶紧去寻父亲。

"你这孩子，怎么把那么重要的东西扔了呢？我现在就去镇上找学校开证明。你在这儿等着。"父亲一边说，一边向亲戚借了自行车。吃力地蹬了两圈，车子晃了两晃，才稳稳前行。我想起早晨吃饭的时候，他还拍着膝盖跟母亲说腿疼……从县城到镇上往返要走六十多里的路啊！

远处传来沉闷的雷声，雨丝越发紧密，我才想起父亲没有穿雨衣。父亲会不会被淋感冒？路会不会太滑？他的腿会不会疼……

下午两点多，父亲终于出现在我的视线里。他推着自行车从对面的马路蹒跚而来，雨水顺着他的脸颊往下淌，湿透的衣服紧贴着他的身子。我的眼眶一热，泪水就下来了。"傻丫头，哭啥？这点路，小意思！"有着倔强骨骼的父亲即便是腿疼，也不肯在自己的孩子面前示弱。

"实在给您添麻烦了！"父亲一边把学校开好的证明递过去，一边像变戏法似的，掏出两盒香烟，恭恭敬敬地放在政教处的办公桌上。

主任推了推鼻梁上的眼镜，低头看着父亲带来的证明。瞥了一眼桌子上的香烟，头也没抬："拿走，拿走！"那轻蔑的语气和冷漠的表情像一把刀，扎在我的心上。此刻，父亲低头哈腰，像个做错事的孩子。我的心忽地疼了。父亲是爱我的呀！世界风狂雨骤，他肯为我撑起一身硬骨，护我一方晴空；世间人情冷暖，他肯为我缩起一身硬骨，低到尘埃里去。

弯下腰的父亲，比以往的任何时候，都更高大。

镜子里的父亲

王继颖

坐于卧室桌上的半身镜，和镜子里的父亲一样老态龙钟，金属边框怎么擦也擦不掉的斑斑锈迹，就像父亲脸上再也无法舒展开的皱纹，再也洗不掉的老年斑。

镜面还是干净的，镜中影像依然清晰。镜子斜对卧室门，父亲坐在桌前，女儿一进卧室，就能看到镜子里的父亲：头发花白稀疏，脸黑瘦，被皱纹和老年斑包围的双眼，向左上方略微仰起，呆滞的眸子焕发着光泽。

一条写有金字的红纸贴在镜面左上方。崭新红纸上的金字，最醒目的是"奖"字和父亲的名字。红纸上的金字是女儿新写的。

女儿刚上小学，秋收时，第一次看到这面镜子，第一次从这面镜子里看到父亲：头发黑亮浓密，饱满红润的脸神采飞扬，笑眯眯的眼略微向左上方抬起，煞是明亮好看。父亲双唇微噘，欢快的口哨儿声跳跃在屋子里。女儿仰起小脸，指着镜子左上方写有金字的红纸，问："爸爸，纸上的字念什么？"父亲高声教她念红纸上的字，把"奖"字和他自己的名字，念得很响。

"当了十多年孩子王，奖你一块镜子就美成这样了！好不容易回趟家，还不帮帮我……"刚才在院子里摘花生的母亲走进屋，招呼父亲帮她干活。风华正茂的父亲，在偏远小镇的初中教数学，担任班主任，兼管学校食堂。虽然家离学校很近，但除了周末，父亲很少回家。家里地里，母亲都是主劳力，女儿和儿子小小年纪就学会干活，都能给母亲搭把手。母亲起早贪黑操劳，疲惫难耐时就埋怨父亲不顾家；女儿和儿子心疼母亲，也暗暗对父亲不满。

女儿上五年级那年春节，外村一对夫妻带儿子到家里，一进门就让儿子给父母磕头。那男孩儿在父亲班里读书，在学校住宿。男孩儿身体弱，爱闹小毛病，父亲对他的饮食格外上心，偶尔开小灶给他加营养。那对夫妻领男孩儿来拜谢父亲，请求父母收个干儿子。母亲觉得自家儿子都没怎么得到父亲关心，不能再添个别人家的孩子。父亲却执意认下干儿子。这个干儿子成了小镇第一个考上重点医科大学的人，后来进入北京大医院做了救死扶伤的医生。

女儿上了初中才知道，父亲的田在学校。女儿的教室和父亲班级的教室在同一排平房，上课时，父亲的男高音常飘进她耳朵里；偶尔去办公室找父亲，他不是埋头在教材、备课本和作业堆里，就是被问题的学生簇拥着；在学校菜园子看到父亲，他忙碌得像个地道农民。披着阳光行走如风的父亲，黑发间闪烁出根根银丝。

和父亲做了多年同事的女儿，想起父亲退休的细节，鼻子还酸酸的。欢送会结束，父亲在工作几十年的办公室坐了好一会儿，又去为食堂供应过无数茬绿色蔬菜的园子里忙到夕阳落下。前一天还行走如风的父亲，在暮色中走出校园，忽然现出蹒跚之态。回家后，父亲坐在卧室桌前长吁短叹。镜子里的父亲，头发花白，还算饱满的脸庞丢了神采，一向炯炯的双眼黯淡了，依然向左上方抬着。昔日的红纸金字，因严重褪色而面目模糊。父亲抚摸着纸条和字迹，对进屋喊他吃饭的女儿说："你照葫芦画瓢，给我换条新的吧。"

新的红纸金字换上去，镜子里的父亲，微微向左上方抬着的眼睛，又开始发亮，回到脸上的神采，仿佛在学校时。

父亲的脸再出现在镜子里，暴瘦了许多，皱纹纵横，斑点密布，朝左上方抬起的双眼，目光呆滞。一场车祸，带走了父亲的学生——与继承他事业的儿女一样在学校种"田"的姑爷。

父亲伤心过度，患上老年痴呆，连老伴和儿女都认不清了，经常坐在卧室桌前对着镜子发呆。镜子左上方的红纸金字，已被女儿换过几次。

晚上，女儿给父亲洗衣、铺床，儿子给父亲洗脚、剪指甲。"你们回来看我了！我的学生们个个优秀，个个懂事！"父亲呆滞的双目突然发亮，瘦削的脸上皱纹舞动，斑点欢跃。

端午节，有客人来。卧室镜子里，一张激动的脸，凑近父亲的脸。父亲微微上抬的呆滞双眼，焕发出奕奕的神采：

"干儿子来看我了！"

站在父亲身边的，正是那位从北京回来探亲的医生。

半个月亮在燃烧

杨立英

春天的柳树吐絮时，父亲倒下了。母亲又心疼又气恼地数落："年龄大了，还不服老，这下好了，躺着吧！"

老了的父亲像小时候的我一样，犟。不让干的事，偷着猫着去做。腰腿不灵便，耳朵聋得像秤砣，出门还要骑三轮车，结果被车撞了。父亲挤着微笑解释："小区里飘得到处是柳絮，晃得眼睛睁不开，一眨眼的工夫，车就飞来了。"

"想咋整？躺着养还是做手术？"我嗔怪地问，其实答案早在心里。髋部的骨折，被称为人生的最后一次骨折，言外之意如果站不起来，剩余的岁月只能躺着，不必担心再次发生骨折了。父亲要想站起来，只有一种选择，手术。

83 岁的父亲，骨质疏松、房颤、冠心病，预示着各路零件都在老化。骨科手术就像木工活，凿、锯、钳子、锤子、螺丝、钉子……样样都不少。卸下断裂的股骨头，换上人工股骨头，手术不复杂，对父亲残弱的身体来说仍是个不小的考验。父亲说："只要做手术能走，多大的罪我都能受。"

为父亲请了省医院的专家，手术很顺利，医生轻描淡写地叮嘱："两天练坐，五天练站，一周练走，争取一个月扔掉拐杖。"我把医生的话加大分贝翻译给父亲，父亲连连点头。

半个月是时间，也是希望。父亲咬着牙坚持锻炼，那些被疼痛唤醒的汗珠子纷纷钻出来，把我的心也浸软了。"咱歇歇吧，先不练了！"我加大分贝的话语如被空气阻断了一样，父亲理都没理，紧紧抓住床栏杆身子往前探，我和弟弟赶紧一边一个，合力把他扶住。父亲想要做的事，很难被人阻断，真猜不透他瘦弱的躯体内，究竟藏有多大的能量。

记得我八九岁那年，黄河发大水把我家的房屋冲塌了，政府下令整体搬迁至黄河大坝以北，我家的宅基地分到一米多深的坑洼处，三间土坯屋盖好后，门口的天井却窄得一挪步就要跌进大坑。

母亲说："再借点钱，雇人垫垫天井吧。"在县城上班的父亲没言语，贫穷让他选择了出卖自己的气力。周末回家他买来两个大柳条篓子，借上小推车，他要自己推土垫天井。以父亲瘦弱的身板，身高不足一米六七，体重一百来斤，没经历过重活磨炼，别说推土垫天井，就是一担水都会压得摇摇晃晃，哪像邻居大申哥，推着两大筐土，玩一样轻松。

在父亲这里，一个个动作似乎都变成了分解的慢镜头。沉重的车袢挂在他的脖子上，压得抬不起头。车头前两根拉车的绳子，一根挂在我肩头，一根挂在姐的肩头。那情景，好像不是父亲在推车，而是我和姐拖着车和父亲在走。到了爬陡坡时，父亲先用力顶住车子，深吸几口气，然后把脊背弯成弓，用尽全身气力蹬腿往前拱，有时我们爷仨的力量都无法抵抗住车子后退的车轮，我大喊："娘，快来啊！"母亲踮着小脚跑来，用力拽一把我脊背上的绳子，车子终于爬上了屋台，姐姐和父亲合力把车掀翻，把土倒出。那时我最怕过周末，最怕父亲回家。这样的日子，从我上小学二年级，一直持续到我初中毕业。每次我读课文愚公移山，真希望天帝知道了我家的事，派两个力大无穷的神仙，帮助我家把低洼的天井填平，让它变得宽敞平整。

四十年后，父亲又发挥了他的韧劲，躺在床上挂吊瓶也不忘摇摆脚指头进行锻炼。做陪练的日子，我心有些发怵。父亲把手臂搭在我肩背，虽是他在走，身子一半的重量却压在我身上。这一场景重叠着记忆中父女一起推土的画面，心底便丛丛簇簇地生长出感动与温暖。

父亲生日那天，正好手术后一个半月，他真的扔了拐杖，用力摆动着手臂，像两个划动的桨，划着岁月的希望和痛，一步一步，迈出坚定的步子。这对一个体弱多病的老人来说，是多么不容易。父亲高兴地说："以后你们都安心上班，不用老往家跑，我自己能行了。"

欢喜的心情还没来得及收藏，父亲又出现了第二次骨折。那天说起来有些诡异，早饭后父亲坐在桌子旁喝茶，母亲去拿搭在椅子上的衣服，就这么轻轻一拽，父亲竟如干裂的枝条，滑出椅子落在了地上，父亲右侧的股骨头也摔断了。他安静地躺在床上，听不清我们在说什么，目光追逐着我们的表情。我趴在他耳边大声问："还愿意做手术吗？"说实话，这句话我问得很矛盾，既希望父亲说做，又担心他承受不住再次重创。最终，父亲给了我需要的答案："做手术！"

父亲的信任和坚持，让我在前行的路上，一直不敢轻言放弃。

历经两次大手术，我断定父亲能行走的希望不大，父亲却再次发挥了他的犟劲，天天要求锻炼。他说："再有半个月，我就差不多好了。"到了半个月，父亲似乎像个不识数的孩子，又会重新计算半个月的时长。以父亲的聪明，他哪会忘记，他是在一个又一个的半月里，在燃烧和煎熬中期待奇迹。

术后一百天，父亲扶着助行器真的能走了。自己如厕，自己穿衣脱衣。只要我回家，父亲都要展示一下他的锻炼成果。有次父亲在楼道里练习上下台阶，他爬楼梯的样子像极了拽着绳索攀岩，身体的重量几乎都压到了手臂上。长久的练习，楼梯扶手被父亲拽扶得层层发亮。

终于，父亲又能自己走出楼道晒太阳了。那天，阳光洒在父亲瘦弱的身上，他笑得像个孩子。

命运却再次和父亲开了个玩笑，似乎一夜之间，父亲的肌肉变得僵直，皮虽连着，大脑却无法指挥，这次真的不能走了，父亲的脑神经出了问题。我把父亲扶起来，他整个身子直愣愣地无法弯曲。以前父亲推土时，我多希望他的腰板是挺直的，如今父亲僵直的腰板，却无法让他坐和走。

我喊躺在床上的父亲："爸!"他条件反射般地把手指伸开，合上，这是他唯一能完成的肢体运动了。他这一握拳锻炼的动作，让我想哭。

不能动的父亲有时糊涂，有时清醒。"我再有半个月就好了!"父亲说这句话时，涎水滴落出很长……

半个月，我更喜欢看这一字面的意思，它让我想到的不仅仅是时间，还有天上月亮的圆缺。再有半个月，那不就是一个圆满的月了吗? 我多希望，这15天，真的可以创造出一个奇迹的满月!

带父亲看病

乔凯凯

父亲身体不舒服已经有一段时间了。大约半年前，父亲就在电话里提到过胃不舒服，我没有放在心上。后来父亲又说了两三次吧，没有刻意说，只是聊天的时候刚好吃过饭，父亲感觉到不适，顺口说了出来。我让他去卫生室开点药，注意饮食规律，别吃太凉的东西。父亲满口答应，叫我不用担心。我忙着处理工作，这事儿也就翻了过去。

过节回家，在家里住了一段时间，我才意识到父亲的身体确实出了点问题，稍微多吃一点，胃部就胀气，要是吃了不太好消化的食物，能难受一晚上。父亲说，他去卫生室开过几次药，吃了药可以缓解一阵，但并没有好彻底。我急了，有病可不能拖呀，尤其是老年人，本来没问题别拖出问题来。趁着休息，我决定带父亲去医院做个系统的检查。

父亲年龄大了，身上小毛病不少，我带着父亲做了好几项检查，开单子、缴费、排队、等结果，楼上楼下真没少跑。父亲有时跟在我身后，有时坐在椅子上等待。坐在椅子上的父亲看起来很瘦小，他的眼神也不似往常坚定，充满了无助和茫然。我突然有些自责，之前还埋怨父亲不肯来大医院检查，怕延误了病情。可对于我来说，就诊的各种程序已经够烦琐了，父亲一个人能应付得了吗？刚刚站在自助取化验单的机器前时，父亲抬起手臂，不知道该按哪个键，手足无措得像一个孩子。

拿着化验结果去找医生时，医生举起片子看，我紧张地看着医生，父亲倒像没事人一样，静静地坐在一旁，偶尔看我一眼，显得很安心。好在结果还不错，父亲只是有些炎症，并无大碍，按时吃几个疗程的药就可以康复。我松了一口气，转头看父亲，父亲冲我一笑。不知道是不是我的错觉，我竟觉得父亲的笑容里有几分内疚。

很快，父亲说的话就证实了我的感觉。走出医院后，我打算带父亲去吃饭，折腾了大半天，估计都饿了。我问父亲想要吃什么，父亲没有回答我的问题，他脸上堆起笑，搓搓手，干咳了一声，有些拘谨，又有些认真地说："真是辛苦我儿子了，我很感动。"

我愣了一下，一时间不知道该如何接话。父亲为什么突然冒出这么一句生硬的场面话？父子之间用得着这么客气吗？我望向父亲，他没有躲避，与我的目光相遇。我看到了父亲眼神里的真诚。刹那间，我明白了。父亲并不是故意要说场面话，他只是想表达心里的那种欣喜或者说安慰——儿子长大了，可以撑起一片天，为家人遮风挡雨了。但是，一贯不擅长表达的父亲不知道如何准确地形容心里的想法，作为父亲，他也不太习惯跟儿子说一些亲密贴心的话。

其实，我的感受和父亲一样。我们是传统意义上的父子，从小到大，在我面前，父亲一直保持着属于他的威严，他不苟言笑，也从来没有像母亲那样，任由我在怀里撒娇，反而会在我做错事时，毫不留情地教训我。事实上，我和父亲之间一直保持着一定的距离，从来没有真正走近。也因此，面对父亲突如其来的"客气"，我很意外，也很惶然。

但在这一刻，在听到父亲略显生硬的真心话时，我的内心像裂开了缝隙的冰面，也像暗夜里照进了一束光，周身暖洋洋的，如沐春风。我看着父亲，同样勇敢又生涩地表达了自己的感受："不辛苦，为老爸不管做什么都值得。"父亲仍旧笑着，笑容里的拘谨已经消失了。我知道，我和父亲会越来越熟悉，也会越来越亲密。时间还来得及。

父亲的"犁耙人生"

何龙飞

那晚，我与父亲通电话，谈到"犁耙"的话题时，他不无感慨地说："这辈子，只要做得一天，看来是离不开犁耙的了，农二哥嘛，就是这样的人生！"聆听他发自肺腑的感叹，我的心里五味杂陈。

是啊，父亲与共和国同龄，已走过七十多年风风雨雨。他好不容易被爷爷、婆婆拉扯大后，却遭遇了双亲的离世。无奈之下，父亲靠着坚韧的毅力，顽强地生活，渴望着改变命运。好在，生产队的张木匠收下父亲为徒，从此步入了木匠生涯。嘿，这一学、练，不单增长了木工技能，还揽上了木活干，有了工分或收入，还凭一技之长与母亲结为伉俪，过上了虽苦犹乐的日子。尤其是田土下放到户后，父亲的生产积极性高涨，做犁铧、耙子等农具就摆上了议事日程。这还不容易？父亲发挥木匠的优势，备好木棒、铁尖、铁钉等材料，花去几个工，制作了木犁铧、木耙子，开启了崭新的"犁耙生活"。

犁田，是春耕的重要农活。父亲不敢马虎，一早便牵着牛儿，来到水田里，给牛儿系上枷担、仰绊、纤绳，套牢木犁铧后，掌稳，开始犁田。为了催赶进度，父亲会一手执犁铧，一手拿水竹棍，口里吁赶，并用水竹棍打牛儿屁股。随着啪的一声响起，牛儿本能地加快了行进的速度，在犁铧向左、中、右倾斜的变化中，泥巴被掀翻，不规则地露出水面，混浊的泥水像浪一样奔涌，还发出响声，煞是壮观。不经意间，黄鳝、泥鳅、鲫鱼四处逃窜，可谓灵动。父亲来兴致了，会吁（停之意）住牛儿，手疾眼快地捉鱼们，好给我们改善生活。不一会儿，桶里就有了"收获"，他感到了十二分的满意。"抓紧时间犁田啰！"父亲看看时间不早了，自言自语后，又驱赶牛儿犁田了。犁啊犁，牛儿喘粗气了，有些怠工，父亲也累了，

有些力不从心。如何是好？办法简单，吁住牛儿休息一会，自己抽支香烟解除疲乏。伴随着烟圈的扩散，父亲提振了精神，牛儿也"哞哞"直叫了，又一场"犁活"就可开工了。一天下来，犁田的面积可达一亩多，回望耕耘的成绩，父亲

感到了欣慰，轻拍牛儿的头部，以示亲近和感激。还有那犁铧，父亲也是喜爱和感激的，所以，把它洗得干干净净的，以待再用。

过了好几天，田才被犁完，春栽在即，耙田得跟上。于是，呈长方形、带把的耙子派上用场，在父亲、牛儿的协同劳作下，耙田开展得井然有序。而且，耙钉恰到好处地把泥巴耙细，耙痕忽隐忽现，极像给水田织成的"丝线"，颇有韵味。吃过午饭后，父亲接着耙田，只是辛苦了牛儿、磨损了耙子。不过，父亲是个善良之人，会让牛儿多吃点青草，会把耙子清洗得发亮，以感念它们的贡献。真还"争气"！牛儿挺通人性，使劲地干，耙子也是利索的农具，作用发挥好，要不了多久，就把水田耙完。"唉！"父亲叹息起来，心里尤为踏实。再看看、摸摸他的"老伙计"，心底便涌出股股暖流，很快遍布全身。

犁耙结束后，父亲就会多喝点老白干，以示庆贺。特别是酒兴上来后，还会大谈特谈犁耙体会，算得上滔滔不绝，眉飞色舞，激情四溢，好不快活。母亲则会多做点泡粑、胡豆、炒花生等给父亲下酒，倍增父亲的酒兴。我们呢，只有当听众、分享父亲快乐的份了。可是，在不知不觉中，我们竟然对犁耙有了好奇感。

好啊！父亲读懂了我们的心思，趁势牵出牛儿、备好犁耙农具，到田里教我们犁耙。他还是那样熟练，手把手地教我们。弟弟悟性好，很快就学会了，犁耙起来像模像样的，以至于父亲发出"后继有人"的感叹。而我学得慢，郁闷至极。

"幺儿们，不管学得怎么样，犁耙都是我的命运，我的农活，你们要好好读书，莫当黄泥巴脚杆啊！"这时，父亲开了窍，及时对我们进行教导。

用心良苦！我们渐渐懂得了父亲的道理，发奋努力读书，力争早日实现夙愿。父亲却一如既往地在春天犁耙、在秋冬犁田，犁出田里的新泥，耙出田的精细，迎来风调雨顺，收获累累硕果，倒也累并快乐着。当看到我们真的走出大山、升学成功、参加工作后，父亲和母亲一样，如释重负，荣光不已。

"看嘛，一分耕耘一分收获，犁耙不属于你们，而是属于我，我的人生就是犁耙人生，再苦再累，也值啊！"还是父亲多愁善感起来，激发了我们对人生的思考和感悟：犁耙，就是耕耘，就是奋进，就是跋涉，父亲的"犁耙人生"，不也在我们有了出息、他和母亲老了还种九亩田土年年丰收后更有意义、更有味道、更发人深省吗？难怪，父亲在把木犁铧换成铁犁铧乃至微耕机实现"鸟枪换炮"后，依然年年坚持犁耙，保持本色，诠释人生，怎能不令我们景仰和学习呢！

第一次背父亲

汤云明

小时候，不知道父亲背了我多少次，我才一天天地长大成人。可我都已过中年了，却从没有背过父亲，甚至搀扶都没有。直到有一天，母亲打来电话说父亲病了，突然就感觉天旋地转，呕吐不停，无法站立或坐着。

我急忙跑回家，背起父亲就出来找出租车。这是我第一次背父亲，没想到他会是如此轻巧，感觉只有八九十斤的样子。这也算是我第一次和父亲如此亲密接触，他的双腿细得像圆规，他的手臂和臀部也基本没有多少肉。即使病成这样了，他还担心我背不动他，有些不情愿让我背。从家门口下坡100多米就到大街了，不远处就有出租车在待客。这短短的路程，也算是我对父亲一生为家辛劳的回报和感激。

医院的诊断结果是颈椎突然压迫神经引起的，没有什么大的问题，还好不算是什么大病，住院治疗七八天就康复回家了，好几年过去了，也没有复发，这是幸运，也是他的福气。

三代人生活在一起，父母都已经是耄耋老人，我也满头白发。曾经，父亲像一支圆规，小心翼翼地规划了他的一生，又为子女的前途与命运设想了一个范围和可能。从前，母亲像一双筷子，她挑起了一家人生活的负重，又放下了耀祖、光宗等那些不切实际的幻想。

如今，父亲像被岁月的刀锋瘦削成一个细长的惊叹号，母亲的样子被长年的风雨侵蚀，佝偻成一个大大的问号。在垂垂老去的父亲母亲面前，我平平庸庸，甚至是一事无成，这将是他们这一生最大的叹息，也是他们最后的疑问。

每到重阳时节，经常会想起这样一个画面，父母站在老家门前的月山顶上，相互搀扶成一尊已然靠近西边的斜阳，慈爱、温暖地注视着他的子孙们。这也许是二位老人这一生还能够登上的最高山峰了，看着越来越干瘪枯瘦的身躯，他们可能再也没有力气和机会抵达更高、更远、更期待的地方了。

山峦再高大巍峨，总是要以人为最高峰，中年的我正爬行在人生的山腰上，抬头仰望山顶上长辈们历经沧桑，有着雕像般的容颜。我的小孩子正好满脸稚气，世事不谙，在山脚下采摘九月的菊花。

我在想，只要父母亲还算得上安康，每天的问候就会有响亮的回声，中秋后的金风和朝露、暖阳总会日日夜夜滋润和营养着他们的一个又一个重阳。

　　突然又有些害怕，虽然说，只要父母还健在，我不管有多少岁，在他们眼里都可以算是个孩子，但毕竟他们已经是八十多岁的人了，已然成了岌岌可危的山峰。他们双腿细得像圆规，腰杆弯得像问号，身体早已被岁月的刀锋掏空，只剩下皮囊包着骨头。他们耳朵已经听不清楚，眼睛已经看不明白，心血已经干涸，头发、胡须长成枯黄的野草。只是没有一颗牙齿的嘴巴，还是有些关不住唠叨。

　　那最熟悉而又有些陌生的父母突然间成为岌岌可危的大山，就像家庭的大厦，经历风雨，成了危房，又像熟透了的果实，随时都会从枝头掉落。为了让父亲这座岌岌可危的山多耸立几年，或者说每天下班回家还有人能够回答我的问候，甚至还和我争论一些天下大事，我的银行卡上从不敢出现空白，最怕听到的也是家人打来紧急电话。

　　当我的女儿一天天地长大、成年，我也一天天地变老、憔悴、被侵蚀，我害怕父母这庇护了我大半生的山轰然倒塌，或者像干柴一样燃烧尽自己，什么也没有留下，就像我的女儿害怕家庭失去我这个脊梁一样。

走进父亲的秋天

徐光惠

当一阵接一阵的秋风吹过原野，一丛丛美丽的山菊花开满山冈，秋天在不经意间来了，故乡的人们收获着一场秋天的盛宴。

故乡的秋天处处充溢着丰硕、成熟的味道。秋风阵阵，阳光正好，山坡上野花竞放，瓜果飘香。一望无际的稻田像巨大的地毯铺在大地上，黄澄澄的稻穗"咯咯"地笑弯了腰。暖阳下，片片树叶红的、绿的、黄的，不单调也不繁杂，相映成趣，像一幅生动的水彩画。弯弯的田埂上，雪白的花生像可爱的胖娃娃；绿色的藤蔓下，一个个红薯破土而出；毛茸茸的豆荚挂在豆秆上，一粒粒豆子颗粒饱满，迫不及待地想要蹦出来……

人们沐浴着晨光奔走在田间地头，忙着收割成熟的庄稼，脸上挂满汗珠却洋溢着开心的笑容。农家小院里、村里的空坝翻晒着花生、芝麻、豆子。淘气的孩子们在山坡、地里来回追逐、疯跑，把红薯从地里刨出来，用衣袖擦几下上面的泥沙，便胡乱啃起来。或是将苞谷、豆子用火烧熟了，顾不得烫，塞进嘴里狼吞虎咽，又香又烫，打闹声、欢笑声响彻村庄上空。

秋天也是属于父亲的。一年四季中，让父亲最感欣慰和满足的无疑就是丰盈的秋日。

在父亲眼里，那些高粱、大豆、苞谷，便是最美的风景。父亲整日与泥土打交道，播下希望和收获的种子，阡陌的田野上散落下他躬身劳作的身影，泥土里浸透着他的汗水，秋天的土地也将丰厚的回报毫不吝啬地馈赠给了父亲。

父亲不是地道的农民，爷爷以务农为生，家里三姐妹，生活贫困常常入不敷出。父亲十岁那年，爷爷突然得了痨病无钱医治，丢下奶奶和孩子撒手人寰。家里穷得叮当响，父亲 12 岁就去当学徒，吃不饱穿不暖，尝尽了生活的苦，16 岁当了养护工人，后来与母亲成婚，生下我们五兄妹，但微薄的工资难以维持一大家人的生活。印象中，父亲总是不苟言笑，每天奔波忙碌。或许，是生活的重担压得他喘不过气来。

老屋后面，有一片荒废的空地，杂草丛生。那年春天，父亲拿着锄头、铁锹将空地开垦出来，经过一番打理，种上了苞谷、大豆、蔬菜等农作物。

每天下班回到家，父亲来不及歇息，就一头扎进地里，去侍弄他的那些庄稼，仔细观察，浇水，捉虫子，扯杂草，他竖起耳朵，听它们拔节生长的声音，偶尔弯下腰轻抚它们一下，等着发芽、开花。有时累了，父亲就蹲在地边，抽着廉价的烟卷，惬意地抽吸着，默默注视着这些庄稼，守望着这些绿色的生命，满眼期待与希冀。有时，父亲反背着手，嘴里哼着不成调的小曲儿，仿佛眼前已果实累累，丰收在望。

一年四季，地里总是热热闹闹的，不同的季节也会种上不同的庄稼。父亲日日盼，就盼着秋天有个好收成。庄稼们俏皮地摇头晃脑，举起小手鼓掌欢迎他。它们似乎明白父亲的心思，在阳光雨露的滋润下，在父亲的侍弄下，一天天长大、长高，开花、结果，闪耀出成熟的迷人的光泽。

田野里弥漫着丰收的气息，父亲站在成熟的秋天里，站在他的庄稼前，享受着收获的喜悦，秋天的收成越好，父亲就越高兴。

天还没亮开，父亲就早早起床，戴着草帽、带上镰刀匆匆忙忙来到地里，收割熟透的庄稼，也收割他渴望已久的希望。脚步声惊落草尖上的露珠，吵醒了正在酣睡的小鸟。

沉甸甸的高粱颗粒饱满，红彤彤的，弯腰迎着父亲，像喝醉了酒的新娘。父亲将一束红高粱捧在手中左右端详，喃喃自语，眼神难得一见地温柔。

"嚓嚓嚓……"父亲挥舞镰刀开始收割，高粱秆齐刷刷倒下一片。太阳跃上天空，照耀在秋天的原野上，红高粱在阳光的照射下熠熠发光。父亲全身都是汗，泛白的汗衫已经湿透，黝黑的脸庞透着红，额头上密密麻麻的汗珠顺着脸颊而下，滴落进脚下滚烫的土地。

胖乎乎的苞谷顶着红色的发须，躺在齐人高的苞谷秆上，如身怀六甲的孕妇，呼之欲出，父亲小心地一个个掰下，生怕弄疼了它们。新鲜的苞谷散发着清香，父亲抱在怀里，像是抱着刚出生的婴儿，眼含笑意。此刻的父亲已然沉醉，这些

庄稼是他引以为傲的杰作。他的手臂被划出几道红印，他却浑然不觉，开心地劳作着。

"惠儿，快来扯豆子哦。"父亲的豆子长势不错，饱满均匀，熟透的豆荚胀鼓鼓的，一触即破。我不管三七二十一，一把抓住豆荚秧用力往外扯，豆荚一下被扯破，豆子"啪啪啪"蹦出了壳，四处溅落。父亲见状，蹲下身子埋头搜寻，将地上的豆子一颗一颗捡起来。

"你这样扯不行，得抓住根部。"父亲耐心教我。

"小心点儿，可不能糟蹋了，每一颗粮食都金贵着呢。"在父亲眼里，哪怕只是一颗小小的豆子，都跟他的孩子一样重要。我似懂非懂，冲他点头，不再漏掉一颗。

夕阳的余晖悄然爬上村西的山头，原野里空旷、寂静，缕缕青灰色的炊烟绕上村庄。父亲直起腰，抹一把汗水，将满满的收获背回家。余晖洒进院坝，高粱、苞谷、花生、辣椒、南瓜齐聚一堂，院墙上挂着，地坝里堆着，全都镀上了一层金色。一家人在院坝里收拾整理，洋溢着欢乐的味道。

父亲"咕咚咕咚"仰头喝下两大缸凉水，随后疲惫地倒在椅子上，只片刻工夫，居然就打起轻微的鼾声来。

刚掰的苞谷下锅煮熟，捞出来就觉清香扑鼻，吃起来黏糊糊的，软糯香甜。母亲取下一块腊肉，切成薄片与青辣椒一起炝炒，经柴火熏烤的腊肉油亮亮的，透着诱人的光泽，肉香和着辣椒的清香，油而不腻，让人大快朵颐。南瓜金黄金黄的，口感甜而面，喝一碗南瓜汤，温润清甜。

满满一桌子菜，全是父亲秋天的收获，一家人像过年一样，父亲露出了久违的笑容，奶奶咧着掉光了牙的嘴笑了，我们也笑了。父亲倒了一碗高粱酒，边吃饭边喝酒，话也比平时多了些，得意地向我们"炫耀"他今年的好收成。一碗酒喝完，父亲不胜酒力已是微醺。

一轮圆圆的月亮挂上夜空，小星星们眨着眼，一闪一闪亮晶晶的，远处传来几声短促的犬吠，蛐蛐儿也唱起歌来。一眨眼的工夫，柔柔月光就铺满了整个小院。父亲在院坝里默默地收拾、打磨他的锄头、箩筐。月亮升到中天，父亲看看满院果实，心满意足地回屋，枕着月光幸福地睡去，那晚的梦定是格外香甜。

　　庄稼一茬接着一茬，父亲一刻也没有停歇。庄稼收割后，接着是剥皮、晾晒、打磨、储存，然后还要整理田地，施肥犁地，为下一年的播种做准备。只有到了冬天，父亲才有歇息的时候。没有活儿做闲得慌，他也要去地里站站，看看天，再发发呆。

　　日复一日，年复一年。父亲的那片土地为我们带来了许多的欢乐和希望，我们美美地享用着父亲收获的果实，让我们家贫瘠的生活也变得有了几分滋味。那片土地已深深扎根在父亲心里，他把自己完完全全交给了土地，春种秋收，从清晨到日暮，在每一个春秋冬夏，父亲用一生的时光劳作着，期盼着，也快乐着。

　　在一个秋天的傍晚，父亲在地里忙活，突发脑出血昏倒在地，再也没有醒过来。从此，没有了父亲的土地，孤单而寂寥，日渐荒芜；没有了父亲的秋天，惆怅而感伤。

　　伫立故乡的老屋，一幕幕往事在眼前浮现。恍然间，父亲已化成了一株庄稼，匍匐在那片土地，默默地生根、发芽，散发着馥郁的芬芳，恒久而悠远。

父亲给的日月星辰

张晓环

又到一年高考时，这次是我陪弟弟穿梭在行色匆匆的人群中。我试图努力缓解下弟弟的紧张，却又不知道该做些什么，甚至怕适得其反。就如当年我和妹妹高考时，陪伴我们的父亲一样。

那年，我和妹妹同时参加高考，父亲早两天便从家里宰了一只鸡来到县城。我们借住在亲戚家的两间平房里，父亲自告奋勇地说要亲自做饭给我们吃。

鸡是留到考试前的下午吃的，父亲念叨着让我们吃好点儿，美其名曰考前"打鸡血"。

从中午开始，他就忙前忙后，洗鸡肉，剁鸡块。很少做饭的父亲拿着一个菜谱，照搬炒鸡肉的方法，几番折腾终于配好了料，满心喜悦得像个孩子，额头的汗水顺着眼角的纹路滑下，时不时地用衣袖擦拭着。

平时只会拿铁锹的父亲，扎着围裙挥舞炒勺的样子，显得笨拙又吃劲。父亲不让我们搭手，我们紧张地等着，生怕父亲糟蹋了鸡肉。

终于，父亲"哗啦啦"地炒熟了一锅鸡肉，顿时香味四溢，都蔓延到街道上去了。

为了搭配这么好吃的鸡肉，父亲还做了我们平时最爱吃的搅团饭。我和妹妹大快朵颐，一锅鸡一锅搅团被我们爷仨吃了个精光。

随着夜幕降临，考试的紧张气氛渐渐弥漫起来。夜里先是妹妹辗转反侧睡不好，后来干脆肚子疼，脸色发白。父亲半夜爬起来跑出去到处找医院买药。

我也感觉吃在肚子里的鸡块和搅团还搁着，加上紧张的情绪使其很难被消化，又被妹妹折腾着睡不好，愈加紧张，后来竟也开始冒虚汗、恶心。

半夜里附近的药店都关门了，父亲应该是小跑着到县医院，两个小时后才买来了药给妹妹吃下。他瘦小的脸上已经布满了愁云和焦虑，却一句话也没有，我便假装自己很好。

妹妹吃了药并没有见效，折腾了一晚上，我早晨起来终于忍不住开始呕吐。

一夜没睡，早餐没吃，肚子里各种不舒服的我们狼狈地要去参加考试了。父亲像个无助的孩子蹲在门口"吧嗒吧嗒"地吸着一根烟，连连叹气："都怪我！把你们吃坏了，我本来想着，唉，谁知道……"

"爸，没事的，吐了就好了。昨天打了鸡血，今天肯定能考好。"我假装镇定，为了不让父亲担心，我们坚持不让他送。

走在路上，我对妹妹说："已经这样了，咱豁出去考吧。"一侧身，无意间在马路另一边的人群里瞥见了父亲的身影。他双手抱在胸前，透过来来往往的人群，目光磁石一般紧紧跟随着我们，瘦小的脸显得更加憔悴。

我双眼一涩，心里较着劲："说啥也不能辜负老爸香喷喷的这一顿饭，那只是十几年来含辛茹苦养育我们，支持我们好好读书的一个缩影啊。"

那一刻，我的情感泛滥了。当场的语文考试，洋洋洒洒，一气呵成，作文更是灵感爆棚，发挥得淋漓尽致。

中午回去，饭桌上是绿油油的苣苣菜、香菇炒油菜、凉拌黄瓜西红柿……都是清淡的搭配。原来父亲送完我们，就去对面的新华书店，看了菜谱，找了清淡降火的菜，又去附近的田地里挖了苣苣菜，回来做了这桌菜。

"爸，感谢你昨天的鸡块饭，让我超常发挥。"我们也想缓解下父亲的惆怅和担忧。父亲半信半疑，像个做错事的孩子一样尽力在弥补。

当时还有句话到了嗓子眼却没有说出来："爸，我们已经很知足了。或许有的父亲今日还在麻将桌上或者喝得烂醉如泥，也有一个劲儿地责备子女不争气，没考好的。你却什么都不说，默默地给我们做爱吃的饭菜。"

高考完一年又一年，这件事我们再也没有提起过。每次亲戚家孩子考试父亲总在唠嗑，考试期间不要吃肉，吃清淡点。包括这次弟弟参加高考，母亲来了，父亲没来，他开玩笑说，他来了，怕再给惹祸。却再三叮嘱，须吃清淡些。考试前，母亲又宰了鸡，硬是没让带。

父亲，还在责怪自己，他一直都觉得若没有他的那顿鸡块搅团饭，我们可以考得更好点，未来也可以发展得再好些。

可是，每年高考时，我都会感慨万千，觉得自己很幸运，遇到了这样的父亲，他尊重子女，重视教育。为了多挣点钱，打工时专挑苦活重活，一整天扛100多斤的麻袋装车，连续几个昼夜不合眼地给农田老板浇水，深夜2点还赶在卖农产品的路上，寒冬踩着积雪在沙漠里压草方格……无论多苦多难，他都要坚持让我们姐弟四个读书习字，求学深造。

润物细无声。父爱就是这样，犹如春雨一样悄然沁润我们的心灵，犹如茉莉一样无声地开放，他从不用语言表达他的爱，但那份静默的爱，细腻、温馨，盈满暗香。

不论走到哪里，我都自信自己是有光的人。因为我的肩上，披着从父亲肩头卸下来的日月和星辰。

父亲，与一棵榕树惺惺相惜

李艺群

我要结婚了。结婚前夕，父亲从小城赶到省城，张罗着要给我们买房。我们并无买房计划，因为凭结婚证可以申请单位的已婚职工宿舍——"鸳鸯房"，一房一卫一灶间，洗晒在公共走廊。父亲去看了"鸳鸯房"，觉得单位的福利很好，但不是长久之计，孩子出生后，狭小的空间便转不开身了。父亲顶着烈日，天天由中介带着，四处看房，最终锁定了一个新楼盘。刚竣工的小区，大门边上有一棵新移植的榕树，父亲认定那棵榕树很快能适应新环境，重新扎根，默默生长，如同我们会在省城落脚，安居乐业。

房子买好了，父亲开始着手装修房子。水电工、泥工、木工、油漆工等一系列的装修流程都是父亲一人一手操办，装修后的家具、电器、摆设也是他一手安排的。有了家，我们在异乡的生活并未有漂泊之感，崭新的生活，每一天都是美好的。孩子会走路了，满屋子乱跑、爬高，父亲担心孩子的安全，把家里的阳台和窗户都装上防盗网。私家车普及到家家户户，我们计划着买个普通车来代步，父亲知道我们钱不够，主动贴补我们，让我们买好一点的车，性能更好更安全。

一转眼，十年过去了。大门口移植来的榕树长成了一棵可以挡风遮雨的大树。破土而出的树干不盘根错节而生，不长邋遢、没有美感的"胡子"——气根，挺拔、俊美地向上生长。细密的叶子簇拥在一起，形成一个伞面，枝干如一根根伞骨，主树干如伞柄，整棵树犹如一把撑开的绿色大伞，把地面遮得严严实实的。这把绿色的大伞，晴天可以遮挡强烈的阳光，雨天可以遮挡小雨滴。

不知在何时，树底下的土被整平了，铺上了方块砖，石墩子架起石长凳，便成了小公园。不知从哪天起，早有人聚在那，晚也有人聚在那，少有冷清的时候，榕树下成了小区居民一个悠闲休憩的好去处。菜市场买菜归来的主妇，并不着急回家，坐在榕树下不紧不慢地择着菜；看守大门的保安，坐在榕树下悠闲地看着报纸；大爷们坐在石凳上，低着头，专注地在楚河汉界中厮杀；大妈们在石长凳上排排坐，有一搭没一搭地拉着家常；被困于家中而哭闹的小娃，被大人抱到榕树下，坐上摇摇车后，便乐得合不拢嘴了。便利店养了一只看守门户的小狗，虽是一般的土狗，但浑身毛发雪白发亮，很是招人喜欢。孩子们唤它小白，对小白极尽宠爱，好吃的都与它分享。

翁绿疏朗、大冠幅的榕树吸引鸟儿前来栖居。那鸟不是一只两只，而是一群一群。清晨和午后一两点的时候，麻雀、鸽子、布谷鸟和一些不知名的鸟儿，相约着来歌唱。这边"叽叽"，那边"喳喳"，还有"布谷布谷、九弟九弟"的伴奏。胆大的鸟儿落到地面上来寻食，人一走近就"扑棱棱"群飞而起。

榕树像有某种凝聚力，把乡村才具有的元素，鸟、老人，孩子、狗，凝聚到了一起。闹市中，因一棵有凝聚力的树，有了返璞归真的慢生活。

二孩政策开放，经商议我们决定再生育一个孩子。父亲主动包揽改造房间，购买新家具家电的任务，以迎接新成员的到来。父亲总是未雨绸缪，事事都考虑在我们的前头。

又一个十年即将过去，榕树默默地扎根，汲取养分，长得更高更茂盛了，榕树下也比以往更加热闹了。

二十年，星移物换。我们在省城的日子过得风生水起。被移植到小区门口的榕树，默默向下扎根，向上生长，终长成一棵参天大树，挺立于天地之间，无论什么人来休憩，都供人以一片荫凉。

一日，偶然在电脑里看到父亲二十年前的照片。买房时，父亲站在大门边的榕树下，他眼中有欣喜，有期待，身姿挺拔，神采奕奕。看着照片，突然发现身姿挺拔的父亲像极了旁边的那棵榕树。父亲这一辈子都在为给家人创造更好的生活而打拼而忙碌，即使我远在省城，他依然能为我遮风挡雨。我仿佛明白了当年父亲为何会选中我们现在住的这个小区，因为冥冥之中他们的魂魄是惺惺相惜的吧！

父亲与自行车

高云红

在父亲的生活里，陪伴他最多的物件大概就是自行车了。

母亲说，我刚满两岁，父亲焊个儿童铁座，放在自行车的横梁上，许是我第一次坐父亲的车子，上了车子就哭，因为害怕。等下了车子也要哭，因为没坐够。这些我都不记得，我只记得父亲的自行车前把长着一个亮亮圆圆的东西，一按，"丁零零"发出清脆的声音。

父亲那辆28型的金鹿自行车是我家唯一的财产，它像头老黄牛不吃草不吃料，却为家里出力最多。我因为学自行车，虽然被它弄得胳膊和腿青一块紫一块的，但也没有放过它，车把弄歪过，车链子掉下过，最后还是把它制服，轻松地骑着在大路上跑。

记得高考第一天，上午结束考试，我从考场出来，一抬眼，便看见那辆自行车立在校园的花坛前。父亲站在人群里，冲我笑。我心里一酸，从学校坐客车回家需要40分钟，正值盛夏，父亲骑着自行车赶20公里的路程，坑坑洼洼的土路怎么也要骑上两个钟头。

父亲没有问我考得怎样，推过车子便说，中午要请我下饭馆，我坐在那辆熟悉的自行车的后座上，拽住父亲晒得发白的蓝色衬衣。

下午，进了考场，我的座位刚好看得见父亲，课铃如父亲的车铃"丁零零"地响过，父亲转身骑上自行车，给我一个离去的背影。

刚参加工作没多久，有一天下班回家，一辆崭新的26型斜梁女式凤凰牌自行车立在院子里。父亲正对着那辆自行车左看右看，见了我喜滋滋地问，喜欢吗? 我平淡地说，工厂这么近，走路十分钟，用不着车子。父亲说，上班了就该有辆自行车。

车子装上了锁还被父亲打了蜡，车体通身黑得发亮，越发显得高贵。

大概在父亲的心里，给女儿的都是自己最喜欢的东西吧。

父亲还骑那辆 28 型金鹿自行车，后来它和父亲一起进城，猫在储藏室再也没露面。进城后父亲也闲不住，他摆摊修起了自行车，每天忙忙乎乎乐在其中。

父亲就像那辆 28 型的金鹿自行车，身体从未有过大毛病，头疼脑热的也少见。只是常说牙口不中用，吃点硬物消化不好。给父亲做检查，从医生口里传出噩耗，父亲胃里长了肿瘤，必须手术！

在我的记忆里，父亲从未进医院看过病，疾病都是躲着他走的，这次疾病怎么就主动找上门来？而且如此严重！

我瞒下父亲的病情，聊天的时候问他有啥梦想？他说，年轻那会儿就喜欢摩托车，做梦都想，又说，电动自行车骑着会和摩托车一样吧？不知怎的，内心忽然溢满自责，我每天忙碌着，忽略了父亲的内心需求。才发觉父亲一直在用旧的自行车，我买新的，旧的被父亲推走，修理一下接着骑。怎么就没想过给父亲买台新的自行车呢？当我开车跑在路上的时候，没想到父亲的心愿竟是一辆与摩托相似的电动自行车！

电动自行车买回来，父亲非常喜欢，每天都骑着出去。没料到仅欢喜了一周，在一次赶大集中丢失。那天父亲回到家时神情落寞，脸上没了笑容，吃饭也唉声叹气，为此父亲在家躺了两天没下楼。

已经安排好了手术日期，担心父亲的情绪影响手术。第三天，我又买回一辆一模一样的电动自行车，谎称是被派出所找到了。父亲看到那辆自行车并不开心，大概他心里清楚那些善意的谎言。

术后在恢复期他很少骑那辆电动车，但每天都去楼下的储藏室看一眼自行车。经过几个疗程的化疗，父亲的身体更加虚弱和消瘦。父亲就如那辆老旧的自行车，自行车零件坏了还可以修补，可是父亲的身体坏了，却再也没办法修补过来……

他没力气下楼，只能趴在窗台上，看外面的行人骑着不同的自行车在路上穿行，父亲心里是多么期盼自己快点好起来，重新骑着车子欢快地跑在大街上啊！

父亲术后一年故去，那辆电动自行车与 28 型金鹿自行车留在储藏室里做伴，看见它们，就感觉父亲还在，即便有了灰有些红锈，仍保留着父亲的气息。

给父亲剃个头

舒春霞

又一家理发店开业了，我也因此怀念起父亲来。

生前，父亲喜欢剃头，别人一般一个月剃一次，他要剃两次。板寸，整个人显得清爽而又利落。洗脸的时候，顺便用湿了水的毛巾把头发往后一抹，精神抖擞，泛着光泽。要是我在旁边，他还会用手弹起水花，溅到我脸上，逗得我咯咯笑，任母亲在一旁嗔怪。

小时候，父亲是镇政府的书记。一头挂着家里，一头挂着父老乡亲。东村的收成，西村的路，以及那些像乱线一般纠缠着的农村纠纷，全等着父亲去捋顺。大厅的墙上挂满了匾，那是村民们通过这些匾在表达诚意和崇敬。

遇到棘手的事务，父亲总是习惯坐在书桌前写写画画。半天没有头绪，就去剃个头。他心事重重地出门，不一会儿就满面春风地回来，哼着歌，脚步轻盈而欢快。父亲剃头剃出灵感，想到了解决棘手事务的好办法！就这样，剃头在我幼小的心灵里，神秘而又充满了魔力。

退休之后，家里依然来人不断，乡亲们有难事还是来求父亲，父亲乐此不疲地在各个部门穿梭。生活的辛劳压弯了他的脊背，却压不弯他热爱生活的心。头发没年轻的时候长得那么快了，也没那么密了，但他的习惯不改，还是一个月剃两次，收拾得立立整整的。为了一个老乡家新房子的建造，他跑断了腿，打了三次官司，最后虽然胜诉，又卡在执行难上。好不容易逮住了主管领导，领导面有难色地说："老上级，不是我们不去执行啊，农村工作您懂的，难呀。或者您再等我几天，开完这个紧急会议，我就去村里。"猫捉老鼠的游戏玩久了，累了，再有耐心的人，也会骂人了："小兔崽子，要是我在位，几下子办好！"后来，还真来了一位靠谱的领导，问题得以解决。看着楼房建起来，老乡高兴得放起了鞭炮，受人敬重了一辈子的骄傲的父亲，泪洒当场。

父亲老了。为乡亲贡献了毕生精力的他，只剩下一副嶙峋的瘦骨。肺部钙化，心脏衰竭，一口气差点儿没喘上来，经过紧急抢救，父亲醒过来。他是被疼痛戳醒的吧？医生说，要保命，必须切管！呼吸机、吸痰器、胃管、气管切口等一系列密布的管线，使这个生命去维持心跳……如果这样做，就意味着与植物人无异了。

他的头发干枯又稀疏，就像是麦收后割过的麦茬地，饱经风霜，苍老而混沌。看着曾经意气风发的父亲到了这一步，我的心痛到极点。我甚至祈祷小时候心中那个神奇的剃头师傅，你快来吧，如他年轻时那样，帮他轻松剃去每个缠绕在他身上的痛苦吧。

父亲戴着氧气面罩，虽然不能说话，但用手执拗地拨开医生的管子。他一定是把所有的力气都运在了手上，暴着青筋的手随即瘫在床边，食指微微地不停抖动，我知道他的用意，捧着他干瘪的手，泪眼婆娑不能自持："爸爸，放心，咱不切管。"他的指头就不再动了，整只手散了架一样耷拉在我的手上。医生说老爷子生命力真顽强，换上其他人，不切管子，这口气就上不来，而父亲就是靠着坚强的意志力挺着，竟然在下了病危通知书后慢慢恢复了自主能力，他能自己吃饭，甚至能看一会儿报纸，和病友们聊聊天了。他说，如果切了管，再起来就难了，他要过自主的有尊严的生活。

那天，镇上一直给他剃头的费师傅突然带着剃头工具来了医院，说要给父亲剃头。我惊讶了。父亲说，是他打电话请人家过来的。我笑父亲："您也真是的，动一下浑身都痛，还讲究个啥？"父亲说："不行，邋里邋遢的多难看，剃了头，精神精神。"父亲让我用手机给他拍照，他一边满意地点点头，一边叮嘱费师傅："过半个月再来啊。"我心里咯噔一下，半个月？医生的病危通知书上给父亲限定了生命周期，但我一边觉得父亲随时会离我而去，一边又觉得他永远都不会走。看到父亲越来越精神，我跟父亲告辞，要回南方去上班，父亲一再挽留我："你别看我现在精神不错，可我的心肺都没用了，都是虚的。说不定啥时候就走了，你陪我过完最后一个中秋节吧。"我说："您瞎说什么呢？从前年到现在，医生无数次说您就要走了，走了吗？放心吧，您不会走的！"父亲虽然一再挽留，但终究还是拗不过我。回南方后的第九天，在万家团圆的中秋节前夕，父亲走了。这一次，是真的！他坐在病床上，看着《人民日报》，平静地走了。我痛悔自己没能在最后时刻陪在他身边！

去殡仪馆之前，我对费师傅说："上路的时候，您再给他剃个头吧。"

但愿这一次，可以剃去人世间纷繁复杂的事务，剃去病魔缠身的苦痛，剃去一切不舍和羁绊，我亲爱的父亲，在天堂的那边，请您务必精精神神，清清爽爽地等着我们。

母爱如歌般

轻柔悠长

- S U M M E R -

我的母亲（节选）

胡 适

每天天刚亮时，我母亲就把我喊醒，叫我披衣坐起。我从不知道她醒来坐了多久了。她看我清醒了，才对我说昨天我做错了什么事，说错了什么话，要我认错，要我用功读书。有时候她对我说父亲的种种好处，她说："你总要踏上你老子的脚步。我一生只晓得这一个完全的人，你要学他，不要跌他的股。"（股便是丢脸、出丑。）她说到伤心处，往往掉下泪来。到天大明时，她才把我的衣服穿好，催我去上早学。学堂门上的锁匙放在先生家里；我先到学堂门口一望，便跑到先生家里去敲门。先生家里有人把锁匙从门缝里递出来，我拿了跑回去，开了门，坐下念生书。十天之中，总有八九天我是第一个去开学堂门的。等到先生来了，我背了生书，才回家吃早饭。

我母亲管束我最严，她是慈母兼严父。但她从来不在别人面前骂我一句，打我一下。我做错了事，她只对我一望，我看见了她的严厉眼光，就吓住了。犯的事小，她等到第二天早晨我睡醒时才教训我。犯的事大，她等到晚上人静时，关了房门，先责备我，然后行罚，或罚跪，或拧我的肉，无论怎样重罚，总不许我哭出声音来。她教训儿子不是借此出气叫别人听的。

有一个初秋的傍晚，我吃了晚饭，在门口玩，身上只穿着一件单背心。这时候我母亲的妹子玉英姨母在我家住，她怕我冷了，拿了一件小衫出来叫我穿上。我不肯穿，她说："穿上吧，凉了。"我随口回答："娘（凉），什么！老子都不老子呀。"我刚说了这句话，一抬头，看见母亲从家里走出，我赶快把小衫穿上。但她已听见这句轻薄的话了。晚上人静后，她罚我跪下，重重的责罚了一顿。她说："你没了老子，是多么得意的事！好用来说嘴！"她气得坐着发抖，也不许我上床去睡。我跪着哭，用手擦眼泪，不知擦进了什么微菌，后来足足害了一年多的眼翳病。医来医去，总医不好。我母亲心里又悔又急，听说眼翳可以用舌头舔去，有一夜她把我叫醒，她真用舌头舔我的病眼。这是我的严师，我的慈母。

我母亲23岁做了寡妇，又是当家的后母。这种生活的痛苦，我的笨笔写不出万分之一二。家中经济本不宽裕，全靠二哥在上海经营调度。大哥从小就是败子，吸鸦片烟，赌博，钱到手就光，光了就回家打主意，见了香炉就拿出去卖，捞着锡茶壶就拿出去押。我母亲几次邀了本家长辈来，给他定下每月用费的数目。但他总不够用，到处都欠下烟债赌债。每年除夕我家中总有一大群讨债的，每人一盏灯笼，坐在大厅上不肯去。大哥早已避出去了。大厅的两排椅子上满满的都是灯笼和债主。我母亲走进走出，料理年夜饭、谢灶神、压岁钱等事，只当做不曾看见这一群人。到了近半夜，快要"封门"了，我母亲才走后门出去，央一位邻舍本家到我家来，每一家债户开发一点钱。作好作歹的，这一群讨债的才一个一个提着灯笼走出去。一会儿，大哥敲门回来了。我母亲从不骂他一句。并且因为是新年，她脸上从不露出一点怒色。这样的过年，我过了六七次。

大嫂是个最无能而又最不懂事的人，二嫂是个很能干而气量很窄小的人。她们常常闹意见，只因为我母亲的和气榜样，她们还不曾有公然相打相骂的事。她们闹气时，只是不说话，不答话，把脸放下来，叫人难看；二嫂生气时，脸色变青，更是怕人。她们对我母亲闹气时，也是如此。我起初全不懂得这一套，后来也渐渐懂得看人的脸色了。我渐渐明白，世间最可厌恶的事莫如一张生气的脸；世间最下流的事莫如把生气的脸摆给旁人看。这比打骂更难受。

我母亲的气量大，性子好，又因为做了后母后婆，她更事事留心，事事格外容忍。大哥的女儿比我只小一岁，她的饮食衣料总是和我的一样。我和她有小争执，总是我吃亏，母亲总是责备我，要我事事让她。后来大嫂、二嫂都生了儿子了，她们生气时便打骂孩子来出气，一面打，一面用尖刻有刺的话骂给别人听。我母亲只装作没听见。有时候，她实在忍不住了，便悄悄走出门去，或到左邻立大嫂家去坐一会，或走后门到后邻度嫂家去闲谈。她从不和两个嫂子吵一句嘴。

每个嫂子一生气，往往十天半个月不歇，天天走进走出，板着脸，咬着嘴，打骂小孩子出气。我母亲只忍耐着，忍到实在不可再忍的一天，她也有她的法子。这一天的天明时，她就不起床，轻轻地哭一场。她不骂一个人，只哭她的丈夫，哭她自己命苦，留不住她丈夫来照管她。她刚哭时，声音很低，渐渐哭出声来。我醒了起来劝她，她不肯住。这时候，我总听得见前堂（二嫂住前堂东房）或后堂（大嫂住后堂西房）有一扇门开了，一个嫂子走出房向厨房走去。不多一会，那位嫂子来敲我们的房门了。我开了房门，她走进来，捧着一碗热茶。我母亲慢慢止住哭声，伸手接了茶碗。那位嫂子站着劝一会儿，才退出去，没有一句话提到什么人，也没有一个字提到这十天半个月来的气脸，然而各人心里明白，泡茶进来的嫂子总是那十天半个月来闹气的人，奇怪得很，这一哭之后，至少有一两个月的太平清净日子。

我母亲待人最仁慈，最温和，从来没有一句伤人感情的话。但她有时候也很有刚气，不受一点人格上的侮辱。我家五叔是个无正业的浪人，有一天在烟馆里发牢骚，说我母亲家中有事总请某人帮忙，大概总有什么好处给他。这句话传到了我母亲耳朵里，她气得大哭，请了几位本家来，把五叔喊来，她当面质问他她给了某人什么好处。直到五叔当众认错赔罪，她才罢休。

我在我母亲的教训之下度过了少年时代，受了她的极大极深的影响。我 14 岁（其实只有 12 岁零两三个月）就离开她了。在这广漠的人海里独自混了二十多年，没有一个人管束过我。如果我学得了一丝一毫的好脾气，如果我学得了一点点待人接物的和气，如果我能宽恕人，体谅人——我都得感谢我的慈母。

我的母亲

老舍

母亲的娘家是北平德胜门外，土城儿外边，通大钟寺的大路上的一个小村里。村里一共有四五家人家，都姓马。大家都种点不十分肥美的地，但是与我同辈的兄弟们，也有当兵的，作木匠的，作泥水匠的，和当巡察的。他们虽然是农家，却养不起牛马，人手不够的时候，妇女便也须下地作活。

对于姥姥家，我只知道上述的一点。外公外婆是什么样子，我就不知道了，因为他们早已去世。至于更远的族系与家史，就更不晓得了；穷人只能顾眼前的衣食，没有工夫谈论什么过去的光荣；"家谱"这字眼，我在幼年就根本没有听说过。

母亲生在农家，所以勤俭诚实，身体也好。这一点事实却极重要，因为假若我没有这样的一位母亲，我以为我恐怕也就要大大的打个折扣了。

母亲出嫁大概是很早，因为我的大姐现在已是六十多岁的老太婆，而我的大外甥女还长我一岁啊。我有三个哥哥，四个姐姐，但能长大成人的，只有大姐，二姐，三姐，三哥与我。我是"老"儿子。生我的时候，母亲已有四十一岁，大姐二姐已都出了阁。

由大姐与二姐所嫁入的家庭来推断，在我生下之前，我的家里，大概还马马虎虎的过得去。那时候定婚讲究门当户对，而大姐丈是作小官的，二姐丈也开过一间酒馆，他们都是相当体面的人。

可是，我，我给家庭带来了不幸：我生下来，母亲晕过去半夜，才睁眼看见她的老儿子——感谢大姐，把我揣在怀中，致未冻死。

一岁半，我把父亲"克"死了。

兄不到十岁，三姐十二三岁，我才一岁半，全仗母亲独力抚养了。父亲的寡姐跟我们一块儿住，她吸鸦片，她喜摸纸牌，她的脾气极坏。为我们的衣食，母亲要给人家洗衣服，缝补或裁缝衣裳。在我的记忆中，她的手终年是鲜红微肿的。白天，她洗衣服，洗一两大绿瓦盆。她作事永远丝毫也不敷衍，就是屠户们送来的黑如铁的布袜，她也给洗得雪白。晚间，她与三姐抱着一盏油灯，还要缝补衣服，一直到半夜。她终年没有休息，可是在忙碌中她还把院子屋中收拾得清清爽爽。桌椅都是旧的，柜门的铜活久已残缺不全，可是她的手老使破桌面上没有尘土，残破的铜活发着光。院中，父亲遗留下的几盆石榴与夹竹桃，永远会得到应有的浇灌与爱护，年年夏天开许多花。

哥哥似乎没有同我玩耍过。有时候，他去读书；有时候，他去学徒；有时候，他也去卖花生或樱桃之类的小东西。母亲含着泪把他送走，不到两天，又含着泪接他回来。我不明白这都是什么事，而只觉得与他很生疏。与母亲相依为命的是我与三姐。因此，他们作事，我老在后面跟着。他们浇花，我也张罗着取水；她们扫地，我就撮土……从这里，我学得了爱花，爱清洁，守秩序。这些习惯至今还被我保存着。

有客人来，无论手中怎么窘，母亲也要设法弄一点东西去款待。舅父与表哥们往往是自己掏钱买酒肉食，这使她脸上羞得飞红，可是殷勤的给他们温酒作面，又给她一些喜悦。遇上亲友家中有喜丧事，母亲必把大褂洗得干干净净，亲自去贺吊——一份礼也许只是两吊小钱。到如今如我的好客的习性，还未全改，尽管生活是这么清苦，因为自幼儿看惯了的事情是不易改掉的。

姑母常闹脾气。她单在鸡蛋里找骨头。她是我家中的阎王。直到我入了中学，她才死去，我可是没有看见母亲反抗过。"没受过婆婆的气，还不受大姑子的吗？命当如此！"母亲在非解释一下不足以平服别人的时候，才这样说。是的，命当如此。母亲活到老，穷到老，辛苦到老，全是命当如此。她最会吃亏。给亲友邻居帮忙，她总跑在前面：她会给婴儿洗三——穷朋友们可以因此少花一笔"请姥姥"钱——她会刮痧，她会给孩子们剃头，她会给少妇们绞脸……凡是她能作的，都有求必应。但是吵嘴打架，永远没有她。她宁吃亏，不逗气。当姑母死去的时候，母亲似乎把一世的委屈都哭了出来，一直哭到坟地。不知道哪里来的一位侄子，声称有承继权，母亲便一声不响，教他搬走那些破桌子烂板凳，而且把姑母养的一只肥母鸡也送给他。

可是，母亲并不软弱。父亲死在庚子闹"拳"的那一年。联军入城，挨家搜索财物鸡鸭，我们被搜两次。母亲拉着哥哥与三姐坐在墙根，等着"鬼子"进门，街门是开着的。"鬼子"进

门，一刺刀先把老黄狗刺死，而后入室搜索。他们走后，母亲把破衣箱搬起，才发现了我。假若箱子不空，我早就被压死了。皇上跑了，丈夫死了，鬼子来了，满城是血光火焰，可是母亲不怕，她要在刺刀下，饥荒中，保护着儿女。北平有多少变乱啊，有时候兵变了，街市整条的烧起，火团落在我们院中。有时候内战了，城门紧闭，铺店关门，昼夜响着枪炮。这惊恐，这紧张，再加上一家饮食的筹划，儿女安全的顾虑，岂是一个软弱的老寡妇所能受得起的？可是，在这种时候，母亲的心横起来，她不慌不哭，要从无办法中想出办法来。她的泪会往心中落！这点软而硬的个性，也传给了我。我对一切人与事，都取和平的态度，把吃亏看作当然的。但是，在作人上，我有一定的宗旨与基本的法则，什么事都可将就，而不能超过自己划好的界限。我怕见生人，怕办杂事，怕出头露面；但是到了非我去不可的时候，我便不得不去，正像我的母亲。从私塾到小学，到中学，我经历过起码有廿位教师吧，其中有给我很大影响的，也有毫无影响的，但是我的真正的教师，把性格传给我的，是我的母亲。母亲并不识字，她给我的是生命的教育。

当我在小学毕了业的时候，亲友一致的愿意我去学手艺，好帮助母亲。我晓得我应当去找饭吃，以减轻母亲的勤劳困苦。可是，我也愿意升学。我偷偷的考入了师范学校——制服，饭食，书籍，宿处，都由学校供给。只有这样，我才敢对母亲提升学的话。入学，要交十元的保证金。这是一笔巨款！母亲作了半个月的难，把这巨款筹到，而后含泪把我送出门去。她不辞劳苦，只要儿子有出息。当我由师范毕业，而被派为小学校校长，母亲与我都一夜不曾合眼。我只说了句："以后，您可以歇一歇了！"她的回答只有一串串的眼泪。我入学之后，三姐结了婚。母亲对儿女是都一样疼爱的，但是假若她也有点偏爱的话，她应当偏爱三姐，因为自父亲死后，家中一切的事情都是母亲和三姐共同撑持的。三姐是母亲的右手。但是母亲知道这右手必须割去，她不能为自己的便利而耽误了女儿的青春。当花轿来到我们的破门外的时候，母亲的手就和冰一样的凉，脸上没有血色——那是阴历四月，天气很暖。大家都怕她晕过去。可是，她挣扎着，咬着嘴唇，手扶着门框，看花轿徐徐的走去。不久，姑母死了。三姐已出嫁，哥哥不在家，我又住学校，家中只剩母亲自己。她还须自晓至晚的操作，可是终日没人和她说一句话。新年到了，正赶上政府倡用阳历，不许过旧年。除夕，我请了两小时的假。由拥挤不堪的街市回到清炉冷灶的家中。母亲笑了。及至听说我还须回校，她愣住了。半天，她才叹出一口气来。到我该走的时候，她递给我一些花生："去吧，小子!"街上是那么热闹,我却什么也没看见,泪遮迷了我的眼。今天,泪又遮住了我的眼,又想起当日孤独的过那凄惨的除夕的慈母。可是慈母不会再候盼着我了,她已入了土!

儿女的生命是不依顺着父母所设下的轨道一直前进的,所以老人总免不了伤心。我廿三岁,母亲要我结了婚,我不要。我请来三姐给我说情,老母含泪点了头。我爱母亲,但是我给了她最大的打击。时代使我成为逆子。廿七岁,我上了英国。为了自己,我给六十多岁的老母以第二次打击。在她七十大寿的那一天,我还远在异域。那天,据姐姐们后来告诉我,老太太只喝了两口酒,很早的便睡下。她想念她的幼子,而不便说出来。

七七抗战后,我由济南逃出来。北平又像庚子那年似的被鬼子占据了,可是母亲日夜悬念的幼子却跑西南来。母亲怎样想念我,我可以想象得到,可是我不能回去。每逢接到家信,我总不敢马上拆看,我怕,怕,怕,怕有那不祥的消息。人,即使活到八九十岁,有母亲便可以多少还有点孩子气。失了慈母便像花插在瓶子里,虽然还有色有香,却失去了根。有母亲的人,心里是安定的。我怕,怕,怕家信中带来不好的消息,告诉我已是失了根的花草。

去年一年,我在家信中找不到关于老母的起居情况。我疑虑,害怕。我想象得到,如有不幸,家中念我流亡孤苦,或不忍相告。母亲的生日是在九月,我在八月半写去祝寿的信,算计着会在寿日之前到达。信中嘱咐千万把寿日的详情写来,使我不再疑虑。十二月二十六日,由文化劳军的大会上回来,我接到家信。我不敢拆读。就寝前,我拆开信,母亲已去世一年了!

生命是母亲给我的。我之能长大成人,是母亲的血汗灌养的。我之能成为一个不十分坏的人,是母亲感化的。我的性格,习惯,是母亲传给的。她一世未曾享过一天福,临死还吃的是粗粮。唉!还说什么呢?心痛!心痛!

致父母亲

徐志摩

我至爱爸妈膝下：

自爱亲回硖后，儿因看妈上车时衰弱情状，心中甚为难过，无时不在念中，惟此星期预备上课，往来宁沪，迄未得暇，不曾修禀问候，不知妈到家后精神有见好否？今日在大马路遇见幼仪与朱太太买物，说起爸爸来信言，妈心感不快，常自悲泣，身体亦不见健，儿当时觉得十分难受，明知爱亲常常不乐，半为儿不孝，不能顺从爱亲意念所至。妈身体屡弱至此，儿亦不能稍尽奉养之职，即如今日闻幼仪言后，何尝不想立刻回硖省候，但转念学校功课繁重，又是初初开学，未便请假，因此甚感两难。妈亦是明白人，其实何必不看开些，何必自苦如此？妈想，妈若不乐，爸爸在家当然亦不能自得，儿在外闻知，亦不禁心悬两地，不能尽心教书，即幼仪亦言回家去，只见到忧愁，听到忧愁，实在有些怕去。如此一来，岂非一家人都不得安宁，有何乐趣？其实天下事全在各人如何看法，绝对满意事，是不可有的，做人只能随时譬解，自寻快乐。即如我家情形，不能骨肉常时团聚，自是一憾，但现在时代不同，往时大家庭办法决不可能，既然如此，彼此自然只能退一步想，儿虽不孝，爱亲一样有儿有孙有女，况只要爱亲不嫌，一家仍可时常相处。儿最引以为虑的，是妈妈的身体，我与幼仪一样思想，只求妈能看开些，决心养好身体，只要精神一健，肝肠自然平顺，看事情亦可从好处着想，爸爸本性是爱热闹豁达大度的，自无问题，我等亦能安命无所怨尤，岂非一家和顺，人人可以快乐安慰？妈总要这样想才好。先前的理想现已不可能，当然只能放开，好在目前情形，并不过于不堪，妈又何必执意悲观，结果一家人都不愉快，有何好处？儿拙于口才，每次见妈，多所抱怨，又不容置辩，只能缄默，万分无奈，姑且再写此信去劝妈妈，万事总当从亮处看，一家康宁和顺，已是幸福，理想是做不到的。妈能听儿解劝，则第一要事就该自己当心养息，儿等在外做事，但盼家信来说爱亲身体安健，心怀舒畅，如得消息不安或不快，则儿等立即感受忧愁，不能安心做事矣。此点儿反复申说，纯出至诚，尚望爸爸再以此向妈疏说，同意好好看顾妈心，说说笑话，硖居如闷，最好仍来上海，能来儿处最佳，否则幼仪处亦好。儿懒惰半年多，忽然忙碌，不免感劳，但亦无可如何也。星一去南京。昨晚回来，光华每日有课，下星一仍赴宁。专此敬叩金安。

儿摩叩禀，小曼叩安。九月廿六日。

陪着母亲看花开花落

崔修建

六十八岁的母亲刚刚搬到城里不到半年，竟得了严重的老年痴呆症。他一时无法接受这突如其来的变故，因为他心目中的母亲一向是坚韧的，那么多磨难都没有击倒过她。然而，他现在必须要面对这样的事实——老年痴呆症正将母亲一点点地拉入越来越痛苦的死亡之旅，母亲在逐渐失忆几个月后，竟连她最疼爱的儿子也不认识了。

母亲的这一生实在是太辛苦了，在黄土高原上那个贫瘠的小山村，母亲三十五岁失去丈夫，一个人守着几亩薄地，苦苦地拉扯着三个孩子，不但让他们健康地长大，还把他们都送进了大学，漏雨的寒舍竟成了山村远近闻名的"大学生之家"，还让三个孩子在外面的广阔世界里各自打出一片令人羡慕的天地。一个儿子和一个女儿都在国外知名企业里做金领，最小的他如今也已是一家大公司的总裁，身家早已过千万元。

自从母亲住进城里，他就开始减少工作上的应酬，努力地多挤出一些时间陪母亲。母亲生病后，他连工作时间都大大地压缩了，除了特别重要的事情到公司去处理一下，他把大量的时间留给了母亲，他想陪着母亲走完生命最后这一段让人心疼的路。

他想尽一切办法，期望唤醒母亲的记忆，然而，可恶的病魔似乎有意难为他，母亲已经什么都不记得了，任他怎样竭尽全力。给她洗脚时，看到她那木然的样子，他心酸得直想大哭一场。

唯一让他感到有些欣慰的是，母亲对他摆放到阳台上的那一盆盆鲜花，似乎有着一种特别的喜爱。每天都会为它们浇水、松土、修剪……然后，就呆呆地坐在那里，静静地看着那些花，眼睛里闪着慈祥的光亮。

每每此时，他也会安静地坐在母亲身旁，一会儿看看母亲，一会儿看看那些姹紫嫣红的花朵，细细的阳光透过窗玻璃，柔柔地拂着面颊，时光流动的声音仿佛清晰地响在耳畔，他的思绪便不禁肆意地漫射开来。

他记忆里的母亲是特别喜欢花的，无论是爬满栅栏的牵牛花，还是后院的刺梅，连那金黄的蒲公英和紫色的打碗花，她都喜欢得不得了。她曾说，懂得了花的生命，就能品出生活的滋味。那时他正是被梦想激励的翩翩少年，无暇也不愿去慢慢地赏花，自然无法读出藏在花里的奥妙意蕴。

时间久了，那些鲜亮的花朵，仿佛都懂母亲和他的绵密的心思，在他们母子深情满怀的注视中，有的开得淡然，有的开得热烈，有的开得急促，有的开得从容，有的开得短暂，有的开得持久，有的开得繁盛，有的开得朴拙……每一种花似乎都在展示着一种生命的样式，都在讲述着一段生命的故事。

与花朝夕相守，渐渐地，他挥走了弥漫心头的伤感。他知道：痴呆的母亲依然是幸福的，虽然很多很多的人间往事，她都已经无法记起，但她慈爱的眼里有花，静谧的心里有花，她仍有如花一样丰富的情感，只是她无法与人交流而已。

在陪伴母亲看花开花落的日子里，他疏于公司的管理，丧失了几次重要的商机，少赚了数百万元。但他丝毫不后悔，他跟最好的朋友说："其实，不是我在陪母亲，而是母亲在陪我。伟大的母亲在她最后的生命历程里，仍然在默默地教我理解生命的要义。"

一瓣瓣的花开，一瓣瓣的花落，谁听懂了岁月深情的叮咛，谁又馈赠了岁月珍贵的礼物，在那些平凡琐屑的日子里，在那些绚丽张扬的日子里。面对那一对心意绵绵母子，我们除了奉上一份由衷的敬佩，还应该轻叩心扉追问一句：我们是否仍有一份从容看花的心情，是否仍有一份读懂花语的认真和执着？

墙上的母爱

陈志宏

跳槽到报社做记者以后，我又新租了一间房子。当房东打开房门的时候，满墙的涂鸦之作以逼人的气势侵略性地进入我的视野。

我惊问："这墙怎么涂得这么吓人？"

房东说："我也没办法。这样吧，你找几个民工用石灰浆涂抹一下，我免你一个月的房租。"

这是一个很划算的买卖，我立刻点头答应。

大概一个星期后，我叫来两个民工刷墙。还没开工，一个女人把民工师傅拦住，双手坚定地比画着，嘴里"咿咿呀呀"地叫。她是个哑巴。

我跟她解释："这房子是我租的，墙上太脏了，刷干净点好看一些。"

女人横在那里，毫不退缩。

我没有办法，只好叫房东来解围。

房东说："小陈，她以前就租住在这儿，这些东西是她画的。她肯定是舍不得把这些乱七八糟的东西刷掉。她很蛮横，你还是让着她吧。"

我让民工师傅先回去，把女人留下来，和她笔谈。渐渐地，我明白了女人凄苦的身世，以及她对女儿深深的思念。

女人怀孕的时候，丈夫在一场车祸中丧生。多少亲戚朋友劝她流产，再寻别的男人，她怎么都听不进，固执地要把孩子生下来。

就在女人临产前夕，丈夫单位要收回房子，将她扫地出门。她强忍着，租下了这间小房子。不久以后，她在这间出租屋里生下了一个女孩。

女人没有生活来源就沿街捡破烂，靠那点可怜的收入养家糊口，女人倾注了全部心血在女儿身上，教她识字看画，教她唱歌跳舞。小女儿变得天真活泼，人见人爱。

女儿三岁那年，女人生了一场大病。医好之后，她成了哑巴，与人交流只有通过纸和笔了。为了女儿的前程，女人把她送给别人，自己一个人过孤独的日子。

女人隔三岔五就去幼儿园看女儿。女儿学了"a、o、e"之类的拼音，回来就在墙上写上"a、o、e"等等，女儿学了一首儿歌，她回来之后，就在墙上写下儿歌的名字。没过几年，四面墙被涂抹得满满当当。

刚开始，房东叫她不要在墙上乱画，但听到她"咿咿呀呀"的叫唤之中透着凄苦的苍凉，便由着性子让她去。突然有一天，女人边抹眼泪边进屋，关上门后，整整哭了一宿。

从此以后，再也没有在墙上写下一个字。房东猜想，她女儿可能是随养父母迁走了，也可能是女儿不认这个哑巴母亲。

在我租这间屋之前，女人在这整整租住了15年。

听到女人的这个故事，我的心莫名地有些感伤，那浓浓的人间温情触到我心灵最深处，久久让我感动。我对女人说："这墙我不会涂的，你什么时候想看它，就来看它好了。"

女人走后，我从采访包里取出照相机，把墙上那密密麻麻的字全拍了下来，准备把照片作为礼物送给她。我觉得作为母亲，她确实不容易。

第二天，我接到异地任务，离开了这座城市。一个星期后，我结束采访，回到租住屋里，不禁大吃一惊，字墙没了，取而代之的是光洁照人的瓷面！房东告诉我，我走后，一个娇艳的女子叫人把字墙给弄掉了。望着四面白墙，我突然感到空落落的，像是丢失了一件心爱的宝贝。

现在，我唯一能做的就是把字墙的照片冲洗好，这成了我的一种神圣的使命。照片洗好了，我等待哑女的出现。可惜，很长时间过去了，她一直都没有踪影。

不知她到哪儿去了。

母亲的道理

胡美云

居家隔离的日子里，大家很快就安然接受了那份忽然而至的清闲，并各自投入自己的喜好中，安心居家起来。唯有年龄最大的母亲闲不下来，休息的几天里，从床底清扫到抹擦窗台墙壁，从床单枕套洗到窗帘，洗到无物可洗了就开始找些旧衣旧衫拼接缝补，忙到手脚没有停歇过。

中秋已过，江南的早晚开始寒凉，在南方长大的女儿已经穿上长衣长裤，视频里一脸敬佩与崇拜地说着："外婆真是厉害啊，这么冷了，她怎么还穿着短袖短裤呢？"女儿的话语如此熟悉，瞬间打开了我记忆的闸门。我笑着回了她："那是因为外婆没闲着啊。"

想起儿时的冬天，天寒地冻的，我们穿着厚厚的棉衣棉裤棉鞋，依然搓着手跺着脚哈着白茫茫的雾气，喊着："好冷啊，妈妈，你怎么不冷呢？"

那时候的母亲是年轻的，手脚利索，围着灶台不停手不歇脚地忙着。听着我们的话忙得只笑不应，一手掀起柴火灶上的大锅盖，一阵腾腾的热气，母亲的样子便藏匿了起来。我们开始往灶口的方向跑，亮堂堂的灶口是冬天最受我们欢迎的地方，火钳温热的把手都是可爱的。

母亲忙完灶上的事，开始忙着喂牲口，然后扫地，扫完房间扫客厅，再扫门前的院子，院子前的小路都要扫一扫。等扫回到灶口，看到暖了手脸却依然跺着脚喊冷的我们时，额上已经有些微汗的她开始朝着我们叫："来，扫把拿去吧，做做事就不冷了，这冬天啊，只会冻死懒人。"

我看着母亲，一脸的不信，但还是最先起身拿起了她手上的扫把——扫把的手柄被母亲握得真暖和，像个取暖器。我拿着母亲给的"取暖器"，开始挥动着扫起来，一下一下，果真像母亲说的一样，暖和了起来，连脚也暖和了起来。

洗洗扫扫煮饭吃饭，忙碌的上午过去了。午后母亲闲了，开始坐在火桶里缝补或者纳鞋底。我们坐在她身边，玩着玩着就闹了起来，闹到母亲没办法清净做事时，她便开始一边做事一边给我们讲故事，偶尔讲些神怪传说的，但讲得最多的却是一些劝人勤勉善良的故事，故事的最后，善良勤劳的人会过上幸福的生活，懒惰坏心眼的人一定会自食其果。有些戏文故事，她一边讲一边唱，偶尔看到我们一脸茫然时，也会停下来按自己理解的讲给我们听。

听着故事的我们一定很认真，因为，讲故事的母亲是那么满足与幸福：平时就和你们说过吧，春种秋收时一定不能偷懒啊，不然这寒冬腊月的要怎么过哦，冬天会冻死懒人的。

冬天冻死懒人，多么清浅的话语，多么平实粗糙的道理啊！但是，在那些艰难而贫困的日子里，它见证过母亲披星戴月的忙碌，见证过我们在她的努力下衣食无忧地成长——直到和她一样，让勤劳成为一种信念，成为一种习惯，成为今天幸福的生活。

因为你在，妈妈才活着

洪　征

"因为你在，妈妈才活着！"一位母亲深情的话语，如春天的阳光温暖了女儿的心。

马淑华被诊断为特发性肺动脉高压已经整整十年。确诊之后，医生认定她活不过三年。丈夫也在得知她患病的消息后带着银行卡悄悄离家，至今杳无音信。想又省钱又治病，马淑华为药厂吃了五年的试验药，做了五年的试验"小白鼠"。试验药的副作用让她内脏严重受损。后来她只能选择更加昂贵的进口药。然而这种药物一个月需要吃一盒，一盒价钱高达两万元！为了治病，她把房子卖掉，和女儿在学校附近租了一间便宜的房子。

病痛把她折磨得不成样子。面部浮肿，腹部隆起，腿部肿胀，整个人像一个发面团。有时胸痛，万箭穿心，仿佛数不清的虫子一起啃咬她的神经。她在半夜里醒来，口渴得嘴里冒火，想喝一口水，身边却没有人可以依靠。

最危险的是，她时常会晕厥。有一次她昏倒在门口，脸磕得青一块紫一块。更令人害怕的是炉灶上的烧水锅已经烧穿。幸亏女儿放学回来，及时发现。

病痛的折磨、丈夫的离去和高昂购药费的压力，仿佛三座大山，换成别人，也许早就放弃了，但是马淑华一直在默默坚持。她说："我是孤儿，最懂得孤儿的苦楚。不能让女儿那么早就成为孤儿！"

面对女儿含泪的目光，马淑华一边擦去成串的泪珠一边念叨："孩啊，是因为你，妈才不舍得死啊……"

这不禁让我想起来另一位伟大的母亲。

2017 年 3 月，张宁的大女儿萱萱被确诊为神经母细胞瘤，这种号称"儿童癌症之王"的病，仿佛一声炸雷，让张宁陷入无边的恐慌焦虑。无论如何，她必须救女儿一命。她带着孩子走遍天津、上海、北京的大医院。遍寻名医专家，只为救回孩子的命，短短一年半时间，70万元钱像流水一样花光了。

为了赚钱看病，张宁当上了快递员。每天从早上9点忙到晚上10点。她大部分时间都在奔跑。不管是一两瓶饮料还是十斤多重的蔬菜，她二话不说提着就上楼。有的时候，等电梯的人多，她就走步行梯，往往还比电梯先到。

天津河西区，有三十多个小区，密密麻麻的商家分布在差不多28平方公里的土地上。张宁在这些小区和商户间来来回回穿梭，一个多月里跑了3190公里。在2018年8月的31天内她送出900单，依然不敢停下来喘口气。

她心中只有这样一个念头：电动自行车不停下来，女儿的生命就有希望继续延伸。

母爱的脚步永不停歇，在女儿和死神之间，用奔跑扯开一个生命的距离。

伊拉克的一个小镇，"嗒嗒嗒"传来机枪扫射的声音，一群无辜的逃难者，随着枪声纷纷倒下。人群中，一个人倒下的姿势特别奇怪。她不是向前扑倒，而是慢慢地蹲下去。原来那是一个抱着孩子的年轻妈妈，她在中枪临死之前居然还怕摔伤怀里的孩子，而慢慢地蹲下去，她是忍着不死啊！

忍着不死，这就是母亲面对生命绝境的选择——因为她身为母亲。世界上的母亲们，哪一个不是这样呢——即使不舒服，也要为孩子准备好吃的；无论贫富，都想给孩子最好的；不辞辛苦，为了孩子付出一切。她们是女超人、女钢铁侠、女忍者……无私且坚强。

孩子是她们生命的炭火，孩子在，她们才坚强地亮着，不忍熄灭。

谁言寸草心

何志坚

某天，青悦文学社团，一群"00后"的大学生组成的文学团队，邀请我参加他们的互动话题："有没有哪个时刻，你好像突然理解了父母?"

在看到这个话题的那一瞬间，心底那一根最敏感最脆弱的弦似乎被触动了。我百感交集，对父母的愧疚让我疼痛得泪流满面。

我也曾年轻过，迷茫过，也曾经历了不少的坎坷与沧桑，懵懂而自私的我甚至曾把这一切痛苦的创造源都归咎于父母。特别是对母亲，一直都有种无法释怀的怨恨。

可当我慢慢长大的时候，当我病魔缠身痛不欲生的时候，当所有人都如避瘟疫般对我唯恐避之不及的时候，整个世界却只剩下年迈的双亲仍佝偻着也病恹恹的身子在身边不离不弃地陪伴我、安慰我。

那时候，看着父母日益苍老的脸，日益佝偻的背，日益霜白的鬓发，日益蹒跚笨拙的脚步，我开始悔恨。悔恨自己的自私与无情残忍地伤了父母的心。闭上眼睛，眼前浮现的都是父母为我操劳的身影。我看见父亲在厨房忙碌了一天只为了给生病的我做一顿可口的饭菜；看见母亲冒着倾盆大雨来到学校为我送伞；看见父亲在医院走廊的长椅上佝偻着身子，连续几天守着高烧不退的我；看见母亲正在昏暗的灯下为我缝补衣裳……以往的一幕幕在脑海中翻腾着，我的心被深深扯痛了，我突然无比地痛恨甚至无法原谅自己。过去我总是挑剔父母亲的不是，厌烦他们的谩骂与唠叨，对他们的始终如一的关爱与博大无私的付出却视若无睹!

我虽未为人母，但看着身边的闺密、同学相继地成了母亲，看着她们对孩子呵护备至，视若珍宝，无怨无悔地付出自己的所有，我的心被深深地感动与震撼着。

一位闺中密友因为身子弱，从怀孕到生产，足足呕吐了十个月，吃什么吐什么，每天靠着点滴维持着母子俩的生命。十月怀胎对于柔弱的她是怎样一种煎熬与炼狱般的过程，我看着都心疼，但她那时候却告诉我，她虽然很辛苦，可一想到腹中的宝宝便又充满了喜悦。她的QQ签名也让我很震撼:"痛并快乐着! 让暴风雨来得更猛烈些吧!"母爱的天性让她变得勇敢而坚强。

后来她不幸得了慢性肾炎,为了照顾孩子们,她错过了最佳的治疗时机,而且还坚持着不去住院,每天拖着虚弱病恹恹的身子为孩子们洗衣做饭,接送他们上课下课。为了能让孩子们吃好穿好,她节衣缩食,省吃俭用,连一点营养品都舍不得给自己买。因为操劳过度,她的腰总是疼得厉害,她告诉我她累得感觉自己真的快要死了,但一想到孩子们,她又浑身充满了力量! 那一刻,我的眼眶湿润了,这就是伟大的母爱!

所以从古至今,才有了那么多讴歌母亲的诗词。最让我动情的是孟郊的《游子吟》:

慈母手中线,
游子身上衣。
临行密密缝,
意恐迟迟归。
谁言寸草心,
报得三春晖。

每每忆起这首诗,就不由然让我联想到自己的父母。从我呱呱坠地到牙牙学语,一把屎一把尿地把我拉扯大,父母容易吗? 若不是看着闺密做母亲的艰辛,也许自己也无法想象父母的养育之恩到底有多深有多重! 听说我刚出生那会,母亲怕我挨饿,总会背着我去上夜班。一个女人背着个孩子来回走好几里的夜路,只为了她能喝上一口热奶!

我从小就体弱多病,到青春期的时候又得了严重的抑郁症与神经官能症,一直到现在的躯体化障碍,病了二十多年了,历尽人世沧桑,饱受世态炎凉与病魔折磨,是父亲十年如一日地在身边支持我、照顾我、安慰我、鼓励我,是父亲无所不在的关爱与温暖给了我坚毅的意志力,让我一次又一次地被生活、被病魔打倒后,又顽强地站了起来!

父亲大半生为我操碎了心,熬白了头,脸上也爬满了沟渠似的皱纹,记忆中挺直的身子,早已被生活的重担压得略显弯驼,曾健步如飞的他如今也步履蹒跚,行动困难。父亲那一双温暖的大手布满了触目惊心凸起的青筋与密密的老人斑，手心上也结了厚厚的茧。这一切都在痛击着我的心灵，撼动着我的灵魂。

是啊，我在长大，父母却在老去。父母用他们的爱，他们的健康，他们的一切换来了今天我的一切，却从无抱怨，也从没要求回报什么，在他们看来，只要女儿能健康快乐地活着，便是对他们最大的安慰了！而我却从不知道感恩，甚至吝啬得连一个微笑都不曾给过他们。回忆起往日的种种，对父母的愧疚让我疼痛得无以复加，我开始为自己过去的自私忏悔与反省。

闺密的舐犊之情和自己这些年的沧桑经历，渐渐让我幡然醒悟，懂得亲情是这世间最宝贵的东西，是黑夜中的一束柔光，指引我们迈出坚定的脚步；亲情永远都是我们人生的航行中最温暖的港湾，是永远都不会背叛你的情感！当全世界都离你而去的时候，父母依然会不离不弃地关爱守护着你。

所以当青悦文学的大学生们采访我的时候，我把我的经历与感悟都如实地告诉了他们。我在告诫这群年轻人的同时也在告诫自己：

家有一老，如有一宝。父母健在的每一天都是我们最大的福报，所以我们一定要好好地孝敬父母，有空常回家看看，多体谅关心他们，即便再忙，也要抽空打个电话回家问候下父母，报个平安，让双亲知道作为子女的我们永远都心怀感恩之情。也许这就是为人父母最大的欣慰了！

余秋雨先生曾说过：大地间最大的人情失衡便产生于父母与子女之间，而当子女们痛彻地发现这种人情失衡时，大多已无法弥补。正如古人所言，"树欲静而风不止，子欲养而亲不待"。人世最悲痛之事莫过于此！所以我们一定要好好珍惜父母在世的每时每刻，莫等父母终老时才空悲切！

母爱的"闹钟"

杨立英

　　我上班的地方与母亲的住处，一路之隔。中午去母亲那儿蹭饭，再睡个午觉。一年四季，风雨不误。

　　父亲去世后，母亲一人独居。她居住的大卧室，紧靠屋门，我午休的小卧室，在最里面。午饭清理完毕后，我和母亲各自回房休息。我习惯把门一关，形成独立的空间，母亲的房门，则永远开着。到上班时间，我踮起脚尖轻轻打开门，可无论我多么小心翼翼，母亲不管是否睡着，她总能听见。一骨碌爬起来，下床穿鞋，在客厅等着我出门。有时，只要晚了那么一两分钟，母亲便会推开卧室门，轻轻唤我："英子，到点了。"

　　母亲这一生，似乎习惯了做孩子们的"闹钟"。

　　小时候，我像个贪睡的小猪，天天睡不够的样子。五岁那年的一个阴雨天，我连睡一天一夜，醒来已是第二天深夜。母亲说："真是头能睡的小猪，唤也唤不醒呢。"上学后，贪睡的我时常找各种理由，今天肚子疼，明天头痛，耍着赖想睡懒觉。母亲识破后，费力地把我从被窝里拖出来。看到母亲额头的汗水，感受到了她的焦急，从此我不忍心再编造理由骗她。

　　那时，我家三个学生，上学时间段不一。姐姐上学的学校离家远，五点就要起床。我和妹妹的学校离家近，五点半起床。母亲喊醒姐姐，迷糊上一会，又要喊醒我和妹妹。有她这个"闹钟"，我们从未担心过迟到。

　　有次，母亲的"闹钟"失灵了。她受凉后出现寒战发烧，沉沉睡去，那一夜她似乎忘记了自己的"闹铃"使命。天亮后，我们摸着母亲火球一样滚烫的额头，紧急将她送往医院。迷迷糊糊中，母亲突然抓住我的手，焦急地喊："英子英子，到点儿了，快起床，快快……"然后，又昏睡过去。

　　参加工作后，一直爱睡觉的我，却偏偏从事了一份三班倒的工作。母亲吊着心怕我睡眠不足，每次都叮嘱："你放心睡吧，到点我喊你。"如遇大夜班，担心打扰家人休息，我想提前去单位，母亲找各种理由阻止："夜这么长，不睡会咋行！休息不好，咋有精神值班呢?"在我睡得又香又甜时，母亲却瞪大眼睛撑到深夜，只为到点唤醒我。

习惯了母爱的"闹钟"，有时我会故意和母亲开个玩笑，如小时一样，明明已经醒了，却装出熟睡的样子，躲在被窝等待母亲那声轻轻的呼唤："英子，到点了，快起来吧。"

这声呼唤，犹如最动听的音符，让我心中荡起阵阵幸福和温暖。

结婚后，我学会了独立，母亲却总是不放心，时常探询我几点的班，然后叮嘱我上好闹钟，别误事。有次我出差，母亲算好时间，我刚下车，电话就打过来，问我旅途是否顺利，中间没耽误坐车吧。她的惦记，让年纪一大把的我哭笑不得。

如今，母亲的年纪越来越大，行动一天天迟缓。而我也早已不是当年那个贪睡的小猪，即使不设置闹钟，也能按时醒来。然而，在母亲家，我却愿意顽皮地要求母亲："到点叫我啊！"年近九十的母亲仿佛一下来了精神，当作大事来做，连声应答："好好，你放心睡吧。"

母亲这台"闹钟"，为了她的孩子们设置的亲情铃声，无论多忙多累，总能嘀嘀嗒嗒，分毫不差。

我有时想，如果我的母亲真的是一台"闹钟"，该有多好！只要哪一天走不动了，我们更换上新的电池，就会嘀嘀嗒嗒，永不生锈、停歇。

母亲的"闹钟"，唤醒的是从母亲那里传递过来的，生生不息的爱。

母亲的站牌

赵海杰

闲来翻看旧书，几张泛黄的车票就从书页中滑落：敖汉—扎兰营、玛尼罕—扎兰营……车票的终点都落在村口的站牌上，那若干年前的时光，就沉甸甸地荡了出来。

中学时住宿，周日返校母亲一定去村口送我，回回不忘塞上几块钱："在家千般好，出门事事难。吃不饱时就买点，别挨着！"车上的人们探头向下瞅，母亲就使劲搓搓手上的绿草锈，显得有些难为情。我头也不回地上车找个靠前的座。钱上的青草味让我想起抹茶饼干，甜甜的。迎风向车外望去，才发现后视镜里印着母亲瘦弱的身影，那挂满绿草锈的手挥来挥去。

"井底的蛤蟆酱里的蛆，小米虫子挑不得……"我们敲打着饭盒边唱边对准水龙头往外漂饭里的虫子。那年代条件有限，学校没有专门的库房，粮食也都是各家父母背了送去，就堆在食堂后屋，春天一暖容易生虫。甚至偶尔会在吃饭时扒拉出一条蓝蜈蚣或长着密密麻麻大长腿的钱串子，免不了有人跑出去一通干呕。我伸手揣兜摸摸母亲的钱，一股股青草气就熏香了那些难过的日子。

周末一到，我掏出剩余的零钱来来回回地数：留出车费还能再买包方便面。我捧着面坐在车上脆生生地吃，直到班车"嘎"一声停在村口的站牌边，面刚好吃完。母亲微笑着伸手扶我下车，发丝上还挂着淡黄色的玉米花穗，像我吃面时落下的面渣。

上大学后花销高、离家远，回家的次数越来越少。闲余时去食堂里做兼职，每次回家便能为父母挑上点稀罕物。依旧是那条熟悉的路，依旧有温热的手扶我下车，只是母亲和那站牌一样，在风中越来越苍老。父亲说："只要接到你回家的信儿，你妈黑隆就起，饭也不吃跑去村口站牌下等，等多会儿都不嫌累。"

毕业那年，每月八百块钱的试用工资。为了节省房租搬去郊区住，每天天不亮就要去等车。没有母亲在的日子尤其怕黑，只有一闪一闪的晨星点亮着安静的站牌，我们便在那微光里做伴。

那日接到父亲急促的电话：母亲重伤，速回。一时间脑子空荡荡的，跑着去车站买票上车。从一个站牌到另一个站牌，我急得生哭：回家的路那么长，要多久才能看见母亲！车子"呜呜呜"的从黄昏到傍晚，穿过暗夜驶进黎明，我终于见到病床上虚弱的母亲。我们的泪水奔涌而出，却连一个拥抱都无处安放。母亲是放牧时被公羊撞伤的，浑身多处骨折。她面颊上凝固的血迹，像极了村口站牌上的锈斑，让我感到彻骨疼痛。

在医院的那段日子，既苦难又幸福。断裂六根肋骨，母亲连气也不敢大口地喘，哪怕轻咳一声泪水都会奔涌出来。那么多年我只顾着享受母亲的温暖，从未转过身好好关爱她一回。那是第一次为母亲擦脸，温热的毛巾敷上去，道道皱纹就慢慢舒展；那是第一次为母亲洗手，因过度劳累而粗壮变形的手指就在温水里逐渐柔软，散发着熟悉的青草香。"越老越不中用，还给儿女添麻烦……"这样说着母亲的泪就又淌进花白的鬓角。"都是为了我们才受的伤！"我扭过头使劲揉了揉双眼。"过两天就回去吧，我这硬朗多了。刚工作没多久就请假给领导印象不好！"母亲要强地欠了欠身子又无力地躺下。"领导是咱老乡，人好着呢，放心吧！"我伸手捋了捋母亲额前的发丝，俯下身轻轻亲了一口。临床的大姨看过来："啧啧，看人这娘俩的感情！"母亲不好意思地笑了，脸上红扑扑的。

那段时间，我在医院和家之间来来回回地跑：拿件毛衣、熬碗鸡汤，叮嘱父亲照顾自己。每次路过村口，都忍不住停下匆忙的脚步：站牌孤零零地立着，有风吹过，她紧着点了点头，她一定也在惦念着母亲。

母亲的坚持训练使身体慢慢恢复健康。生活越来越好，城市的灯光五彩斑斓，路边的站牌也一个赛一个光鲜，可我仍旧想念村口最老气的那块——她懂母亲的故事，她一直陪着母亲等我。

母亲年纪大了，常忍不住打电话过来：父亲做的饭没有从前好吃，时软时硬；家里的鸡一冷就不肯下蛋，白白吃那多粮食；老黄狗有油有肉的还不安生，夜里叫啊叫，吵得人睡不好。母亲总有说不完的话，就像小的时候我总有问不完的为什么。一根电话线牵着她那长长的思念就勾住了我的衣角，我把整座城市的记忆通通打包，唯独留下一张回家的车票。唯有母亲的站牌是最不可错过的站点。

帮母亲吹头发

乔凯凯

母亲骑电瓶车外出，雨天路滑，转弯时不小心摔了一跤，幸而没有什么大事，只是右手手腕处轻微骨折，医生说在家休息一段时间就可以痊愈。

手腕骨折，很多日常事务自然就不能处理了，比如做饭、收拾房间、洗衣服等，我拍着胸脯保证："别担心，都包给我了。"虽然平日都是母亲负责家务，但我偶尔也会帮母亲干一点，所以做这些事情不在话下。我每天早起给母亲熬粥，中午路远回不来，我有时给母亲点个外卖，有时母亲自己用现成的食材煲个汤喝，也很方便。晚上时间比较充裕，下班后我直接买好菜，回来做饭陪母亲吃，吃完饭后还可以洗洗衣服、打扫一下卫生。母亲夸我孝顺，我对自己的表现也很满意。

那天上午外出办事，结束时临近中午，刚好离家很近，我就去饭店打包了两份饭，回家和母亲一起吃。这段时间，客厅是母亲的老地盘，但这天她没在客厅看电视。我叫了几声，卫生间传来母亲的回应。十来分钟过去，母亲还没有出来，我走过去查看情况，听到了吹风机的嗡嗡声。原来母亲在吹头发。

母亲有一头齐腰长发，留了几十年，虽然年岁已高，但仍乌黑亮丽，很少见白头发，谁见了都忍不住夸几句，这也一直是母亲的骄傲。听母亲说，当年她怀孕快要生产的时候，很多人劝她把长头发剪掉，否则坐月子期间不方便洗头发，又热又脏，岂不是累赘？母亲却不肯，她说自己有办法。在生下我的前一天，母亲自己细细地把头发编成一根大辫子，盘在头顶，这样很长时间都不会乱。老辈人常说，月子洗头容易落下病根，不允许产妇洗头。母亲坐月子期间，让父亲帮忙配合，躲着奶奶，悄悄洗了两三次头发。奶奶很吃惊，儿媳妇一个月不洗头发，头发居然还是那么干净顺滑！

母亲很会保养头发，一周会洗两三次。每次洗头发，母亲都会调好水温，过高或者过低的温度都会刺激头皮，对头发不好。先用洗发水洗一遍，接着用护发素养护，冲洗干净后，最后用吹风机仔细吹干，再抹上精油护发。母亲的头发不仅长，而且浓密，吹起来挺费劲的。尤其是现在，母亲的右手不能动，她用左手拿着吹风机，举到头顶去吹，艰难又别扭。

　　我走到母亲身后，接过她手里的吹风机，想要帮她吹头发。母亲愣了一下，随即顺从地站好，任我一手抚着她的头发，一手拿着吹风机轻轻地吹。我身高一米八，母亲不足一米六，这样的身高差很适合我帮她吹头发，我不费劲儿，母亲也舒服。母亲微闭着眼睛，似乎很享受此刻的温馨，她很是欣慰地说了一句："儿子帮我吹头发，比我自己吹省力多了！"

　　我突然有些羞愧。就在此前，我还沾沾自喜，觉得自己做得很好，对母亲照顾得"无微不至"，现在我才意识到自己差得太远了，只看到了物质上的一点需求，却忽视了其他方面的东西。我知道母亲的头发对于她的重要性，却没有想到在母亲右手受伤期间，怎样帮助她解决洗头发、吹头发的问题。这对于我真的只是"举手之劳"，我却给忽视了。

　　这是我第一次帮母亲吹头发，以后还会有很多次。当然，不只是吹头发，我要把曾经忽视的东西都补上。幸运的是，母亲愿意等，我还有机会。

母亲的"经书"

冯剑芳

腊月里的一个早上，下了一场薄雪。母亲一不留神，摔了一跤，左手腕骨折，住进了医院。啥活也做不成，还得花钱，母亲有些惆怅。"老天爷让你歇着呢!"弟媳宽慰着母亲。出院的时候，在我有点任性的央求下，母亲才跟我回家。

早上，等我听见声响，母亲已经挎着胳膊在厨房忙碌，看到母亲被绷带勒住的手指肿胀得发亮，我的心猛地一抽，似油煎一般难受。

打我记事起，母亲的手背就比正常人厚两三倍，一年四季高高隆起，手指头也比别人粗上一两圈。一到冬天，又红又肿，四处皲裂，那些小口子就张着嘴，往外流着脓血，直到夏天结痂。手背上白一块，紫一块，那是为了撑起这个家，又多添的一道道伤疤。

母亲喂猪，是我家的第一支"晨曲"。"就你吃得急，别抢! 你，别磨磨蹭蹭的，快点!"

猪食是花生的藤蔓磨成的草面拌上热乎乎的白菜帮，或者萝卜缨，再添上点精饲料。母亲说起她的猪，就像说起她的孩子，谁精明，谁老实，谁挑食儿嘴刁，谁皮实好养，她如数家珍。到年底，我家的猪总能卖个好价钱。总有几天，母亲望着空落落的猪圈轻轻摇摇头。有一年，家里只养了一头猪，这头猪很淘气，竟然喜欢冲出猪圈往外跑，年底没能上膘。父亲决定自家杀了吃。它被抓的时候仿佛知道自己即将面临的命运，裂开嗓子"吱——吱——"地叫着，仿佛在乞求人们刀下留情。它被抬出猪圈的时候，我看见母亲背过身去，用她长着冻疮的大手，偷偷抹着眼泪。晚饭时，父亲不无惋惜地告诉母亲，猪肚子里面有十余头小猪崽，母亲放下的碗，再也没端起。

春天，麦苗返青，我和妹妹跟着母亲去浇水。我们站在田垄边，竖着耳朵听流水淙淙地灌溉庄稼，满一个畦的时候，我们喊声"到"，母亲麻利地脚下一蹬，双手一用力，三下两下，铁锹带起厚厚的土，落在垄沟上。"哗"，水流改变了方向，母亲还未痊愈的手背却崩了几个口子，鲜红的血液汩汩地往外冒。贪玩的我们很快就忘了自己的"任务"，撇下母亲去捉"黑老包"，拧"柳哨"去了。十亩地的庄稼全靠母亲一人。父亲先是村里的支部书记，后来又去乡里的计生委工作，一到农忙时节，父亲就有加不完的班。

秋天，母亲带着我们姐弟三个去摘棉花。她伸出大手，厚厚的手掌把盛开的棉花一把攥住，往上轻轻一扬，肉墩墩的棉花就全部听话地跑到她的手掌心，被塞进绑在腰上的包袱里。"一定要把棉花摘干净，否则残留下来的'眼睫毛'晚上就会飞到你的眼前，让你睡不着觉。"母亲一边示范一边叮嘱我们。我和弟弟学着母亲的样子，一招一式地摘着棉花，只有妹妹猴急地跑到了最前面，落下许多"眼睫毛"。母亲也不急，跟在妹妹后面打扫"战场"。渐渐地，包袱里的棉花越来越多，我们都拖不动了，母亲也艰难地挪着步子。雪白的棉花倒在刚刚泛绿的麦田上，堆成高高的小山。红艳艳的夕阳像车轮那么大的时候，"小山"变成了"大山"。"幸亏有你们，我一个人得摘到什么时候啊！"母亲颇感欣慰，我们姐弟三个仰起自豪的笑脸。我身为长女，为家庭有所担当的责任心，大概是这时候来的吧！

棉花收成最好的那一年，母亲奢侈并且坚决地请求父亲买来一台收音机。"嗒嘀嗒——小喇叭开始广播啦"！故事和歌谣浸润了我们的童年；《白眉大侠》《窦娥冤》……在评书和舞台剧中我们成长，明是非，养浩然正气；《梅花三弄》《四小天鹅舞曲》……耳边忽然传来的名曲是我们最早的艺术启蒙。

"家纵贫寒，也须留读书种子"，母亲文化不高，也懂得这个道理。谁考试得了第一名，母亲就带谁去新华书店，可以挑选一本自己最喜欢的书。

冬天的夜里，昏暗的灯光下，我们和母亲一起剥花桃。睡觉前，母亲用不知从哪里寻来的，不冻手的偏方熬制成热汤。热气慢慢浸润手背，我们把温热的汤水捧在手心里，打在手背上，裂开的口子，疼得母亲不时龇一下嘴，可这时，分明又是她一天中最惬意的时光。

那时候的冬天，滴水成冰。母亲站在院子里，伸出红肿的双手从半自动洗衣机里打捞着衣服，她不让我们姐弟三个触着凉水，她怕，怕我们的手像她一样。

缝纫机"嗒嗒嗒嗒"地唱着歌，母亲像一位神奇的魔术师变出我们一家人四季的衣衫：我的偏襟小袄，妹妹的泡泡肩小褂，弟弟威武的军装，父亲笔挺的裤子。母亲带上她的大顶针，飞针走线，穿过厚厚的鞋底，换来我们脚下的舒适。我们的棉衣总要比人家厚实一些，手套也常被调皮的男生称为"熊掌"。

熟透的西红柿最便宜，母亲买来满满的一大盆。我们姐弟把切好的西红柿一瓣一瓣塞到玻璃瓶里，母亲把它们放到锅里蒸，自制番茄酱就做好了。到了冬天，拿出来做成西红鸡蛋面，那味道，别提多鲜多香！

那些清贫的岁月里，母亲的手是一团火，为我们驱走严寒，带来幸福，平安，喜悦和诗意。

"遗子黄金满籯，不如一经"，母亲亲身躬行，不正是值得我们用一生去学习的"无字经书"吗？

母亲坐在沙发上打盹儿，我把炖好的鸡腿端到她的面前，母亲还不习惯我的照顾，接过我手中的碗："我自己来，自己来！"

母亲努努嘴："你看，这书写得真好！'人老了，嘴却没有老，依然喜欢唠唠叨叨'，这好像是在说我呢！"

茶几上摊放的是作家朱成玉的书，母亲不知道，我把作家写母亲的文章反复看了多少遍，我多想把她也写进自己的文章里，写一写她留给我们的胜过千金的"经书"！

母亲的庄稼地情结

范宝琛

母亲在农田里忙活了大半辈子，年老了，腿脚不灵便了，却依然舍不得放弃那块麦田，黝黑的土地里生长着母亲寄予生活的希望。

闲暇时，母亲会一个人坐在田埂上，久久凝望着一大片郁郁葱葱的麦田。春风拂动着麦苗发出愉悦的声响，母亲惬意地笑着，舒展了眉头。

那块麦田曾经是一片荒芜之地，荆棘丛生，长满了野草。母亲一锄头一锄头刨下去，开垦的土壤湿润，透着灵性，播种下的小麦长得格外茂盛，结出的麦穗子饱满得像要咧开嘴。

母亲从小对粮食怀有一种敬畏。她读书不多，却懂得粮食是当家过日子的命根子。

过去很贫穷，我是地瓜饼子喂养大的农村娃，想吃一餐白面馒头简直是一种奢望。逢年过节，偶尔吃到的也是黑面做成的，外面裹一层白白的面皮。

母亲继承了外婆节俭的家风，就连掉在餐桌上的饼子渣，也会拈起来放进嘴里。母亲常讲起外婆的故事，农忙时遇到别人丢弃的地瓜蔓藤，外婆会捡拾回来理顺了搭在墙头上晾干。外婆感慨，这叫有备无患，遇上灾荒年啥的，就可以派上用场了，至少能让一家老小不挨饿。母亲说着话，眼里突然盈满了泪。

我对外公几乎没啥印象，只知道他在母亲年少时就去世了。外公年轻时当过兵，退伍后在生产队负责看守粮食。性格倔强的外公将粮仓看管得严严实实，谁也休想从他眼皮底下顺走一粒米粮。闹饥荒的岁月里，家家户户吃不饱、穿不暖。外公守着偌大的粮仓饿死了，他的身子底下就是地窖入口，那里储存着全村人赖以度冬的半窖子地瓜。村里人感叹外公不愧是个好党员，宁肯饿死也不肯偷吃集体的口粮。

母亲嫁给了父亲，虽然收获的庄稼可以解决温饱了，但母亲仍然稀罕那块荒地。在母亲的精心侍弄下，荒地里冒出了绿油油的庄稼。

母亲干农活样样在行，驾车扶犁使唤牲口都得心应手。年复一年，这种繁重的体力劳动终于将母亲的身子拖垮了。医生郑重地告诫说，这是劳动过强并且长期缺乏营养导致的严重骨质疏松症，母亲不适合再干农活了！

不能下地干活，母亲时常嘱咐父亲千万别荒了那块地。那里的土壤滋润，顺手撒播一些种子，就会收获几百斤粮食。

有一年，麦收季节雨水泛滥，尤其雷阵雨来势凶猛，猝不及防。那天，父亲在田地里劳作，天气骤变，他撒腿往家跑，因为庭院里还晾晒着两亩多的小麦粒呢。

回到家，父亲愣住了，晾晒的小麦被收拢了起来，上面还严严实实地遮挡了雨布。母亲浑身上下淋透了，正坐在木凳上喘息。父亲心疼地埋怨母亲，咋不怜惜自己的身体呢，万一累出毛病咋办? 母亲反驳说："看到雨点子噼里啪啦掉落下来，哪能眼睁睁看着麦粒淋了雨打了水漂?"

母亲十多年没再下地干活，那块地依然让她牵肠挂肚。天气晴朗了，她会蹒跚着脚步去看那块麦田，蹲下身细细嗅闻着泥土的味道。那时候，母亲脸上涌现的是满足的笑容。

如今，老百姓的日子越过越滋润。上了年纪的母亲佝偻了腰，花白了头发，仍不肯放弃那块农田。耕种季节，母亲慢吞吞地跟在父亲身后。母亲说，种下了粮食，丰收了，心里才踏实。

经历了漫长的岁月洗礼，我终于明晰母亲种地的执着情感——麦田里珍藏着母亲对岁月的思念情结，也镌刻着母亲对早逝的外公深切的怀念。

母亲是人生所有问题的答案

张燕峰

东晋名将陶侃出身贫寒，少年丧父，与寡母相依为命。后来，陶侃做了一个管理鱼梁（在水中筑堰用于捕鱼的装置）的小官。一天，他把鱼品腌制坊的一罐鱼干托人送给母亲。

陶母经年累月的粗茶淡饭，面对如此美味的食物和儿子的拳拳孝心，她没有欣然接受，相反忧心忡忡。她把鱼干重新封好，让来人带了回去，并给儿子写了一封信：汝为吏，以官物见饷，非唯无益，乃增吾忧也。意思是说，你用官家的东西来孝敬我，对我来说非但无益，相反让我很为你担忧。

陶侃看到母亲的信后非常羞愧，从此清白做人，廉洁为官，踏踏实实，一步一个脚印，以良好的品行赢得人们的广泛赞誉，终于在门阀壁垒森严的东晋脱颖而出，成为一代名将，为后世景仰。

陶母真不愧是一位贤德的母亲。她终日以粗糙的饭菜果腹，面对从天而降的美味佳肴，却没有喜出望外，欢天喜地地大快朵颐，或在尽享美食后对儿子的行为大加赞许和鼓励。相反，她保持了足够的冷静，她清醒地认识到人的贪欲一旦打开缺口，必将如洪水泛滥，一发而不可收拾，所以她流露出对儿子深深的忧虑。她的信如当头棒喝，给陶侃敲响了警钟，让他对自己的行为深以为耻，并引以为戒，时刻保持警惕，严于律己。

苏轼的母亲程夫人也是一位见识不凡的母亲。苏轼幼年时，程夫人曾以古代志士的事迹勉励儿子砥砺名节。一天，程夫人给苏轼兄弟讲东汉史《范滂传》。范滂为官忠贞不阿，检举贪官污吏，最后受到奸党陷害而死，临行前母子诀别，范滂说："我今天离您而去，请您不要太过悲伤。"母亲含泪说："名誉与长寿往往不可兼得。你今日有了这样的好名声，我还有什么好悲伤的呢？"

故事讲完后，苏轼说："母亲，我长大了，要做范滂那样的人，您允许吗？"程夫人莞尔一笑："如果你能做范滂那样的人，我难道就不能做范滂母亲那样的人吗？"

正是因为少年时经常得到母亲的勉励，苏轼不仅从小立下远大的志向，而且养成了坚毅豁达的性格，尽管一生历尽磨难，饱尝贬谪颠沛之苦，但总能苦中作乐，从容地面对人生的风霜雨雪。

作家梁晓声在他的长篇小说《母亲》中记述了这样一件事：小时候，家里缺粮，饥饿困扰着他们。一天，他拿着布袋到母亲工作的厂子里摘了满满一袋榆钱儿，心想，终于可以填饱肚子了。回家的路上，遇到几个同样饥肠辘辘的孩子。其中一个孩子央求说："给我一点儿吧。"梁晓声紧紧捂着袋子，坚决地说："不给。"另一个孩子也苦巴巴地请求道："给我一点儿。"他还是说不给。后来，一个孩子喊道："抢！"瞬间，五六个小孩围了过来，梁晓生拔足狂奔。他跑得快，后边的人追得更快。最后，榆钱被抢光了，连袋子也被抢走了。回到家里，他哭着告诉了母亲。母亲说："孩子，这事怪你，好东西哪里能独自享用呢？你只要分给每个人一点，就不会发生这样的事。"

我们不得不佩服梁母人情的豁达。要知道，一个人的愤怒会演化为一个人的暴力，集体的愤怒演化为集体的暴力。原本用一把榆钱就可以安抚那些饥饿的嘴巴赢得大家的感激，却因为自己的吝啬小气最终两手空空。梁母的教导影响了儿子，梁晓声后来为人处世总是关怀别人，设身处地地为别人着想，他的作品中充满浓厚的悲悯情怀，赢得了许多读者的喜欢和朋友们的敬重。

母亲是孩子的第一任老师。耳闻目染，潜移默化，每一个孩子身上都会打上母亲给予的烙印。每个人的性格命运，都能从母亲的身上找到遗传密码。民间有一种说法：好女人福泽三代，赖女人遗祸三代。可见母亲在家庭中所起的作用至关重要。

母亲是人生所有问题的答案。

捞月亮的母亲

石 兵

捞月亮的人，是一位母亲。

在那座川藏交界处的偏僻山村里，我遇到了她和她时年六岁的儿子。彼时我还只有二十出头，心性跳脱，常常只背着简单的行囊信马由缰，漫无目的地四处游荡，那座贫瘠的大山是我在天黑之后来到的地方。在一处平整的山坡，我支起随身携带的帐篷，准备在野外过上一夜，就在似睡非睡之际，我听到远处传来了窸窸窣窣的声音。

我吃了一惊，以为是有野兽出没，顿时睡意全无，连忙小心地坐起身来，慢慢拉开帐篷一角，仔细寻找声音的来源，很快，顺着声响传来的方向，我看到一个提着水桶的女人领着一个脏兮兮的小男孩，披着漫山的月光从山下走来。

我屏住呼吸，这时已经接近午夜零时，居然还有人来山上汲水，种种灵异传说让我不寒而栗。可是，这两母子似乎根本没有注意到山路旁边突兀而出的帐篷，女人一手提着水桶，一手牵着男孩，两人一言不发，不疾不徐地走着，只是短短几分钟，便在我视野中只留下了模糊的背影。

好奇心最终让我战胜了恐惧，我走出帐篷，小心翼翼地循着他们的背影走去，走了大约半个小时，远远地，我看到母子俩停下了脚步，那里居然有一口水井，女人将水桶拴上绳子，放入井中，嘴里开始喃喃地说起了什么。

这时，我已经确定，这只是一对普通的山村母子，于是，我大着胆子走上几步，终于听到了女人说出的话语。

"只有这个时候，井里的月亮才最大最圆，狗儿莫急，娘给你捞一个上来，回家以后放在你的床前。"女人的乡音十分绵软，不像山里女子所固有的泼辣。

"娘，月亮落在水里，是不是就被洗干净了，不像在天上那样模糊着让人看不清楚了？"儿子稚嫩的声音充满着期待。

女人顿了一顿，说："狗儿说得对，月亮被水洗了以后，可好看了，就像狗儿的眼睛一样好看。"

听了母亲的话，小男孩笑了起来，奶声奶气的笑声顿时让幽黑沉默的大山有了勃勃生机。

母亲用力地在井中提出水桶，然后弓着腰提起水桶，另一只手牵着小男孩，吃力地踏上了归途，走上十几步，瘦弱的母亲就要休息一下，停下的时候，她抚摸着小男孩的头，再看看天上与桶里的月亮，神情中竟有掩不住的忧伤。

我不再犹豫，快步从低凹处走了出来，来到他们的面前。在寂静的午夜，这对母子竟对我这个不速之客没有丝毫不安与恐惧。

我说："大嫂，我来帮你提水吧。"

女人没回答我，自顾自地说："你是刚才路边帐篷里的游客吧，这山上很凉，收了帐篷跟我们到家里休息吧，本想下山时再叫醒你的，没想到你跟着我们上了山。"

我顿时恍然，原来，她早就发现路边的帐篷和我了，只是也许早已司空见惯，所以没有刻意多看几眼罢了。

走近以后，我才发现，小男孩的眼睛似乎有些问题，月光在他的眼中有些泛白，似乎隔了一层厚厚的雾。

女人对我说："狗儿眼上有病，长了白疮，你们城里人叫白内障，我正在攒钱给他治，听说这病不难治，但是耗不起时间，要早治，这不白天，我上了一天工，给人纺丝线，晚上才能照管家里的田地，刚刚散了工，想起家里没水，才在这个时候上山，好在狗儿眼不好上不了学，不用担心明天他要早起。"

或许是看到了我眼中的疑问，女人接着说："狗儿爹去了城里打工，那里挣钱多一些，家里就只有我和狗儿了。"

我没有再说话，默默地提起水桶，慢慢地跟着两母子下了山，经过帐篷时，我用最短的时间收拾好行囊，把它背在身上，然后执意再次提起水桶，一路来到了女人位于半山腰处的家里。

这个小村落只有三四十户人家，同样的贫穷让女人无法得到他人的帮助，可女人跟我说起这些时却一如既往的平静。她说，乡邻们已经帮了她很多，不能再麻烦人家了。

在家里，女人熟练地烧水给我喝，然后铺床，哄儿子睡觉，一切都像外面森严的大山一般井然有序。

我躺在外间屋原属于男人的床上，听到了两母子在睡前的交谈。

儿子说："娘，我想爹了，今天山上遇到的那个人好像爹啊，个子一样的高，手一样的有劲，可我就是看不清他的模样。"

母亲说："狗儿，快睡吧，睡着了，就能见到你爹的样子了，再过上半年，咱们就去城里找他，治好你的眼睛。狗儿知道吗？你的眼睛跟天上的月亮一样好看，娘就是这条命不要了，也要把它从水里捞上来，让你看清楚你想看的一切。"

或许是怕打扰，两母子说话的声音很轻很轻，我却早已听得泪流满面难以自抑。

第二天一早，我匆匆结束了旅行，回到城市，用最快的时间联系好医院，然后找朋友开车来到大山接这两母子去医治眼患。面对他们的道谢，我竟羞愧得无地自容。

时过境迁，那位捞月亮的母亲或许并不知道，她捞起的并非只有一份属于自己的美好愿望，更有一个旁观之人的迷途之心，只有我自己知道，当时的自己正因为一场懵懂爱情的破碎而选择了放逐与放纵，却忽略了这世间还有那么多更加珍贵的事物，譬如四处寻找我去向的焦虑父母，譬如被青春之雾迷失视线的纯真心灵，譬如这世间那么多的温暖与悲凉，伤痛与希望。

母亲的琥珀

舒春霞

母亲年轻的时候是个大美女，脖子上爱挂首饰，尤其喜欢父亲从国外给她带回来的那颗琥珀——通透的碧绿，拇指大小，水滴模样，令人爱不释手。我特地查了寓意，琥珀象征着爱意和关怀，还代表着勇敢和不怕痛楚。难怪母亲情有独钟。可是有一天，父亲突然不在了，母亲把所有的首饰取下来，永远地放进了抽屉，唯独这一颗琥珀例外。

我永远忘不了那一天，放学回来，家里烟雾缭绕，厅里站满了人，我一遍又一遍地问母亲："妈妈，爸爸怎么了？他还会醒过来吗？"母亲喃喃地说："会的，一定会的。"我看到她的身体不住地抖，却还要假装坚强，摸我的头安抚我。一边给我拭泪一边说："不哭啊，有妈妈在，就有爸爸在。"

母亲一滴泪也没有流，这种极为沉重的不愿外露的忧伤让空气都凝固了。那个时候，母亲已经怀孕五个月了，她紧紧地抱着我的肩膀，我们相依为命。她脖子上的那颗琥珀挨在我的脸上，仿佛眼泪，冰冷又清澈。

父亲走了之后，家境一落千丈，就像是一瓶醇厚的红酒，瓶盖突然漏了气，变得又酸又涩又苦。我们即将要面临的是母亲分娩之事。母亲常常坐在床头，手里拽着那颗琥珀，从这头摩挲到那一头，又从那一头摩挲到这一头，一愣神就是半天。小小年纪的我，经常听到周围的人说："唉，她们孤儿寡母可怎么办哦，没有钱，也没有人。"我虽然只是个十多岁的孩子，听了这些话，心里也不免焦急，便说给母亲听。母亲说："不怕，爸爸一直在的，他会佑护着咱们。"我不知道母亲为何说父亲一直在，但心里终归是安定了些。

临近预产期的时候，母亲接到月子中心的电话，原来是父亲早就在几个月前预定好了。母亲心里的一块石头落了地："看吧，我就说你爸一直在吧，什么事都不用担心！"父亲就是这样一个关怀和体贴的人，如同母亲身上佩戴多年的那一块碧绿的琥珀，我听说碧绿的琥珀非常稀少，而且琥珀谐音"湖泊"，父亲亦如湖泊一般，宁静而又宽广，环抱着他的亲人。

母亲坐月子的事情刚刚落实完，我的钢琴课又该续费了。我从五岁开始学钢琴，八岁在市音乐厅演奏，父母一直寄予厚望。母亲取下琥珀，掂在手上翻来覆去，我看出她的心思，大概是想拿去精品店换钱了。"妈，我不学了，在家练习就行。"我流着泪对母亲说。"瞎说什么呢? 有钱的，不要担心。"母亲拿着装有琥珀的首饰盒，拎着家里珍藏了多年的茅台出门了。一周后母亲陪我去上钢琴课，路上我问她："你是要跟老师说我爸爸的事情，对吗? 然后让他同情我们，宽限我们交费?""不会，不会，放心。"母亲坚定地说。小小的我自尊心很强，父亲的事情让我仿佛是被人扒开伤口撒盐一样疼痛，我的内心不愿意接受自己是一个没有父亲的孩子。到了老师家，母亲从袋子里拿出厚厚的一个信封："老师，这是半年学费。"回头叮嘱我，"我先回去了，你安心学啊。"我的眼里噙着泪，只有我自己知道母亲为什么是嘱咐"安心"，而不是"用心"。

我们渡过一个又一个难关，现在想想，当时的情形与《包法利夫人》中艾玛离世之后的情形如出一辙。"每个人都乘机想得到一点好处。朗珀乐小姐来讨六个月的学费，虽然爱玛从来也没有上过一次课……"我们经历着人情冷暖，认清不同的嘴脸，勇敢的母亲依靠法律为自己维权，傲人地活着。她说心正便会心安，心安即平安。

妹妹出生之后，母亲陀螺一般，一边工作，一边照顾我们，日子仿佛阳春三月的植物一样丰满地复苏了。我的钢琴费用很高，但是我没有落下一节课，单枪匹马的母亲活了个千军万马，没有让我们的生活品质受到半点影响。

在我们最为困难的时候，这颗琥珀永远离开了，它给我换回了学费。它曾经与母亲朝夕相处，寄托着一个妻子对丈夫的无比眷恋。有一天，母亲在换衣服的时候，我惊讶地发现她的脖子下面大约两寸的地方，竟然出现了一块斑痕，拇指大小，水滴模样。原来那琥珀真的永远在，那块斑痕就是啊! 母亲已然将它深深地刻在了心里。那是爱的痕迹，亦是父亲的魂魄。就像一个顽皮的孩子在耍赖，栖息在母亲的胸口，不忍离开。

此刻，我刚刚弹了一曲《In Loving Memory》，母亲在厨房忙碌着，妹妹在她身边跑来跑去，我坐在窗前看着夕阳。好美啊，可惜它即将沉没，可那又有何妨! 它坠下去，是为了把月亮托起来。我拿起手机，把它拍下来，定格下来的夕阳有着油画般的质感，仔细看着，就像是一滴晶莹的琥珀。

浪漫的母亲

张亚凌

我一直觉得，母亲从骨子里是个很浪漫很浪漫的人。

记得小时候，切面条时，母亲总会把我喊到案板前，问，凌娃，想吃啥样子的面条？我呢，歪着脖子仰着脸蛋，边瞎想边瞎说，母亲就按我说的样子来切：三角形，菱形，正方形，长方形……我说啥她就切成啥样的。父亲总责怪母亲，说大人没大人样，你就跟着娃贪玩吧，吃一顿饭都吃得乱七八糟。

父亲不知道的是，就是因了我的参与我的瞎想瞎说，我才嬉戏般吃完没油水没菜的杂粮面条，还吃得有滋有味。

用糜子面、玉米面、红薯面蒸馍馍时，母亲更民主。只要我们兄妹没事，都可以趴到案板上参与。洗干净的各种豆子就放在旁边。馍馍的形状随便捏，可以在里面放进自己喜欢的豆子。母亲只是强调说，自己捏的馍馍蒸熟后就是自己的了，得吃完，不许耍赖的。已经说好了，我们就没有抱怨地吃着其实并不喜欢吃的各种馍馍。不过就因为有几粒豆子包在里面，且是自己包进去的，吃时的感觉就好多了。

想想看，几个箅子上，东倒西歪着不同形样的馍馍，谁家会这么开明？只有浪漫的母亲才会想到用种种方式刺激孩子们的味蕾唤起孩子们的食欲。

母亲的浪漫，当然不止这些。

想想，吃个苹果都像过年一样隆重的年月，院子里的苹果树上结了多少苹果，都在母亲反反复复中数得清清楚楚，我们绝对没有机会偷吃的。摘苹果是母亲亲自做的事情。高处，母亲会站在梯子上小心地摘下来，绝不会不小心撞掉一个苹果的。不过，母亲每次都会留一个苹果在树上，说是给鸟雀的。

树上是结了好些苹果，可一条巷子好歹也二十几户人家，每家送两个，也留不下几个让我们吃。我们自然也不会空手回来的，我们不过是用苹果一种味儿，换来了很多味儿。

呵呵，人都吃不饱，还给鸟雀留。一棵苹果树让我们吃到了许多味儿。这都是母亲的浪漫啊。

记得那年我要外出求学了，母亲把我和父亲送到村口。准备离开了，母亲又喊住了我，从兜里掏出一把钥匙，还挂着一个小绒球。"把大门钥匙带上，我娃走得再远，都会觉得像在自家屋里一样舒坦。"

"想家了就看看钥匙，家门就推开了。"我和父亲已经走了老远，母亲还在叮咛。

还别说，想家了，我就掏出钥匙。看着看着，恍惚间就进了家，就来到家里的角角落落，想家的难受劲就被慢慢地稀释了。

我一直觉得，给我钥匙是母亲做过的最最浪漫的事。

母亲真是个浪漫的女人，田地分到各家各户了。人家种庄稼，都磕着边种。母亲倒好，地前面种一溜向日葵。只是图了好看——不等熟好，就被路人摘了。在父亲嘟哝不合算时，母亲说了，咱看了芽儿拱出地面，看了叶子变宽变大，还看了多日的葵花盘。人家就图了个嘴快，还是咱划算。

瞧瞧母亲，算得失都算得如此浪漫！

说实在的，我成长的快乐得益于母亲的浪漫。

也记得三十多年前去赶集的事。8分钱一碗香喷喷的莛面，娃娃们围着吃，大人们乐呵呵地看着，不吃也香。而我的母亲则是将我拉到书摊前，慷慨地给我2毛钱，并嘱咐道，好好看。

母亲信奉"嘴瘾一过就消化了，眼瘾一过就留心里了"，当别的母亲给自己孩子带回来吃的东西时，她给我带回来的多是本子、笔，或者书。三十多年前的关中农村，连吃饭都是问题，母亲却给我订了一本少年阅读的杂志。

巷子里别的女人不理解我的母亲，说她"不会过日子"，可我知道，是浪漫引领着我的母亲站在"今天"里看的却是"明天"的风景。

我喜欢母亲身上的那股浪漫，我今天之所以喜欢写作，多半是继承了她的浪漫吧。我更想把它作为一种财富，让孩子传承！

吾母如灯

刘可臣

母亲离开我们的时候，手握得很紧，我把我的手放在她慢慢凉下去的手上，看到冬日的屋檐下，挂满了冰凌。夜慢慢落下来，像黑色的丝绸将我紧紧裹住。母亲身边灯台上的蜡烛发出橘黄色的光，在我眼前晃动，好像母亲不肯走远的魂魄，让我又疼又暖。我也坚信，它就是信差，把思念写进烛光里，就能带给母亲。

从母亲去世的那一刻起，橘黄色的灯光就住进了我的心里，和那久远的关于灯的记忆一起酿成一杯老酒，时不时地滋润我干渴的喉咙，让我品味其中的美好，成为我和母亲沟通的唯一通道。

母亲在那头，我在这头。

橘黄色的灯光能串联起母亲留给我们的点点滴滴。这种光芒能够烫平我褶皱的心，填满我无休止的欲望，让我坦然面对世间的一切，不论顺境还是逆境。

母亲在天堂，离我们很远，也并不很远，有时候仅仅隔着一个梦。

日头偏西，窗外已显寂寥。太阳光从树空里钻出来，斜插进我的房间。想起母亲的傍晚，我点燃一支蜡烛，依然是橘黄色的光，依然是那个跳动不止的灯芯。我小心翼翼地剪掉蜡花，溢出的蜡带着温度顺着蜡壁流下来，像滚烫的泪浸润着我的心。

黑夜再一次来临。我怕黑，黑夜那么长，挂在西边天上的一弯月亮，发出微弱的光，并没有驱散掉我心头的恐惧。想起小时候每到这个时刻，母亲总会点上油灯，那种橘黄色的光，是暖的，和月亮不同，这是属于人间的光，有温度的光。那光迅即溢满了屋内的每一个角落，消释了我对暗夜的恐慌。空气中飘荡着淡淡的煤油的气味，我喜欢这种气味，村里的玩伴也喜欢。那时候很少见到汽车，偶有汽车开过，我们一群孩子跑跳着跟出去很远，闻到的就是这气味。

油灯温暖着我们每一个人。姐姐失恋了，把自己关在小屋子里，窗帘关得严严实实，一整天不吃不喝。晚上，母亲煎了两个鸡蛋，我去喊姐姐吃饭，没有应答。

夜已经很深了，院子里漆黑一片，没有一丝风，月亮早就躲得无影无踪了。夜，静得让人窒息。母亲从屋里出来，端着油灯，来到姐姐窗户前，轻轻敲几下，喊着姐姐的小名。叹了一口气，低声说："有啥过不去的，谁还不经历点儿坎儿，我从你姥家嫁过来，咱们家有多穷，你最清楚，现在不也挺过来了嘛！"屋里传出姐姐的啜泣。母亲把油灯高高举起，大声说："你看这灯，亮着，就有希望，再黑的夜也会过去。以后的路长着呢，难不成你把自己关在这屋子里，这辈子就不出来了？"

那一夜，母亲举着那盏灯不知站了多久，直到门打开，姐姐从里边出来，号啕大哭。母亲紧紧地把姐姐拥在怀里，安慰说："哭吧！哭出来就好了，咱不能憋着。"

母亲的话就像那盏灯发出的光，渐渐把姐姐心里的缺口补得满满的。

日子再苦，母亲的脸上也总是闪着愉快的光，和油灯发出的橘黄色的光相互映衬。她给予我们的总是这一面。那些落在母亲身上的苦难把母亲咬得千疮百孔，但母亲就像对待衣服上的洞一样，用一个个坚强的笑脸努力去缝补它们。

姥姥的家在另一个村子，晚上，忙碌了一天的母亲要给病重的姥姥熬药。夜晚，很远的路，我和母亲走走停停。

路边成排的树木和低矮的房屋被刷上了一层黑漆，好似一个个卧着的猛兽，随着我和母亲急促的脚步向后隐去。我扯紧了母亲的袖管，呼吸也变得急促了。

歇脚的时候，我看到母亲对着夜空轻轻叹了一口气，眼角有亮晶晶的东西在闪。姥姥的病一直没有好转，母亲既要照顾我们又要照顾姥姥，太多的事让她难以承受，母亲强忍着不让泪水流下来。我想和母亲说点什么，可是张开的嘴被刮过来的风灌满，什么也没说出来。

天上的云越积越厚，就像一座大山压过来，让人窒息。母亲一直沉默着。躲在积云后边的月亮扒开一条缝探头探脑，月光一绺一绺的像瀑布一样泼下来。母亲终于露出一丝微笑，回头对我说："终于有'月亮地'了，趁着这亮光咱赶紧走。"

"这么远的路也走过来了,'眼睛是懒汉,腿才是好汉'。"母亲忽有所悟,并催促我,"快走,过了前面的山冈,就能看到你姥姥点的灯了。"

望远处,仅有的一点光亮,随着微风在跳动,那是姥姥为我们点起的油灯,用玻璃罩着的油灯就挂在姥姥家院门边的拴马桩上。这种指引让我身上增添了力量,我们向着有灯光的地方快步走去。

人生有太多的纠结和烦恼,有太多的苦和累,拼接到一起的这些艰难之事,每每相遇,我都不选择躲闪,因为我心中总是亮着一盏灯。我记得母亲提着灯迎接我们时的神情和对我们说过的话,我也相信这盏灯永远不会熄灭。

母亲的"开口笑"

张 霞

娘生日那天，我跟弟弟特意早起赶往百里以外的家。

"娘，我们回家吃早饭！"初夏的清晨，五点多的天色还有些许迷蒙，我知道早起的爹娘一定在为儿女备早餐。

"好，七点之前就吃上韭菜大包。"电话那端的老娘，乐颠颠地说着。娘包包子，可是一绝。每年娘生日的早晨，韭菜大包是雷打不动的美味。

"嗯，咱能吃上老娘亲手包的包子，真是幸福啊！"弟弟感慨着，不无期待。

一个多小时的车程转眼即到，车停在红砖白墙的家门口。

只是，西厨屋的炊烟不像往日的清晨，袅袅升起。

我和弟弟大包小裹卸下东西，奔走到院子里高声喊娘。

满头银发的老爹，笑吟吟地打开门帘迎接着。

推开门，一股鲜嫩嫩的韭菜味扑面而来，我贪婪地深吸一口气，这是多么亲切的味道呀！

娘却泄气地坐在一群懒洋洋的包子之间，神色凄迷。

"咋的了，我的娘？"望着盖帘上四仰八叉的包子们，我跟弟弟忍俊不禁。

韭菜包子们敞着硕大的嘴巴，绿油油的韭菜馅子一览无余。它们一个个慵懒地窝着，百无聊赖。

"你们的娘没用了，"娘指着盆子里湿漉漉的馅子，满脸失落，"本以为多放鸡蛋，吃起来更香的。"原来，娘为了包子味道更加鲜香，调馅时打进了五个生鸡蛋。

"我的娘哎，"我险些跳起来，"您包了一辈子包子，应该知道放……"我的话被老爹的眼神挡回去了。

"娘啊，我明白了，敢情这包子叫开口笑得了。"弟弟示意我去西屋灶房生火，便弯腰端起半盆子馅儿汤，喜滋滋地说，"娘，这剩余的馅子正好做个海鲜汤，我恰恰带来海蛎子，鲜着呢！"爹提过海鲜袋子，应声道："这真是绝配！还是你娘有数!"爹的调侃里,满是对娘的宠溺。

"娘真是没用了,觉得多放鸡蛋香呀!"娘解下围裙,絮絮不止。

"你这个老头子,怎么不提醒我少放?"她转身抱怨起老爹,满脸愠色。爹笑而不语,他明白我娘的执念,雷打不变。

"你娘说,以前咱穷,包子里鸡蛋少,这次管够。"爹在我耳边低语,"她记性大不如从前,却总念叨孩子们跟着她不容易,啥也吃不上。这不……"爹轻轻的叹息里,满满的疼惜。

我的鼻子有些许酸涩。

往灶里填满木柴,我站在院子里,望着那棵与我同龄的香椿树,心生惆怅。老树茁壮如初,而我的爹娘已垂垂老矣。

"来,开心大包出锅喽!"弟弟是天生的大嗓门,一笸箩白胖胖绿莹莹的"开口笑"包子问世了。

"娘,你咋这么有创意呢?"弟弟乐滋滋地说,"这露着馅的包子,俺可是头一次吃,回家给俺媳妇带几个。"他托起一个热腾腾的包子,在娘眼前晃,觍着脸龇牙笑,颇像小时讨巧的样子。

望着欢天喜地的小儿子,娘乐不可支。

"海鲜汤,每人一碗。"我端着汤锅进屋,不失时机夸夸老娘,"娘调的韭菜鸡蛋馅汤汁真鲜,做汤省工序又味美!"我舀起一勺汤,轻啜,啧啧有声。

咬一口"开口笑",我跟弟弟异口同声:"娘,还是那个味儿!"

娘端坐沙发之上,满目慈爱望着一对儿女,双眼的笑纹荡漾开来。

一个包子,一碗汤。

在那个早晨,我们吃出了特别的味道。

彼时,我在心底祈祷:愿我的母亲永远健康!让她的儿女年年吃上母亲牌"开口笑"包子!

半条腿的母亲

高云红

小学三年级的春天，山上的杜鹃花开得正艳，小草也刚刚冒出嫩芽。我坐在教室里，大哥向老师请假把我带回家，路上大哥告诉我，母亲出事了。懵懂的我不知道"出事"二字的意思，回到家不见母亲，她穿的薄棉裤带着血渍晾在栅栏上。

第二天，我们兄妹四人被父亲厂部的解放车拉到 30 公里以外的镇医院。很多人拥挤在医院的走廊里，不知谁说了句，"孩子来了"，堵在走廊的人们自发让出一条道，目光像舞台的聚光灯投向我们，还听到有人窃窃私语："孩子这样小，真可怜！"

后来才知道，那些人是来给母亲献血的，因为母亲血型比较特殊，当时的小医院不具备存储血液的条件，父亲的厂部去了很多人等待验血，抽血。

进了病房，母亲躺在那里，见了我们，嘴唇哆嗦成一团，泪水无声地流下来，枕巾湿了一片……我们兄妹老老实实把后背贴在墙上，木然地看着母亲，不知该安慰她还是陪她一起流泪。

这时进来两个男大夫，其中一个询问母亲术后的一些情况并掀开她身上的被子，我看到母亲左腿仅剩的残肢染红了缠在上面的白纱布，那红色在雪白床单的衬托下格外醒目，像一把烧红的烙铁烫在心上，每次回忆仍在流着血……

母亲遭遇了车祸，保住了命，却失去了一条腿，她左腿膝盖以上截去了三分之二。母亲说出事的时候，她是清醒的，被汽车撞击拖碾后她爬起坐在地上，为了防止出更多的血，她把受伤的腿拧成麻花样。母亲讲自己经历的时候，不曾流泪，把天塌地陷说得云淡风轻。

在医院躺了三个月，半年后母亲穿上了假肢。为了保持身体的平衡，假肢有十几斤的重量，而且行走的时候都是伸直的，只有坐下的时候，搬动膝盖处的卡环才得以弯曲。

母亲开始不习惯，穿上假肢也要拄着双拐，慢慢母亲试着扔掉双拐，虽然走路很慢，但半个月后她逐渐适应，并不停地忙碌，好像弥补她曾失去的光阴。

每天放学回家，桌子上的饭菜冒着热气，夜晚我们写作业，母亲陪在一边织毛衣，或纳鞋底，只有睡觉的时候，母亲才脱下十几斤重的假肢。假肢把母亲的腿磨出很多血泡，她用做活的针，在蜡烛的火上烧一下，挑破血泡。母亲说，等磨出茧子就不疼了。

一夜终究无法让破损的皮肉愈合，第二天母亲照旧穿上假肢，走路缓慢而且一顿一顿的，那该是一种怎样的钻心之痛？母亲从未抱怨生活赐给她的苦难，反而倔强地走在疼痛的路上。

一茬接一茬的血泡历练着刚强的母亲，我们心疼母亲，劝她皮肤痊愈了再穿假肢。母亲却说，这个过程必须经历，如果闯不过去就只能拄拐或坐轮椅！街上有个修鞋匠也没了一条腿，有假肢也不穿，至今还坐着轮椅。

母亲想出各种方法，用软布把残肢缠住，软布不能打褶还要紧实，因为她经常活动，软布很快就松懈，试了几天，母亲觉得浪费时间而且麻烦。放弃了软布，母亲又在假肢腔体边缘涂一些爽身粉，还是因为母亲活动量大，汗水让爽身粉很快失去功效。最后母亲放弃一切，用皮肉对抗着身体的另一半，接受着假肢带给她一次次的磨炼，她没有服输，终于母亲的腿生出了老茧。

母亲右脚踝总是肿的，像半个馒头大小，从清晨睁开眼她就开始了一天的忙碌。她从未把自己当成残缺的人，相反她比健全的人更出色。母亲不仅照顾着一家人的一日三餐，还养猪喂鸡，侍弄菜园子。假肢已然成为她最贴心的朋友，没有它，母亲已寸步难行了。

临近春节，母亲用一只脚蹬着缝纫机，一忙就是半夜，我们兄妹每人一身新衣服，都在年三十穿在身上。

时间在母亲的忙碌中流进我们的身体，我们脚上的尺码逐渐加大加宽，母亲脸上的皱纹也加长加深……

母亲七十五岁那年，她觉得走不动了，说自己真的老了。但每天仍坚持拖着十几斤的假肢下楼去走一走，和邻居打牌聊天。母亲穿了四十一年的假肢，相当于每天要负担十几斤的重量在身上。

如今母亲七十八岁了，躺在床上，她再也不用负重前行了。可是假肢，已然成了她生命的一部分，即使不再穿了，也放在自己身边。它和母亲一样，都累了，都想歇歇了。可是我们知道，母亲不再奔走，母爱却停不下来。她换了一种方式，比如不厌其烦的叮咛，不管你在哪儿，都会穿越程程山水，破空而来，在你耳边萦绕盘旋。